イギリス小説の知的背景

松本 啓著

中央大学
学術図書
60

中央大学出版部

装幀——道吉　剛

まえがき

　この本は，18世紀イギリスのダニエル・デフォーから19世紀後期のトマス・ハーディに至るイギリス小説のうち，たまたまわたくしの興味を喚起した作品についてこれまでに発表した小論を一冊にまとめたものです。書き下ろしではありませんので，重複する部分もありますが，どうかお許しください。一度発表したものなので，人名表記や仮名づかいについてはできるだけ統一をとりましたが，なるべく初出の形で再録しています。例外として，第2章のリチャードソン論は，読み易さへの配慮から，大幅に加筆修正しました。本書は，18,19世紀のイギリス小説を包括的に扱ったものではありません。また，取り上げた作家の代表作を万遍なく論じたものでもありません。仮に，このイギリス小説論になにがしかの統一性が認められるとすれば，本書に収められている小論の半ばは，「神慮」［Providence］（摂理と訳されることが多い）という語が18世紀の小説発生期からハーディに至るまでの約百五十年のイギリス小説に落としている影に触れていることに起因するでしょう。

　具体的にいえば，デフォーやリチャードソンの小説のように，慈悲深い「神慮」に訴えかけることで，疑似宗教的形態を取りながら出発したイギリス小説が，時を経るにつれて，次第に神の喪失を露呈するに至る経緯を辿ることが，本書の主眼です。また，直接にこの主題に触れていない小論も，何らかの意味で，論じられている当の作品の知的背景に触れています。本書を『イギリス小説の知的背景』と題するゆえんです。

　もとより，上述のようなイギリス小説の思想的背景を扱うためには，わたくしの力量がいちじるしく不足していることは，当の本人が誰よりもよく承知しています。しかし，わたくしに残されている時間は多くはないので，あえてここにイギリス小説についての愚考を世に問う次第です。

最後になりますが，中央大学の多摩への移転に伴って，中央大学人文科学研究所が創設され，共同研究が盛んに行われるようになりました。その成果は，『人文研叢書』シリーズや「人文研紀要」という形で公にされつつあります。性怠惰な小生も，いくつかの研究チームに加わって，恩恵に浴しました。また，本書の出版は，中央大学学術出版助成規程によるものです。出版助成をお認めいただいた中央大学に対して深甚な感謝を捧げるものであります。そして，審査に当たっていただいた深澤　俊教授，丹治竜郎教授，新井潤美教授，とりわけ主査を引き受けてくださった深澤教授のお骨折りに，深く感謝いたします。

　また，実務に当たってくださった中央大学出版部の平山勝基編集長，研究助成課の松井秀晃さんには大層お世話になりました。心から感謝いたします。

　　2005年5月

松　本　　啓

イギリス小説の知的背景

目　　次

まえがき

第 1 章　「慈悲深き神慮」
　　　　　──モルの場合── …………………………………… 1
　1　はじめに　1
　2　モルの人間像　6
　3　犯罪者から悔悟者へ　10
　4　おわりに──「神慮」のゆくえ　20

第 2 章　「慈悲深き神慮」
　　　　　──パミラの場合── ……………………………… 27
　1　はじめに　27
　2　綱渡りの女──リチャードソンの意図を中心にして　30
　3　隠れミノ　42
　4　おわりに　47

第 3 章　ヘンリー・フィールディングの背景
　　　　　──『ジョウゼフ・アンドルーズ』を中心にして──
　　　　　……………………………………………………………… 53
　1　はじめに　53
　2　弁護士小説家の誕生まで　54
　3　『パミラ』と『シャミラ』　56
　4　アダムズ副牧師の登場　59
　5　スリップスロップ夫人と喜劇の世界　61
　6　『ジョウゼフ・アンドルーズ』の道徳的基盤　63
　7　おわりに──小説のゆくえ　67

第 4 章　『トリストラム・シャンディ』について ……… 71

第5章　スターンの「センチメンタリズム」について ……………………………… 87

第6章　ロマンスと諷刺
　　　　　——『ノーサンガー僧院』の場合—— ……………………… 107
　1　はじめに——出版に至る経緯　107
　2　ヒロインとヒーロー　108
　3　バース——恋と友情　112
　4　ノーサンガー僧院——虚構と現実　117
　5　ロマンスと諷刺　122

第7章　ジェイン・オースティンと感情教育
　　　　　——『分別と多感』の場合—— ……………………………… 129
　1　はじめに　129
　2　「分別」と「多感」の主題　130
　3　二人の女主人公　132
　4　恋のゆくえ　136
　5　『分別と多感』と『高慢と偏見』　142
　6　結び——オースティンと教育　144

第8章　ジェイン・オースティンと「神慮」
　　　　　——『マンスフィールド荘園』と『説得』をめぐって——
　　　　　　……………………………………………………………… 151
　1　はじめに——「神慮」の成りたち　151
　2　『マンスフィールド荘園』と「神慮」　152
　3　『説得』と「神慮」　159
　4　おわりに——「神慮」のゆくえ　165

第9章　慈悲深き神
　　　　——薄幸の少女ネルの場合—— ………………… 169
1　はじめに——『骨董屋』の成りたち　169
2　『骨董屋』——対比の技法　171
3　『骨董屋』の構造——巡礼の旅　174
4　『骨董屋』とその時代　178
5　『骨董屋』とモデル　180
6　おわりに——『骨董屋』の位置　181

第10章　理想と現実の狭間
　　　　——『ミドルマーチ』をめぐって—— ………………… 187
1　はじめに——ジョージ・エリオットの知的背景　187
2　理想を追う人——ブルック嬢とリドゲイト　192
3　地を這う者——ガース家の人たち　200
4　バルストロードと「神慮」　202
5　ウィル・ラディスローと「教養」　207
6　結び——19世紀の聖テレサ　211

第11章　ハーディの初期の小説 ………………… 217
1　『女相続人の生涯における無分別』　217
2　『非常手段』　220
3　『緑樹の陰で』　223

第12章　トマス・ハーディと「神慮」
　　　　——『はるか群衆を離れて』をめぐって—— ………………… 227
1　はじめに　227
2　牧歌物語とメロドラマ　227
3　ウェザーベリーの群像　231

    4　ウォレン麦芽酒醸造所での雑談　234
    5　雄ジカ頭亭での談論　236
    6　「神慮」のゆくえ　238
    7　結び──ハッピー・エンド　242

第13章　トマス・ハーディの知的背景
　　　　──『熱のない人』をめぐって── ………………… 247
    1　対立のテーマの重層性　247
    2　主要人物たちの人間像　248
    3　この作品の解釈をめぐって　254
    4　ハーディの知的背景　255
    5　この作品の評価をめぐって　264

第14章　"To Please his Wife"と慈悲深き神 ……………… 271
    1　はじめに　271
    2　「人生の小さな皮肉」　271
    3　ハーディの主題　272
    4　シェイドラックの悲劇　273
    5　「慈悲深き神」の系譜　274
    6　結論──近代人の魂の喪失　283

初 出 一 覧　289

第1章 「慈悲深き神慮」
―― モルの場合 ――

1 はじめに

　この小論は，ダニエル・デフォー（?1660-1731）の小説[1]『モル・フランダーズ』を取り上げて，18世紀イギリス小説の特質の一端を探ろうとするものである。まずそれに先だって，18世紀の小説に対するアプローチの仕方について考えてみたい。

　18世紀のイギリス小説を論じる場合，大まかにいって，二つの対照的なアプローチの仕方が考えられるし，事実，両者のいずれかによる研究ないし批評が一般的であるといえよう。その一つは，近代小説は，大陸諸国に先がけて18世紀のイギリスにおいて開花したという文学史上の定説を踏まえた上で，近代小説の発生を，当時の英国の社会的，思想史的状況との関連において説明して行く，いわば歴史的なアプローチである。イアン・ワットの『小説の発生』(1957)は，このような方法による労作である。在来の「ロマンス」に対して，近代小説の特質を「リアリズム」に置くことは文学史の常套であるが，それでは小説におけるリアリズムとは何か，と開き直られると定義づけるのは難しい。上記のワットの研究は，この問いに答えようとする一つの試みである。ワットは，小説の発生は，広いコンテキストでいえば，「ルネッサンス以降の西欧文明の大変革」[2]，つまり個人主義的世界観の成立に対応するものであるとして，リアリズム論を展開するに当たって，特に経験論哲学の認識が個人の感覚から出発したことを力説し，小説のリアリズムの本質を，時間・空間内における個人の日常体験への密着という点に求めるのである。ワットは，このような描写の日常主義を「小説ジャンル全体の最小公分母」[3]として，それを 'formal realism' と呼び，当時の社会的，文学的状況がいかにそれを醸成したかを，デフォー，リチャードソン，フィールディングの三作家を具体的に分析しながら論じている。このようにワットは描写のリアリズムとそれを生み出した社会との関連性を追求するという，いわば外面的なアプローチによって，小説発生論を展開して行くので，上記三作家に対する評価に及ぶとき，いきおい，デフォーやリチャードソン，特に後者に同情的で，フィールディングをおとしめる方向に向かっている。確かに，いわゆる「歴史的」アプローチをとる限り，デフォーやリチャードソンがいよいよ焦点に入ってくるのに対し，フィールディングはピンボケしてくるのは事実だが，ワットの評価そのものには，にわかに承服しがたいものがある。その最大の理由は，小説における個人体験性，現実性 (actuality) を強調する立場上，リアリズムを形式的に規定して行くきらいがあることである。ワット自身述べているように，「文字通りの事実性 (literal authenticity)」[4] は，必ずしも小説のリアリティー，さらには文学性を保証するものではないからである。実際，ワットはフィールディングをおとしめながらも，彼に 'realism of assessment'[5] を認めざるをえない。また，デフォーについては，その描写のリアリズムを評価しながらも，'formal realism' はそれ自体は「倫理的に無色」で，デフォーの小説は 'formal realism' をそれ自体目的としているゆえに，倫理的に無色であるとして，小説としては評価しない[6]。この辺にワットの方法の限界がみえる。つまり 'formal realism' と 'realism of assessment' に両分して，後者が前者の上に，丁度パンにバターをぬるように，加味されるもののような言い方をしているからである。実際は，むしろ，ワットが 'realism of assessment' と呼んでいる，作者の側の主体的なある物が描写のリアリズムの度合いを規定する場合が一般的であるからである。デフォーの場合でも，現実的な描写が多いからといって，彼の小説すべてが，倫理的に無色と片づけるのは，デフォーにそのような描写をとらせたある物を無視してしまう危険性がある。

　だいぶ揚げ足取りめいてきたが，「歴史的」アプローチについてはこれぐらいにとどめるとして，もう一つのアプローチは，いわゆる「純粋」批評的な立

場に近いものである。小説をまず何よりも芸術作品として眺め，それを生み出した時代および作家の意図を無視するわけではないが，それらを越えて現代のわれわれの前に現存する作品として，もっぱら作品自体の分析を通して，その構成（structure）なり芸術的統一性（unity）なりを捉えようとするものである。本小論で取り上げようとする『モル・フランダーズ』について例を挙げれば，ヴァン・ゲントの『イギリス小説』(1953)の中の「モル・フランダーズ論」は，この部類に属するといえよう。ヴァン・ゲントは，『モル・フランダーズ』におけるリアリズムを分析して，モルの世界が具象的な「物体」に満ちているにもかかわらず，それらは，もっぱら，それらが持つ市場的価値，つまり金銭的な面からのみ捉えられており，したがってモルの世界におけるリアリズムは，物自体の諸属性を捨象することによって成りたっていることを指摘している[7]。ヴァン・ゲントは，そのように限定されたリアリズムによって構築された，物質獲得への志向に貫かれたモル的世界——それは同時に，人間の内面的，情緒的側面をいちじるしく捨象したフィクションの世界である——が必然的に（ということは，作者の意図いかんにかかわらずに）呈示する人間的，倫理的，宗教的諸矛盾を，すべてアイロニカルな視点から眺めることによって，『モル・フランダーズ』がすぐれてアイロニカルな構成を持つ偉大な小説であると主張している[8]。事実，デフォーのこの小説が，時代や作家の意図を超えて，わたくしたちの前に臨んでいること，またこの小説がヴァン・ゲントのいうごとく，きわめてアイロニカルな読み方を許すということ，は確かである。具体的に例を挙げよう。物語も終わり近く，死刑を免れたモルが，追はぎの夫とヴァージニアに渡り，かつて彼女が自分のhalf-brotherとの間に生み，その地に置き去りにした息子と再会するくだりの後に，次のような一節がある。

　わたしはこの旅行の一部始終を夫に話しました。ただ，夫の手前，息子と明かさず「いとこ」と呼んでおきました。まず第一に，わたしは時計を無くした話をすると，夫は惜しいことをしたというような顔をしました。しかし，いとこがどんなに親切にしてくれたか，いとこは，わたしのおっかさんがし

かじかの農園をわたしに残していったのを，いつかきっとわたしから便りがあるに違いないからと，その農園をわたしのためにとっておいてくれた話をし，それから，その農園の管理をいとこに任せたこと，いとこはその収益を忠実に報告してくれることになっていること，などを話して聞かせ，それから，最初の年のあがりとして銀貨百ポンドを彼の目の前に取り出しました。次いで，ピストル金貨の入った鹿皮の財布をふところから引き出して，「ほら，あんた，これが金時計のかわりというわけよ。」と言いました。夫は——神のお情けのあらたかさというものは，神のお慈悲に心を動かされるすべての分別ある者に等しく感得されるものですから——両手を挙げて，感極まって，「わしのような恩知らずの犬畜生に，神は何というお恵みを下されるのだろう！」と言いました。それからわたしは，これらのお金のほかに，単檣帆船に積んで，馬，豚，牛やその他の農園に必要な品々を運んできたことを知らせました。これらの家畜や品々は彼の驚きをいや増し，彼の心は感謝の念で一杯でした。このとき以来，彼は神のお情けを身に染みて感じ，放蕩者で追はぎ強盗だった前非を心から悔い，まったくの真人間に立ち返ったとわたしは確信しております[9]。

　金貨や銅貨，牛馬や豚による改心，これはまさにアイロニーでなくて何であろう。しかし，問題はこの先にあるのである。われわれの感受性はアイロニーと受け取る上記の一節において，ヴァン・ゲントの指摘をまつまでもなく，実はモルのみならず，作者デフォーも大真面目と見受けられる。この場合，アイロニーをうんぬんするとき，それはあくまでわれわれ読み手の側のものである。ヴァン・ゲントは，作品はあくまでも作者の創作意図を引き離す存在であるという立場から，デフォーの意図を無視して，というよりも意図にもかかわらず，この作品が偉大なアイロニカルな小説であると主張するのだが，果たして上の一節にみられるようなアイロニーを小説の「構成」要素と言いうるであろうか。例えば，デフォーとはいちじるしく作家としての資質を異にするリチャードソンの例の『パミラ』の冒頭の一節をみてみよう。パミラの奉公先の親切な女主

人が亡くなったが，パミラは運よくその家を追い出されずに済んだのを喜んで両親に報告するくだりである。

　でも，神様は，そのお情け深さはわたしたちも窮地において再々経験している通りですが，死の床にある親切な女主人様に，息を引き取られる一時間ばかり前に，わたしたち召使い全員を一人ひとり，御子息の若旦那様に託することを思いつかせになりました。そして，わたしの番になると，（わたしはお枕もとで泣きじゃくっておりましたが）こうおっしゃっただけでした──「わたしの可愛い息子よ」，そしてちょっと言葉をお切りになり，それから意識を取り戻されて，「可哀そうなパミラをお忘れでないよ」。そしてこれが奥様の最後のお言葉の一部となりました。ほんとに涙の乾くひまがありません。この紙にしみがついても，ご不審に思わないでください。
　でも，神様の御心はきっと行われます。そこで，幸い，わたしは家に返されてお二人の荷厄介にならずに済みそうです[10]。

　次いで，パミラが喪服とギニー金貨四枚と数枚の銀貨を若主人から頂だいしたことが述べられている。パミラの止めどない涙にかかわらず，ここにも，モルの場合と同様，われわれ現代の読者からすればアイロニカルに思えるような，現実の利得を神のお慈悲によって合理化するという，ある共通したメンタリティーをみることができよう。したがって，ヴァン・ゲント流にいえば，『パミラ』もまた偉大なアイロニカルな小説ということになろう[11]。仮にヴァン・ゲントのいうごとく，『モル・フランダーズ』や『パミラ』が偉大なアイロニカルな小説であるとしても，そのアイロニーの基底にある彼女らの心的態度──モルやパミラのぬけぬけとした確信──，ひいては作者の態度を検討してみる必要はないであろうか。そういえば，上記の二例にとどまらず，18世紀の小説に影のように見え隠れする「慈悲深き神慮」とは一体何者であろうか。そして，果たして，それは当時の小説のリアリズムなり構成なりと何らかのかかわりあいを持つものであろうか。このようなわれわれにとって少しく異質な要

素に当面するとき，素朴な疑問を禁じえないのではなかろうか。すでに述べたように，作品が過去のある時期にどのような意図や意識のもとに作られたかということを引き離してわれわれの前に現存すること，われわれは現代に生きる人間としてそれに対応し，評価しなければならないということ，はどこまでも事実であるが，そのことは必ずしもそれを生み出した時代や作家の意図を無視してよいということではない。むしろわれわれの感受を拒むような異質な要素に挑む過程を経てこそ，その作品のよりましな評価に至ることが可能となるのではなかろうか。この小論は前述のような素朴な疑問から出発して，デフォーのモルという人間像の造型を具体的に跡づけることにより，発生期の小説作家がいかに人間を新しく発見する方法として小説という「虚構」の世界を展開して行ったかの問題を考えてみたい。もとより，この問題は広い視野と力量を要するもので，今のわたくしに明確な回答があるわけではなく，以下に述べることは一つの模索の試みにすぎないことはいうまでもない。

2 モルの人間像

モルの世界が生存競争のそれであり，モルの努力がひとえに経済的安定を目指すものであることは，しばしば指摘されている通りである[12]。そこで，回り道のようであるが，そのことを作品に即して確かめておきたいと思う。

周知のごとく，『モル・フランダーズ』はモルという莫連女が彼女の罪の半生を記した手記という形をとった，いわゆる一人称小説である。モルのまさに散文的な身の上話は段落の区切りもなく延々と続くのだが，物語は，大別すれば，モルが容色を武器に金持ちの夫を摑まえる方法に浮き身をやつす前半と，女盛りも過ぎてスリ，万引きに転向して稼ぎまくる後半とに分かれよう。ここでは，主に彼女の生い立ちを述べた冒頭の部分（約50〜60ページ）によって，デフォーのモル造型を跡づけてみたい。

モルは窃盗罪で植民地送りになった母がニューゲイトで生んだ私生児である。ということは，彼女は貧民救助法の庇護さえ受けられぬ身であることを意味する[13]。しかし，幼年期の彼女の境遇はそうした出生にしてはむしろ恵ま

れていたといえる。彼女は捨て児であるにもかかわらず，コルチェスターの町で parish charge として，下層中流階級の子弟同様にまともに育てられる[14]。そうした里子の例にもれず，モルは8歳のとき女中奉公に出されかかるが，下働き女中になるのはいやだとだだをこねる。つまり，モルは生まれによって必然的に彼女に課せられた運命を拒否して，「自活する」こと（里親の皮肉な言い方を借りれば，「淑女（gentle-woman）になる」こと）を望むのである[15]。ここにすでに，この作品を貫く中心テーマ「身寄りのない女子がいかにしたら自分一人の力でパンを得ることができるか」が問われているといえよう。最初の難関を里親の好意で乗り切ったモルは，やっとオハリで自活できるようになるが，14歳を過ぎてまもなく，里親の死によって第二の難関にぶつかる。幸い，彼女に好意を寄せる貴婦人の家に引き取られ，いやな家事仕事をさせられることもなく，お嬢さん方の稽古ごとを側で見ているだけで，ダンスもフランス語も歌も楽器も習得し，おまけに美人で身持ちもよい娘に成長する。そこで御多分にもれず，その家の二人の兄弟に目をつけられる次第となる。マキロップの指摘をまつまでもなく，この段階におけるモルのシチュエーションはパミラのそれを思わせる[16]。しかし，リチャードソンがこのような虫のいい設定の上に，愛憎せめぎあう心理の揺曳の軌跡を追うシンデレラ物語を展開するのに対して，恐るべき「現実感覚」の持ち主デフォーは，この作品中の唯一の愛情物語といえるモルの初恋の顛末を描く場合も，あくまで，パンの次元を離れようとしないのである。狡猾な兄が，甘言とキスと金で彼女を誘惑したときのモルの反応はどうであろうか。モルが「自分が美人だという自惚れと，彼のような紳士が自分を愛してくれることに心を奪われて」[17]ろくに抵抗もしないのは17歳のおぼこ娘として必ずしも不自然でないとしても，われわれ読者の目を引くのは，そうした貞操観念の乏しさよりもむしろ，モルの異常なまでの金銭への執着心である。初めてキスされた後5ギニー握らされたモルは，「最前の愛の告白よりもこのお金に一層面食らい，やがてすっかり有頂天になり足の踏み場も分からないといったありさま」[18]であり，「そのお金をいく時間も眺め暮らし」[19]たりするのである。相手が紳士でお手当てもたっぷりくれるとあれば，

妾も辞しかねないほどである。

　わたしは途方もない自惚れと慢心を抱いていましたが，節操の持ち合わせはごくわずかでした。わたしとしても時々若主人様の思惑をおしはかってみるようなこともないではなかったのですが，まずお世辞とお金しか念頭にありませんでした。彼がわたしと結婚する気があるのかないのかは，わたしにはそう重要なこととは思われなかったのです[20]。

　だから，100ギニー入りの絹財布を差し出され，「結婚するまで，毎年これだけあげよう」[21]という約束に，たわいなく身を許してしまうのである。もちろん，兄は初手からモルと結婚する気は毛頭ない。そうこうするうちに，真正直な弟のほうは大っぴらにモルに求愛する。モルはどう反応するか。

　わたしは今や本当に恐ろしい立場に立たされました。そして，兄に軽はずみに身を許したことを心から後悔しました。それというのも，良心の咎めなどからではなく，わたしが手に入れることができたかも知れず，また今となっては得ることが不可能な幸福のことを思ったからでした。と言いますのは，前にも申しましたが，わたしは大して良心の呵責は持ち合わせていない質でしたが，いかなわたしでも兄弟の一方の情婦でありながらもう一人の妻となることは考えられませんでした[22]。

　ここでモルのいう「幸福」とは，もちろん，愛情の問題を一応度外視した上での生活の安定を意味することはいうまでもない。ここにもモルの monomaniac な生活安定意欲がみられるのだが，モルとても金のためだけで兄に身を許したわけではない。彼女なりの愛情もあり誇りもあり，モルとしては，もちろん，弟の妻になるよりもむしろ兄の情婦（約束通り結婚してくれなくても）でいるほうを望むのだが，兄は弟の求婚をいい潮にモルを弟に押しつけようとする。詳しいいきさつは省略に従うが，手のひらを返すように弟との結婚を勧め

る兄の不実とエゴイズムに，モルは一月以上も床につくほど悲嘆にくれるのだが，そうかといって，やぶれかぶれで兄との関係をバラして，ひいてはその家を追い出され明日からのパンに困るような境遇に身をさらす危険を冒すほど逆上するわけではない。現実家のモルは，兄をなじりつつも，彼の保身的な詭弁，捨てられた情婦として広い世の中に追い出されるよりも，良家の坊ちゃんと結婚して，安楽で不自由ない生活を送るほうが身のため，に彼のみならずみずからの保身の途を見出すのである。

　こうして，要するに，彼は理屈でもってわたしを押し切ってしまいました。彼はわたしの反論を論破しました。そしてわたしは，これまで考えていなかった危険な状態にわたしが陥っているのに気づき始めました。つまり，兄弟の双方に捨てられて，世の中に一人放り出されて自力で口すぎしなくてはならなくなるという危険です[23]。

このように，モルにとって最大の関心は「身寄りたよりのない女が，いかにしてパンを確保するか」に向けられている。つまり，モルの人間像の造型にはこの命題が基底に据えられているといってよい。同時に，この命題にがんじがらめにしばられることによって，「パン」と「良心」，「パン」と「愛情」が必然的にモルの内面に引き起こすはずの人間的葛藤相剋の様相の描写は，いちじるしく制限ないしは捨象されざるをえなくなる。モルが捨て児としてみずからの力でパンをかせぐべく登場させられていることは，デフォーの人間を現実の環境との働きかけあいにおいて捉えようとするきわめて現実的な精神から発想されているといえようが，モルは，反面，愛情もしくは良心の面においての行為に決定的ともいえる掣肘を課せられているといわざるをえない。このことは，いわば，『モル・フランダーズ』の作品としての質をある程度決定している。この作品においては，モルの素性からくる逆境は，モルの内面の問題として人間的に掘り下げられずに，どのような手段で現実的にそれをくぐり抜けおおせるかという方向にのみ発展して行くのである。兄との情事を通して，

まったく利害はあらゆる類いの愛情を追い払うのです。そして当然男性は己の身の安全のためとあれば，名誉も正義も捨てさるのです[24]。

という結論に達し，いかに美人でも金がなければ話にならぬということを学んだモルは「金こそすべて」[25]とばかり，一々収支決算表つきの男性遍歴そしてやがて盗人の運命へと追いつめられて行くのであるが，そうしたモルの物質獲得志向に貫かれた世界では，時々思い出したように描かれる感情的場面は不調和に浮き上がらざるをえない。いわば，パサパサに乾いたこの世界で，モルは打ち続く逆境を不死身にはね返して一人闊歩するのだが，その不幸な境遇にもかかわらず，モルが活力に満ちあふれているのは，彼女の世界が，うずく良心も，心をかき乱す愛情も，身をさいなむ孤独感をも捨象して，ひとえに疑うべからざる自明の 'self-interest' に支えられているゆえにほかなるまい。

3　犯罪者から悔悟者へ

以上モル像を具体的に追いながら，この作品がほとんど monomaniac な物質獲得志向に貫かれた世界を展開していることを明らかにしたつもりである。そこで本節では，デフォーがどのような意識あるいは意図でそのような世界を構築したのか，また，デフォーは女主人公モルをどのような角度から捉えているのか，などの，作者の態度ないしモラルについての二，三の問題点に触れてみたい。

『モル・フランダーズ』が，当時の通俗的な半実録的な読み物であった 'rogue biography' と題材やプロットの点で，類似性を持っていることはしばしば指摘されており，また同時にそれとは異なった世界を展開していることも事実である[26]。なるほど，貧に迫られれば人を欺きもし，他人の物に手をかけるモルは悪党である。しかし，モルは悪のために悪を行う異常な犯罪者ではない。眼目は，モルの悪党振りにあるのではなく，貧苦の前にもろい，追いつめられた人間の姿にあるといえよう。そこでデフォーをして，モルのようなパンに追われる人間を造型させたものは何であったかが問題となる。ワットは，モ

ル像の背後には経済的個人主義があるとして,「モル・フランダーズは,最大の経済的および社会的報酬を得ることをみずからの義務と考える点において,ラスティニヤックやジュリアン・ソレル同様に,近代的個人主義の典型的産物である」[27]と述べている。確かに,一般論としてはそのようにいえるかも知れない。このようなワットの論説は,いうまでもなく,ウェーバーやトーニーによって描かれた,勤勉で利益に専心することを旨とする中流階級のプロテスタントという神話にのっとったものである。この解釈は,それ自体まちがっているわけではないが,ややともすれば,経済的マキャベリアンとしてのモル像を浮き彫りにする結果,ひいては浅薄な商人的精神の代表者としてのデフォー像を生みやすい[28]。事実,デフォーにはそのような解釈を許す側面がある。また,後述するように,彼が唯物的道徳観を抱いていたことも否定できない。しかし,「デフォーを一つの社会層の代表的人間として眺めることは,小説家としてのデフォーの正しい評価を助けると同時に妨げる」[29]というマキロップの指摘はきわめて適切なものである。したがって,上記のような一般論から一歩進んで,モルの造型をデフォーの体験との関連においてより具体的に把握する必要があると思われる。

　最後の夫が破産のショックで死んだのち,すでに色香も衰えたモルが,迫りくる生活の不安におびえ,思わず知らず最初の置き引きを働くくだりは一篇の中でも生彩に富む個所だが,そこに次のような一節がある。

　　ああ,このくだりを読まれる方は,身寄りのない者が置かれる窮境,友もパンもまったくなくどうして切り抜けるか,について真剣に考えてみて下さい。きっと,持っているものを倹約しようと思うばかりでなく,天を仰いで助けを求める気になり,また,「我をして貧しからしめ給うなかれ,我が窃盗をなさんことを恐るればなり」という賢者の祈りを思い起こすことでしょう。

　　貧苦の時は恐ろしい誘惑の時で,抵抗する力も消え失せるということを忘れないで下さい。貧が迫れば,心は貧苦で真っ暗になり,何ともならなくな

るのです[30]。

　これは，随所にみられるモルの虫のいい自己弁護の一例である。当然われわれ読者は，一体どういうつもりでデフォーはこんな教訓めかした弁解をモルに許しているのかを疑問に思わざるをえない。作者は，困ったら人の物を盗むのも仕方がないというモルの弁解をそのまま肯定しているのか，または，モルの貧弱な魂をアイロニカルに眺めているのであろうか。ところで，デフォーは，この作品を書くほぼ10年前の1711年9月15日号の『レヴュー』紙上で，貧苦の恐ろしさを力説して次のように述べている。

　貧乏は泥棒を生むのである。裸の壁に閉じこめられた主婦が頭がおかしくなるのと一緒である。貧苦は正直者を悪者にする。左前になった商人の窮境は，実際にその立場になった者でなくては見当もつかずまた言い表わすこともできないもので，そうなると正直者でも，ほかのときなら心から忌み嫌うこともせざるをえないのである。私は悲しい体験に立ってこういっているということを白状する。そしてわたしも悔悟者の一人であることをいさぎよく認める者である。「さらばみずから立てりと思う者は倒れぬように心せよ。」[31]

　これは，破産を再三経験したデフォーの引かれ者の小唄と片づけることもできよう。しかし，商業の荒波にもまれて難破の憂き目をみたデフォーは，自己の体験を通して世の現実を眺めたとき，「正直の頭に神やどる」という徳目の真実性に疑いを持たざるをえなかったのであろう。彼は世間が，「富める者は正直であるがゆえに富める者なのではなく，富めるがゆえに正直なのである」[32]という明白な事実を忘れて，不幸な者を不正直者とそしるのに急であることに対して，かなりの自己憐憫を交えて抗議しているのである。デフォーはさらに次のようにいう。

ロンドン一の正直者に教えてもらいたい。もし左前になって，しかじかの拘留または差し押さえをうけたら一家の破滅が目にみえているとき，手元に友人の金をあずかっているとか，主人の動産を自由に動かせる立場にあるとしたら，それに手をつけずにいられますか。飢えている男が隣人のパンに手を出すように，それに手をつけるのではないでしょうか。諸君のうちで最も正直な人は，テムズ河で溺れかかったとして，同じ状態に置かれた隣人が自分と一緒にお陀仏になるといけないからと，その人にすがりつくのを遠慮するでしょうか。いや諸君は，自分が助かるためには，その人の髪の毛をつかんで引き下げ，その人を踏み台にして河底に沈めてしまうのではないでしょうか。どう返答できましょう。「我をして貧しからしめ給うなかれ，我が窃盗をなさんことを恐るればなり」と賢者はいっています。ということは，「もし我貧しからば，盗人とならん」ということです。断じて申しますが，貧乏になれば皆さんの中で最も善良な人も隣人のものを奪うでしょう。いや，さらに申せば，前にも同じような問題を論じた際にも述べたように，諸君は単に隣人のものを奪うにとどまらず，貧苦もだしがたければ，隣人の「肉をくらう」でありましょう。あまつさえその肉に対して食前の感謝の祈りを述べるでしょう。貧苦は魂から人間相互の安全を保証しているあらゆる関係，愛情，正義感，あらゆる道徳的ないし宗教的義務を取り去ってしまうのです。私は貧苦は暴力を合法化するといっているわけではなく，貧苦は普通の人間の力では抵抗しきれない試練であることをいったまでである。したがって，最も必要であるのに最も忘れられやすいと思われるあの主の祈りの一節，「我らをこころみに遇わせ給うなかれ」をわれわれは片時も忘れるべきではないのである[33]。

ここに述べられているのは，単なる「負け犬」の泣き言にとどまらず，貧苦の苦渋を通して達せられた，人間とは所詮ギリギリに追いつめられれば利己的であることを免れないという，苦い実感的認識といえよう。デフォーは，「人間はパンなしでは生きられない」という，生物としての人間が決定的に背負い

込んでいるジレンマに突き当たっているわけである。しかし，注目すべき点は，現実的で旺盛な生活者であったデフォーにとって，問題は，そのようなジレンマを倫理的に悩んだり，新しい人間的連帯の可能性について哲学的に思いめぐらすことではなく，あくまで生きのびることである。デフォーの結びの文句はこうである。

　男はパンのために奪い，女はパンのために身を売る。窮乏は犯罪の元である。英国一の追はぎ，ロンドン一のあばずれ娼婦に，そんな商売をせずとも立派に生活できるとしたら喜んで廃業する気になれないかどうか聞くがよい。おそらく一人残らず廃業できればそれにこしたことはないことを認めるであろう[34]。

つまり，デフォーの問題意識は，追いつめられた「負け犬」が，そのジレンマをどう解決すべきかにあるのではない。デフォーにとっては，ジレンマに立ったとき，例えば生を否定して彼岸にかける宗教的な解決とか，「負け犬」の立場に甘んじて，尻をまくって世を白眼視するとかいったことは問題にならない。デフォーにとっては，あくまで「負け犬」にならないように注意すること，もし不幸にして「負け犬」になっても，へこたれず持ちこたえて「負け犬」の立場から脱することが肝心なのである。「もし」運よくパンの問題が解決すれば，パンによって生じたジレンマは同時にすべて解決されるというのが，少なくとも上述の文章から判断する限りにおけるデフォーの態度である。良心の問題はどうなるのか？　また「もし」運が悪ければ？　しかし，おそらく，「まず生きのびなくちゃあ，そうじゃないですか」という以外の返答は返ってこないであろう。「貧乏にならぬよう注意が肝心」という常識的な忠告には，実践的道徳教師以外の姿勢は示されていないのである。以上わたくしが長々と引用したのは，上記の文章にうかがわれるデフォーの現実的姿勢が，フィクション，ノンフィクションを問わず，デフォーの著作，ひいては生活，の基本的姿勢であるように思われるからである。もちろん，わたくしは膨大なデフォーの著作

第 1 章 「慈悲深き神慮」 15

のごく一部しか目を通していないし，またその一部分から一つの随筆を捕らえてデフォーの態度をうんぬんする危険を承知の上で，あえて上述の「現実的姿勢」をデフォーの作品を理解する一つの核とする視点から，『モル・フランダーズ』を眺めて行きたいと思う。

　旅行記形式を借りて，『ロビンソン・クルーソー』で大当たりをとったデフォーが，「悪党伝記」形式を踏襲して書いた『モル・フランダーズ』が，やむをえざる悪党，つまりパンに追いつめられた人間の弱さ，の物語であるのは，上にみたようなデフォーの「生活と意見」からして，きわめて自然な成り行きであったといえよう。さらに，デフォーの意図が，追いつめられた人間のエゴイズムを距離を置いて倫理的に眺めることにあるのではなく，あくまで生活上の問題として，モルの奮闘をドキュメンタリーに活写することによって，「貧苦は犯罪の元である」という実際的な警告を発することにあったことは，本節の初めに引用したモルの言葉と上記の『レヴュー』紙からの引用がほとんど符節を合わせることからも推し量ることができる。その場合，物語作者としてのデフォーは，当然一つのジレンマに陥らざるをえない。なぜなら，すでにみたように，デフォーは貧苦の前に，いわば白旗を掲げてしまっている以上，主人公モルの不法行為を裁く立場にない。作者はむしろ裁かれるべき側に身を置いている。この意味において，ボヴァリー夫人がフロベールであるというよりも，さらに直接的な意味においてモルはデフォーであるといえる。したがってデフォーは，モルを裁くどころか，奇跡的幸運によってモルの奮闘が報われるという wishfulfillment の世界を作り出さざるをえない。当然の結果として，作者デフォーは，モラルの上からどのように帳尻を合わせるかという問題にぶつかることになる。『レヴュー』紙の場合のように一般論として述べるときには，倫理の問題に立ち入らず，一片の祈りで警告を結ぶことができるが，物語となればそれだけでは済まない。現実にモルという人物の犯罪行為を活写するとなれば，彼女の行為の理由はどうあろうと，作者の側としては一応彼女を法律上のみならず，モラルの上からも裁くという建て前でないと，不道徳な本として読者に背かれることになる[35]。デフォーの読者は主として，非知識的な（したが

って生活の上ではともかくとして，モラルの意識は強い）階層であり，18世紀の前半はきわめてディダクティックな時代で，フィクションを読むことさえ不道徳としたような一面があったから，そのような読者の要求を満足させる上からも，作者としては「楽しましめ，かつ教化する」という姿勢が一般的であり，デフォーももちろんその例外ではありえなかった[36]。したがって，モルの口を借りてならともかく，デフォー自身が貧苦の前に良心も宗教も無力であると正直に認めるわけにはいかない。それゆえ，デフォーは，「著者のまえがき」の中でこの本は手記に基づいた実話であると述べたのち，以下のような道徳的目標を掲げている。

　この無限の変化に富む本を通して，この基本方針[37]は最もきびしく貫かれている。悪事が描かれる場合は，一貫して不運な結末に終わらせており，大悪人が登場すれば，不幸な末路をたどるか，または悔悟者になっている。悪い事柄が述べられているときは，その話のなかで非難を加えてあり，正しい，道にかなったことはちゃんと称揚してあります[38]。(傍点引用者)

　もし上のようなたぶんに勧善懲悪めいた大義名分を貫くとすれば，当然モルは神にも世にも見放されて，法によって死刑になるか，野たれ死にしなくてはならない。しかし，『モル・フランダーズ』はまれにみるドキュメンタリーな話ではあっても，あくまでデフォーの wishfulfillment としてのフィクションである。だから，物語はモルの悲劇に終わらず，危ういところで「慈悲深き神慮」によってモルは死刑を免れ，植民地送りになって更正の道に入るというふうに進んで行く。つまり，菓子を食べたら無くなるのは当然という諺通り，大義名分による正当化は不首尾に終わらざるをえない。ここから次のようなショアラーの批判がでてくることになる。

　『モル・フランダーズ』は，犯罪生活に対するばかりでなく犯罪は引き合わないという警告を発することを目的としている旨宣言している。しかし，

読み始めてまもなくわれわれにはその宣言を真面目に信ずる気がなくなる。なぜなら，物語の趣向には美徳が悪徳よりも必要であるとか楽しいとかを示すような節はまったくないことがすぐに明らかとなるからである。最後になって，悪の生活の結果，真人間になっても生活の心配がなくなったのちに，モルはやっと真人間に立ち返ったことをわれわれは知る。そこで，この本の実体からして，何らかの商業的文化の道徳的仮説，美徳と世上の財は等式を成すという信念が前提となっていることが明らかである[39]。

このショアラーの批評は確かにデフォーの痛い所を突いている。自己の破産体験に立って，正直を絶対的徳目として認めることができなかったデフォーは，いきおい唯物的道徳観に傾かざるをえない。デフォーのように貧苦の前に白旗を掲げることは，仮に生活上の問題が解決したとしても，帰るべきモラルの足場を失ってしまうことになる。モルは幸いにして生活の安定を得ることになる。しかし，モルの正直さは，物質的保証を失うとともに失われる以上，もはや美徳としての実質を大部分失ってしまうことになる。ショアラーが，モルの世界に「美徳＝世上の財」の等式を指摘し，「モルは道徳的存在を持たず，この本は道徳的生活を持っていない」[40]と断罪するのも無理からぬことと思われる。ここでデフォーを多少弁護するとすれば，デフォーの立場はより正確には，「世上の財＝美徳」といったほうが適切であろう。しかし，「世上ノ財ハ美徳ニカカセズ」という立場から，「美徳トハ世上ノ財ノコトナリ」という立場への移行は時間の問題にすぎないともいえる。いずれにしても，あくまで日常生活の次元を離れることをがえんじなかったデフォーは，「世上ノ財ハ美徳ニカカセズ」という前提から，「世上ノ財ハ美徳ヲ生ミダサザルベカラズ」という安易な結論に寄りかかることによって，事実上倫理の問題に立ち入ることを回避しているのである。しかし，ショアラーも認めているように[41]，それでも生きなくてはならないというモル（ひいてはデフォー）の弁明を倫理的に断罪することですべては解決するわけではない。問題は，そのような無いものねだりをすることではなく，現実にモルがそこまで追いつめられていることである。こ

こで，再び先ほど引用した「著者のまえがき」中の一文を眺めてみよう。「大悪人が登場すれば，不幸な末路をたどるか，または悔悟者になっている。」モルのような現実家が悔悟者になること，それは決して内面的変革に発するものでない以上，すでにみたように，客観的にいって彼女に絶対的モラルの足場を与えるものではない。しかし，もしモル自身が信じたように，そしてデフォーも信じたがったように，パンによって生じたジレンマは，パンという物質的要求が満たされると同時にすべて解決されうるとしたら，さらにこの作品におけるようにモルの奮闘が奇跡的に報われるとしたら，要するにこの二つの条件が可能であるなら，悔悟はまさに天の与えたまうた道となろう。そしてモルの場合，第二の条件がかなえられた以上，モル自身第一の条件を満たすのに何ら困難を感じなかったのである。このようにして，デフォーのフィクションに通有の，犯罪者から悔悟者へのパターンがこの場合も成立するのである。このいかにも第三者からみて御都合主義的なモルの悔悟について，ショアラーは「モルが犯罪生活で儲けたあげく，単に悔い改めましたといっただけで，最後には非の打ちどころのない立派な婦人となるなどということは，デフォーの計算にまったく入っていなかった，不合理な話」[42]であると，皮肉たっぷりに批判している。今日の読者は大抵このショアラーの批判を首肯するであろう。ただ，ショアラーのいうようにデフォーはまったくモルの立場の矛盾に気づいていなかったかというと，わたくしには疑問がある。もちろん，デフォーはモルをアイロニカルな角度からは捉えていない。しかし，自分をも含めて「持たざる」追いつめられた者の奮闘を何らかの形で肯定する必要に迫られているデフォーは，そのような奮闘が報いられるための二つの要件が満たされる wishfulfillment の世界をこの作品で作り出しているのである。

　彼女がついに，流刑になった夫とともに，ヴァージニアでまともな生活を目指し農園経営に努力したことは，流刑によろうと他の災難によろうと，海外に再生の道を求めざるをえない不運な人びとにとって教訓に満ちた話であり，勤勉と努力は，たとえ世界の果てにおいてでも必ずや報われるし，また，

どんな卑しい，見込みのまったくないような境遇にあっても，たゆまざる勤勉は，われわれをそのような境遇から救い出すのに大いに役立つもので，やがては最も卑しい者をも再起させ，彼の人生に新生面を開かずにはおかないことを，不幸な人びとにも悟らせるものである[43]。

この不退転の自己主張こそデフォーの真面目であり，そのためには，あえて目をつぶって「悔悟」という窮余の一策にすがりつくことも辞さないのがデフォーの立場である。デフォーも決してモルが悔悟によって「非の打ちどころもなく」なったとはいっていない。

　　モルの晩年は当初ほどの悔悟者ぶりはみられなかった。ただ，彼女は以前の罪の生活を語るときには常に嫌悪の色を浮かべたらしい[44]。

これは，デフォーの現実的姿勢をよく示していると同時に，良心の問題がモルの悔悟で解決されたわけではないことをデフォーも認めていると思うのは読み誤りであろうか。良心の問題はともかくとして，モルの悔悟は，すでにみたように，道徳的大義名分からは直接正当化しにくい質のものであった。人間的モラルの足場を踏みはずしたモルを，曲がりなりにも日常の生活に復帰させるものは何か。常識からいって復帰が不可能なところを復帰させるわけであるから，常識を越えるものの権威を必要としよう。そこで，「慈悲深き神慮」の登場となる。モルが死刑を免れるのも，植民地に送られてから，捨てた息子に再会して財産を贈られるのも，ひとえに「慈悲深き神慮」のなせる業と説明される。ここでは，農園を贈られたときモルが感謝を述べているくだりを引用しよう。

　　これはわたしにとってまったく驚くべき知らせで，これまでにないような幸運でした。本当にわたしの心はかつてないほど真剣に，また大いなる感謝をこめて，この世に長らえることを許された者のうち最大の悪人であったこ

のわたしにこのようなお恵みを下された「神の御手」を仰ぎ見るようになりました。またこの場合にかぎらず，感謝の気持ちのときはいつでも，自分自身はひどいお返しをしているのに，神（Providence）はわたしにお恵みを下されると感じられて，そうなると一層自分の過去の邪悪で忌まわしい生活がひどいものに思われ，そのような生活をまったく嫌悪し，自責の念にかられるのです。

　しかし，こうした点についてさらに深く考察することは読者にお任せして（読者諸氏も身に覚えのあることと思いますので），わたしは事実を続けましょう[45]。

　モルの世界では，本来絶対者であるべき神が，モルの現世的世界の人間的モラルへの復帰のお膳立てをすることによって，彼女の罪の尻ぬぐいをさせられることになる。この作品がわれわれに与えるアイロニカルな印象は，主として，モルが悪事を働けば働くほど，「神慮」は彼女に対して慈悲深さを増すごとくにみえるという点に起因しているといえよう。

4　おわりに──「神慮」のゆくえ

　『モル・フランダーズ』の現世主義的な，あまりに現世主義的な世界に，デウス・エクス・マキーナとして余儀なく登場させられた「神慮」とは，いうまでもなく，すでにその彼岸的実質を失った枯尾花である。「慈悲深き神慮」は，いわば，隠れミノである。貧苦の前に白旗を掲げた現実家デフォーは，「神慮」という隠れミノを用いて，屈折した形で自己正当化を行わざるをえなかったのである。そのことはまた，事実への寄りかかりを一層促す結果になる。モルの言行をあくまで事実であると主張することによって，モラルの上の矛盾を幾分かでもやわらげることができるからである。こうして，生活的現実から出発した『モル・フランダーズ』はついに事実の束縛を脱しえない。デフォーの小説が倫理的に「無色である」としたら，それはワットのいうごとく，単に「デフォーがフォーマル・リアリズムを手段とするよりも目的としたから」というよ

りも，デフォーの問題意識がパンの次元を超えて広がることがなかったためである。「さらに深く考えること」は，デフォーのいう通り読者の側に一任されてしまう。そして，われわれ現代の読者は，当然，モルの，そしてまたデフォーの，「神慮」による自己主張に対してアイロニカルな目を向けざるをえない。しかし，それにもかかわらず，われわれが最後までモルにつきあうのを辞さないとすれば，それは，ヴァン・ゲントのいうごとく，この作品がすぐれてアイロニカルな構成を持つ偉大な小説であるからというよりは，むしろ，デフォーの体験的現実認識に裏づけられたこのドキュメンタリーな物語が，「パンなしでは生きられない」という永遠のジレンマを絶えずわれわれに想起させるためであろう。確かにデフォーは，そのようなジレンマを単に提示したにとどまる。新しく発見されたエゴを，いわば虚構の中に開放して，そこに新しい倫理的な方向を探ることは，デフォーの目指すところとはならなかった。それには，おそらくまず，「神慮」の隠れミノを脱ぎ捨てねばなるまい。デフォーは，その一歩手前で立ち止まっているようにみえる。それゆえに，デフォーを浅薄としてしりぞけることはあまりに容易なことである。とにかく，しばしば 'sub-literary' とおとしめられる[46] デフォーは，70歳をこえる身で，借財のがれの侘び住まいの下宿で一人ひっそりと息を引き取ったのであり[47]，そのことを思い合わせれば，『モル・フランダーズ』がハッピー・エンドで終わっているのを不満としたり，ないものねだりをしたりする気になれぬのはわたくしのみであろうか。一般論をいえば，デフォーは，あえて隠れミノを脱ぎえない歴史的地点にいたのであり，そのようなミノを着たものは，もちろんデフォー一人ではないのである[48]。ところで，モルも渡った海の向こうのもう一人の現実主義者でありリチャードソンの同業者でもある，フランクリンの次のような言葉には，「神慮」のゆくえを暗示するものがあるように思われる。

　私は人と人との交渉が真実と誠実と廉直とをもってなされることが，人間生活の幸福にとってもっとも大切だと信じるようになった。そこで私は生涯実行する考えで，決心を書き記したものを作った。それは今も日記の中に残

っている。天啓は実際それ自身としては私にとってなんらの意味も持たず，ある種の行為は天啓によって禁じられているから悪いのではなく，あるいは命じているから善いというのでもなく，そうではなくて，それらの行為は，あらゆる事情を考え，本来われわれにとって有害であるから禁じられ，あるいは有益であるから命じられているのであろうと私は考えた。そしてこうした信念を得たおかげで，さらにまた恵み深い神の摂理のためか，守護天使の助けのためか，あるいは偶然にも環境に恵まれたせいか，またはそれらすべてによってか，私は遠く父の監督と教訓のもとを離れ，他人の間にあってしばしば危うい境遇に陥ったにもかかわらず，危険の多い青年期を通じて，宗教心の欠如から当然考えられる意識的な下等下劣な不道徳や非行を一つも犯さないですんだのである[49]。

『モル・フランダーズ』が書かれてから半世紀と少しばかりで，モルの再生の地であった新天地のこの現実家は堂々と隠れミノを脱ぎ去っている。それはとにかくとして，当面「神慮」のゆくえを追って，リチャードソンの小説に目を向けねばならないが，それはまた，次の機会に譲ることにしたい。

1) 周知のごとく，近代小説の始発をどこに置くかについては，決定的な定説がない。批評家によっては，デフォーの作品を近代小説でないとする向きもある。本小論はその問題を正面から扱うものではないので，「デフォーの小説」という言葉は，一応便宜的な表現として 'prose fiction' の意であると解されたい。
2) Ian Watt: *The Rise of the Novel* (Chatto & Windus : London, 1957), p. 31.
3) *Ibid.,* p. 34.
4) *Ibid.,* p. 228. (Cf. p. 34, p. 117)
5) On the other hand, Fielding's departure from the canons of formal realism indicated very clearly the nature of the supreme problem which the new genre had to face. The tedious asseveration of literal authenticity in Defoe and to some extent in Richardson, tended to obscure the fact that, if the novel was to achieve equality of status with other genres it had to be brought into contact with the whole tradition of civilised values, and supplement its realism of presentation with a realism of assessment. *Idem.*

6) Cf. *ibid.* p. 117. Formal realism is only a mode of presentation, and it is therfore ethically neutral : all Defoe's novels are also neutral because they make formal realism an end rather than a means, subordinating any coherent ulterior significance to the illusion that the text represents the authentic lucubrations of an historical person. . . . : the problem of the novel was to discover and reveal these deeper meanings without any breach of formal realism.
7) Cf. D. Van Ghent : "on Moll Flanders" in *The English Novel : form and function* (Holt, Rinehart & Winston : New York, 1953), pp. 34-5.
8) Cf. *ibid.*, pp. 42-3. But if Defoe "intended" Moll's little moral sermons as the message of his book (and he does, in his Author's Preface, so guarantee them for us as his own persuasions) how can they be said to be ironic? We are left with two possibilities. Either *Moll Flanders* is a collection of scandal-sheet anecdotes naively patched together with the platitudes that form the morality of an impoverished soul (Defoe's), a "sincere" soul but a confused and degraded one ; or *Moll Flanders* is a great novel, coherent in structure, unified and given its shape and significance by a complex system of ironies. The most irreducible fact about the book is that we read it—and reread it—with gusto and marvel. We could not do this if it were the former of our alternatives. That it may be the latter is justified by the analysis it yields itself to, as an ironic structure, and most of all justified by our pleasure in it. Shall we, then, waive the question of Defoe's "intention" and "sincerity"? Speculations as to these apparently can add nothing to the book nor can they take anything from it ; the book remains what it is. And we do not have appropriate instruments for analysis of Defoe's intention and sincerity, in the deepest meaning of intention and sincerity.
9) Daniel Defoe : *Moll Flanders* (The World's Classics, 1961), p. 390. 以下この作品からの引用はすべてこの版に拠る。*M. F.* と略記する。
10) Samuel Richardson : *Pamela* (Kenkyusha English Classics, 1942), pp. 1-2.
11) Cf. D. Daiches : "Samuel Richardson" in *Literary Essays* (Oliver & Boyd : Edingburgh & London, 1956).
12) Cf. Mark Schorer : "Introduction" to the Modern Library College Edition, pp. xiii-xv. Also, D. Van Ghent : *op. cit.,* p. 34.
13) Cf. *M. F.,* pp. 9-10.
14) Cf. *ibid.,* pp. 11-2.
15) Cf. *ibid.,* pp. 13-4.
16) A. D. Mckillop : *The Early Masters of English Fiction* (Univ. of Kansas Press : Lawrence, 1956), p. 28.
17) *M. F.,* p. 30.

18) *Ibid.*, p. 28.
19) *Ibid.*, p. 30.
20) *Ibid.*, p. 29.
21) *Ibid.*, p. 33.
22) *Ibid.*, p. 36.
23) *Ibid.*, p. 66.
24) *Ibid.*, p. 67.
25) *Ibid.*, p. 78.
26) Cf. M. Schorer : *op. cit.*, pp. x-xi, and I. Watt : *op. cit.*, pp. 94-6.
27) I. Watt : *op. cit.*, p. 94.
28) Cf. M. Schorer : *op. cit.*, p. xiii. It is the morality of measurement, and without in the least intending it, *Moll Flanders* is our classic revelation of the mercantile mind : the morality of measurement which Defoe has apparently neglected to measure.
29) McKillop : *op. cit.*, p. 1.
30) *M. F.*, p. 220.
31) W. L. Payne (ed.) : *The Best of Defoe's Review : an Anthology* (Columbia Univ. Press : New York, 1951), p. 270.
32) *Ibid.*, p. 269.
33) *Ibid.*, p. 271.
34) *Idem.*
35) もちろん，そのセンセーショナルな題名のつけ方をみても，抜け目のないデフォーが読者の側の不道徳な話に対する興味を利用しようという意識がなかったとはいえないが，それでもなお，読者に対してはもちろん，彼自身にとっても，何らかの「正当化」が必要であったことは疑いない事実である。
36) Cf. McKillop : *op. cit.*, pp. 39-46.
37) I.e. to recommend virtue and generous principles, and to discourage and expose all sorts of vice and corruption of manners. "The Preface" to *M. F.*, p. 5.
38) *Ibid.*, p. 6.
39) M. Schorer : *op. cit.*, pp. xii-xiii.
40) *Ibid.*, p. xiii.
41) *Ibid.*, p. xiv. . . . and we today are hardly in a position to scorn Defoe's observation that it is easier to be pious with a bank account than without one.
42) *Ibid.*, p. xiii.
43) *M. F.*, p. 7
44) *Ibid.*, p. 8.
45) *Ibid.*, pp. 387-8.

46) Cf. McKillop : *op. cit.,* p. 43.
47) Cf. James Sutherland : *Defoe* (Methuen : London, 1937), pp. 269-74.
48) 例えば，リチャードソンは，ある婦人に宛てた手紙の中で自己を振り返っている際，次のように述べている。'he' とあるのは彼自身をさす。... and blest, (in this he will say blest,) with a mind that set him above a sought-for dependence, and making an absolute reliance on Providence and his own endeavours. J. Carroll (ed.) : *Selected Letters of Samuel Richardson* (Clarendon Press : Oxford, 1964), p. 180.
49) Benjamin Franklin : *The Autobiography* (Kenkyusha Pocket English Series), pp. 78-9. 訳文は松本慎一，西川正身氏のもの（岩波文庫）を拝借した。

第2章　「慈悲深き神慮」[1]
―――パミラの場合―――

1　はじめに

　この小論は，サミュエル・リチャードソン（1689-1761）の『パミラ』（第1巻）を取り上げて，デフォーやリチャードソンに代表される，18世紀前半のいわゆる「ブルジョア」作家たちの物語作品の特質の一端を探ろうとするものである[2]。ところで，デフォーやリチャードソンといえば，目下のところ近代イギリス小説の定礎者として，「イギリス小説の父」たる栄誉を競い合う作家と目されていることは，今さら断るまでもないくらいである。そして，近年この方面の研究において社会・経済的側面からの照射が盛んであったこともあって[3]，その評価はとみに高まり，特に『パミラ』はイギリス最初の近代小説として認められつつあるようである[4]。確かに，デフォーやリチャードソンの小説がリアリスチックな描写に富むことは，その作品を一読した者にとっては否定しがたい事実であろう。しかし，小説の発生という視点を一応離れて彼らの作品そのものを虚心に読むとき，単に念仏のように繰り返される，デフォーの'circumstantial realism'とかリチャードソンの'psychological realism'とかいう標語だけでは片づけられない，何か釈然としない感じを覚えるのは，あながちわたくし個人の勝手な印象とは言いきれないようである。最初の近代小説という言葉とは裏腹に，この小説の世界に素直に入ってゆけずに，ある戸惑いを感じさせられるのである。

　こういうと，隔靴掻痒の感に絶えず悩まされている研究家諸氏から，「なんとお前は単純な奴だ。200年以上も前に，しかも外国で書かれた代物が，そうスンナリ理解できてたまるか」と叱り飛ばされるかもしれない。そういわれれ

ば一言もないのであるが，それにしても，『パミラ』に対面して感じる戸惑いは，少なくとも単に時間的な隔たりのせいばかりでないことは，例えば，同時代の作家ヘンリー・フィールディングの作品と比べても明らかとなろう。これら両作家の作品，さらにはデフォーの作品の解釈に際して，ともにアイロニーという言葉が持ち出されることがあるのだが[5]，その場合，同じくアイロニーとはいっても，リチャードソンやデフォーの場合とフィールディングの場合とでは，いちじるしい相違がみられるのである。一言でいえば，フィールディングの場合には，大方作者の物の見方そのものに発する意識的なアイロニーであるのに反して，リチャードソンの『パミラ』やデフォーの『モル・フランダーズ』における場合には，主として，作者の表明している意図と実際の作品がわれわれに与える印象との落差から生じるものとなる。つまり，リチャードソンやデフォーの作品のアイロニーという場合，それはもっぱらわれわれ読み手の側が感じる，したがって主観的な，ものとなる。

　デフォーやリチャードソンの作品における，こうした，いわば「結果としてのアイロニー」は，直接的には彼らの創作意図の二面性，ひいては物を書く際の根本的な姿勢，つまり彼らのメンタリティーそのもの，に起因していると考えられる。先に，作者の意図と実際の作品が与える印象との落差といったが，しばしば指摘されているように，デフォーやリチャードソンは，単に物語を書くだけでなく，同時にそれによって実際的な教訓を垂れんとしている。つまり，物語作家であると同時に，きわめて実践的な道徳教師をもって任じているのである。しかも，彼らの説く道徳は，のちにみるように，宗教の名によって，いわば絶対的な是認を与えられているようにみえながら，その実，彼らの展開する物語は，奇妙にもおよそ宗教的とは言いがたいような功利主義的世界なのである。ここから，彼らの作品に対するアイロニカルな読み方が可能となることは明らかであり，彼らの小説の複雑さ，ないしは矛盾ということがいわれるわけである。そして，彼らの作品を批評するに当たって，そのリアリスチックな描写に焦点を合わせるか，またはアイロニー一辺倒で割り切る関係上，存外こうした複雑さないしは矛盾そのものを立ち入って検討することなしに，いい加

減なところでウヤムヤにされている憾みがないでもないと思われる[6]。

　もちろん，アイロニーとか矛盾とかいっても，すでに述べたように，それは主として読み手の側のものであるからして，今日においても，「リチャードソン様のお書きになったもの」を無条件で褒め称えた，当時の婦人読者と同様に，そこに説かれているモラルや宗教に何の抵抗も矛盾も感じない読者というものも当然ありうる。しかし，そうした天真爛漫な読者を別にすれば，彼らの作品にみられる説教の過多や，やたらに持ち出される神様や神慮の働きの強調に対して，多かれ少なかれ戸惑いを感じ，彼らの小説をどのように受け止めるべきかという疑問に当面せざるをえないのではなかろうか。

　そうした疑問に立ち向かう仕方はいくつか考えられようが，概して二つの方法がとられるようである。その一つは，目の前にある作品そのものに重点を置き，われわれ読み手のアイロニカルな印象を基にして作品分析を行い，作者の道徳的意図は単なる正当化として無視する行き方である[7]。またもう一つは，矛盾や不自然のあることは認めつつも，なるべく作者または登場人物の意識の側に身を置いてみることによって，彼らの意識からみれば，そこには何の矛盾もなく，首尾一貫していたとする行き方である。例えば，海老池俊治氏は，その『パミラ』論の結びとして次のように述べている[8]。

　　Pamela の〈物語〉は基本的に現実的である。しかし，その構想においても，描写においても，種々の矛盾を含み，必ずしも〈自然〉ではない。が，それにもかかわらず，作者の意識のなかでは，はっきり首尾一貫していた。彼がそこで主張すべき原理の強い信念を持っていたからである。そして，それが「この驚くべき物語」にいきいきした生命を与えた原動力であったに相違ないのである[9]。

　これは，一見きわめて妥当な行き方のようにみえながら，実はあまり説明にならないのである。なぜならば，いかに彼らの意識において首尾一貫していても，われわれにとっては首尾一貫しているようにみえないことこそが問題なの

であって，たとえ彼らがいかに神慮に対する強い「信念」を持っていたといえども，われわれの側にそうした信念があるわけのものでない以上，矛盾した感じは相変わらず残され，したがって，そうした信念がこの作品を生動させている原動力とはどうも受け取りがたいからにほかならない。したがって，単に彼らが神慮に対して強い信念を持っていたという事実を指摘するだけでは十分でないと思われる。

　しばしば，『パミラ』はピューリタン的であるとか宗教的であるとかいわれるのであるが，確かにこうした信念はその具体的現われの一つであることは疑いない。要は，そのような信念を冷ややかな優越感をもって見おろすことも，逆にまた，その信念なるものに義理立てすることも，リチャードソンの理解の上にあまり役立たないだろうということである。やはり，18世紀前半の時点において，宗教的であることやピューリタン的であるということは一体どのようなことを意味したのか，さらにまた，彼らの「強い信念」が彼らの作品にいかなるプラスとマイナスを現にもたらしているかが，より具体的に問われる必要があろう。以下に述べることは，そうした観点から神慮の強調ということを一つのカギにしてこの作品を眺めた場合の，一つの試行錯誤である。

2　綱渡りの女——リチャードソンの意図を中心にして

　『パミラ』執筆の事情およびリチャードソンの創作意図は，この作品を論じる場合，必ずといっていいほど持ち出され，今日すでに常識となっている。しかし，それだけ繰り返し語られるにはそれ相応の理由があるわけで，具体的な作品分析にかかる前にやはりその問題に触れておく必要がある。というのも，その話は，何よりもまず端的に，当時揺籃期にあったところの「小説」が置かれていた状況を示していると思われるからである。リチャードソンは，その友アーロン・ヒルに宛てた手紙の中で，この作品がいわゆる『書簡文範集』の執筆に触発され，昔ある友人から聞いた実話にのっとって書いたものであることを述べたあと，次のようにいっている。

……わたしはこう思ったのです。つまり，この話は，その単純さにふさわしく，平易で自然なふうに書かれれば，新しい種類の書き物を創出することになるかも知れず，それは，若い人びとをロマンス流の書き物につきものの虚飾やみせびらかしとは異なった読み物へといざなって，一般に小説にふんだんに詰め込まれている，ありそうにもない驚くべきことを追放することで，宗教と徳の目的を促進することになるかも知れない，と[10]。

　作者の意図などというものは，とりわけ上のように麗々しく教訓的目標を掲げている場合には，必ずしも当てにはならないものであることを承知の上でみると，リチャードソンのいう「新しい種類の書き物」とは，まずロマンス流の小説のように「ありそうにもない」ものでなく自然なものでなければならず，同時にまた「宗教と徳の目的」にかなったものであるべきだとされている。果たして『パミラ』がありそうにもないものであることを免れているかどうかは一応別として，小説が宗教と徳の目的と合致し，それに奉仕すべきであるという主張は，特にその場合の道徳が通念としての社会道徳にすぎないことを思えば，今日の小説家の発想とはかなり異なるものであることは認めざるをえないだろう。

　注目すべき点は，こうした主張は，一人リチャードソンにとどまらず，デフォーなどにおいてもまた執拗に繰り返されていることである。このことは，発生期の小説が，自律的なフィクションであると同時に，むしろそれ以前に，社会道徳を説くための器であり，しかもその際にその道徳は宗教の名によっていわば絶対的な認可を与えられていたことを意味しているといえよう[11]。つまり，少なくとも表向きには，発生期の小説は，18世紀に入ってからも盛んに読まれていたといわれる「宗教パンフレット」と一卵性双生児であったことは，J. P. ハンターがそのデフォー研究において実証的に示しているところである[12]。そういったからといって，わたくしは何もリチャードソンやデフォーの小説が「宗教的」であるなんぞという，見当はずれのアナクロニズムを振り回すつもりは毛頭ない。ここでは，リチャードソンが宗教を振り回したことを

確認しておけばそれでよい。

　ところで，リチャードソンの説いたモラルとは，いわずと知れた'prudence'（慎慮）の効用のそれである。実生活において慎慮の欠くべからざることは誰も否定しえないところであろう。問題は，リチャードソンが，フィクションの中においてまでもそれを説いて止まなかったところにある。実生活とフィクションとのズルズルベッタリな関係が問題なのである。もちろん，当時にあっても，リチャードソンが説いたようなモラルが必ずしも万人の是認するところでなかったことは，周知のように，フィールディングその他の反発によっても明らかである。わたくしは，何も，彼らがそうしたごとくに，この作品のモラルをあげつらい，滑稽化しようとするものではない。それにもかかわらず，この作品が全体としてみるとき，矛盾に満ちているということは，はっきり指摘しておかねばならないと思う。最近では，この作品を論じるに当たってできるだけそのモラルには触れまいとする態度もみられるが[13]，そしてそれは一応なずけるとしても，それを避けて通ることはこの作品の正しい理解を妨げる恐れがたぶんにあるのである。

　能書きはこれくらいにして，『パミラ』（第1巻）そのものを眺めることにしよう。周知のように，この小説は，若く美しい小間使いパミラが，みずからのお屋敷奉公の体験の逐一を，貧しいが正直者で信心深い両親に書き送る手紙，さらには日記，の形式で書かれている。そして，両親から彼女に宛てた4通の短い返信，および作者が編者として直接顔を出す前後2回の短い部分を除けば，物語は一貫してパミラの視点を通して展開される。つまり，あくまで現実の話を装った初期の小説の例にもれず，一人称体をとっている点でデフォーの作品と相通じる面があることに留意する必要がある。

　パミラの物語自体は，およそ単純である。彼女の仕える女主人の死に始まり，その息子で放蕩者の若主人B＿＿氏による誘惑，それに対するパミラの抵抗，その結果としての別邸への監禁，彼女の'virtue'の死守，パミラに感化されての若主人の改心，および両人の結婚と続き，この身分違いの結婚に対する周囲の人びとの是認と祝福のうちに，めでたく幕となる。こう要約してしまえば，

何だ，ありふれたメロドラマじゃないか，と軽蔑する向きもあろう。（事実，『パミラ』は近代メロドラマの元祖なのである。）[14] ただ，これがありきたりのメロドラマと様相を異にするのは，この物語が本来は宗教的なものであった，徳の「試練」とそれに対する「報い」という宗教的パターンにのっとっているためである。

そのことは，いうまでもなく，先に引用した「宗教と徳の目的」うんぬんという作者の言葉と無関係ではない。物語自体が，いわば宗教と道徳というカミシモを着せられているのであって，この点に，あるメンタリティーが表われているのである。リチャードソンの上の言葉は，少なくとも彼自身の意識の表面においては，決して単なるお体裁ばかりではなかったのである。『パミラ』は，一方において love romance であると同時に，他方パミラというお手本を通しての作者自身の道徳観の神格化であったことは否定しがたいところである。そこで，以下においては，そうしたリチャードソンの意図の二面性が，実際において，この作品の筋立ておよび登場人物の性格づけの上にどう反映されているかをみてみることにしよう。

最初に筋立てとの関連において。『パミラ』第 1 ページを読むとき，われわれはこの物語の世界が一種独特な「白日夢」のそれであることを知らされるのである。

　わたしの心配は，わたしは奥様つきの小間使いでしたから，これでまた，寄る辺がなくなってうちへ帰らなければならなくなるのではないか，ということでした。お二人とも日々の暮らしで手一杯なのですもの。それに，奥様のお心尽くしでわたしは読み書き算術を仕込まれ，針仕事も相応にでき，そのほか，分にすぎた芸事を身につけましたが，そうした嗜みが役に立つ勤め口があるようなお屋敷はざらにあるものではありません。でも，神様は［切羽詰ったときに］[15] そのお情け深さはわたしたちも窮地において再々経験している通りですが，死の床にある親切な女主人様に，息を引き取られる一時間ばかり前に，わたしたち召使い全員を一人ひとり，御子息の若旦那様に託

することを思いつかせになりました。そして，わたしの番になると，（わたしはお枕もとで泣きじゃくっていましたが）こうおっしゃっただけでした——，「わたしの可愛い息子よ」，そしてちょっと言葉をお切りになり，それから意識を取り戻されて，「可愛そうなパミラをお忘れでないよ」。そして，これが奥様の最後のお言葉の一部となりました。ほんとに涙の乾くひまがありません。この紙にしみがついていても，ご不審に思わないでください。

でも，神の御心はきっと行われます。そこで，幸い，わたしはうちへ帰されてお二人の荷厄介にならずに済みそうです。というのも，ご主人がこうおっしゃったからです。「お前たち女奉公人は，みんな面倒をみてやるよ。パミラには」，（そして，わたしの手をお取りになりました。みんなの前でお取りになったのです），「母のために，お前にはよくしてやりたい。わしの下着類の世話をしてもらおう。」あの方の上に神の恵みのあらんことを！[16]

すでに指摘したように，一見宗教的なパターンにのっとっている以上，のっけから神様の「慈悲深さ」が証言されるのは当然のことかも知れない。したがって，作者の表面的意図の必然的結果として導かれてくる，貧しい美女の玉の輿および放蕩者のジェントルマンの改心という，二つながらにしてかなり白日夢的な筋立ては，神様の慈悲深さという，いわば理性を超越した一点に支えられることになるわけである。そこで，そのような神慮の強調がどうわれわれの目に映るかの問題はあと回しにするとして，実際において，『パミラ』の筋立てが，神慮のあらたかさを例証するためのものであるがごときを，ある点まで物語の展開に沿って，みてゆくことにする。

上の引用の検討から始めよう。まず，「淑徳の報い」という副題に沿うために，ここでリチャードソンがかなり周到な配慮をしていることは明らかである。物語の冒頭から，われわれは，パミラにとって愛する両親のもとに帰ることが，貧しい両親に負担をかけるという親孝行な理由からばかりでなく，お屋敷奉公で分不相応な芸事を身につけたこともあって，必ずしも喜びでないことを知らされる。少々露骨な言い方をすれば，ことほどさように B＿＿邸の居心地が

満点なわけである。このことは，単にパミラが snob であると片づけてしまうわけにはいかない。筋の展開の上で不可欠な配慮でもある。なぜなら，若主人B＿＿氏の下心が明らかにされるという形でパミラの「試練」が始まった暁に，彼女がサッサと家に逃げ帰ったのでは，肝心の「報い」にさしさわりがあるからである。したがって，パミラの試練は，彼女の安否を気遣う両親とハラハラする善良な読者との期待を裏切っても，彼女の帰宅によるスンナリした決着を許さないのである[17]。

　いきおい，パミラはのんべんだらりと B＿＿邸に留まって，B＿＿氏の誘惑に身をさらさねばならないことになる。当時の性道徳の状態に照らしてみれば[18]，それがきわめて危険な綱渡りであったことは，パミラ自身が誰よりもよく承知していたはずである。とにかく，やっとパミラが御輿を上げたときには，すでに B＿＿氏のワナはしかけられており，彼女を乗せた馬車は，当人の予期に反して，両親の家にではなく，彼女の到着を手ぐすねひいて待ち構えている性悪のジュウクス夫人の差配するリンカン州の別邸に向かい，パミラはそこに軟禁される。

　のっけから表明されている，パミラの神慮のあらたかさに対する信念——ひたすら神慮を信じ，貞淑にかつ慎重にふるまえば，この世で必ず報われずんばやまず——は徒に終わるのであろうか。どうして，案ずることはないのである。パミラが B＿＿邸を去るに当たって，善良な執事のロングマン氏はこう予言する。

　　あんたのような善良な娘ごには神様がお恵みを授けてくださるだろうと確信する。そして，あんたは再び貧しい父上と卑しい身分とに戻られるわけだが，神様はあんたをお見捨てにならないだろう。わたしの言葉を心に留めておくがいい。そして，いつの日か，あんたが報われることになるだろう。もっとも，わたしはその日まで生きながらえていはしないかも知れないが[19]。

　この言葉は，パミラの言葉の客観化であると同時に，いわば作者が作中人物

の口を借りて物語の展開方向を暗示しているものであるが，それにつけても，彼女が親元に戻ることが不仕合わせのようにいわれていること，また，ロングマンのいう神慮による「報い」が，「あの世」での救済ではなく，「この世」での身分の向上であることは，注目すべき点である。つまり，宗教的なパターンにのっとっているものの，この物語における「報い」は，何よりもまず，現実的利得ぬきには考えることのできないものなのである。そして，これ以後の物語の展開は，まさにロングマンの上の予言を裏書きすることになる。

　軟禁状態を脱しようとするパミラの二，三の試みは中途はんぱなために失敗し，自殺も思いとどまる。やがて別邸に乗り込んだB＿＿氏は，彼女に情婦になれとの最後通牒を突きつける。しかし，こうした危難に際して，パミラはいちいち枚挙に暇がないほど，神慮への信頼を繰り返してやまないのである。ごうを煮やしたB＿＿氏は，ジュウクス夫人としめし合わせて，闇討ち的にパミラの寝込みを襲う。今度こそ絶体絶命と思われたその瞬間，パミラが気絶し（これもまた神慮の働きと説明されている）[20]，絶好の機会を前にしながら，どういう風の吹き回しか，この期に及んで，極道者というふれこみのB＿＿氏は，仏（？）心を出しあっさり引き下がるのである。

　以後のB＿＿氏はにわかに軟化し，パミラへの愛を口にするようになる。そして，多少の曲折を経てついに求婚し，パミラもいそいそと引き返してきてそれに応じるのである。このB＿＿氏の突如としての変貌（もしくはパミラの側の印象の急変）については，登場人物の性格づけについて述べる際に譲るが，とにかく，この逆転は「神様は，瞬時にあの方［B＿＿氏］の心を動かすことがおできになります」(p. 151) という，パミラの「希望的観測」を文字通り裏書きするものであり，まったく神業ならではのものといわざるをえない。この時点を境として，それまでの「徳の試練」の物語は，にわかにロマンスの色彩を強めてゆくのである[21]。

　こうして，B＿＿氏の愛の告白と求婚をもって，パミラの試練はめでたく落着する[22]。あとは，この身分違いの結婚を神慮の名において正当化することだけが残される。事実，パミラはこんな感慨をもらすのである。

今からは，先見の明がないわたしたち人間は僭越にもみずからの知恵を頼みとするのはやめましょう。あるいはまた，わたしたちが完全に自分自身を導くことができる，などと自惚れるのはやめましょう。わたしには，次のように断言する立派な理由があるのです。つまり，わたしが失望のどん底にあったとき，実はわたしはわたしの仕合わせにより近くなっていたのです。というのも，もしわたしが逃亡したりしていたら，（逃亡こそは，しばしばわたしの目前の主目的であって，わたしはそれに望みをかけていたのですが）わたしは今わたしの目の前にある仕合わせを取り逃がしてしまっていたでしょう。そして，おそらく，わたしが避けたいと思っただろう惨めな生活にまっしぐらに落下してしまっていたでしょう。でも，結局は，この驚くべき転回をもたらすためには，わたしが現に辿った道をあゆむことは避けられないことだったのです。ああ，測りがたい神の英知よ！――そして，善なる神のご親切をどれほど称え，どれほど謙虚にわが身を処さなければならないことか！　というのも，わたしは，願わくば，この紳士とわたし自身への神のお恵みをいや増すためばかりでなく，ほかの人びとへも利益を分かち与えるためにも，哀れな道具たらしめられているからです。慈悲深い神様，どうかこのわたしの願いをお聞き届けください！[23)]

　つまり，B＿＿氏は，パミラにとって，愛の対象であると同時に，「神のめがねにかなったすべての人びとに恵みを垂れるためのふさわしい道具」(p. 276)なのである。そして，パミラのこうした神への感謝が作者によっても全面的に肯定されていることは，結びの編者（実は作者）のあとがきからも十分にうかがえる。以上ごくかいつまんで『パミラ』のあらすじを辿ることによって，「淑徳の報い」という宗教的命題にしばられて，筋そのものがかなり不自然な形を取らざるをえなかったことを明らかにしたつもりである。皮肉なことに，リチャードソンが当時の romance がかった小説を告発している，先に引用した文句「ありそうにもない驚くべきもの」は，少なくともそのあらすじに関する限り，彼の目指した「新しい種類の書き物」であるはずの『パミラ』に，そ

っくりそのまま進呈しうると思うのは，ひがめであろうか。

次に登場人物に関して。個々の人物を取り上げる前に，二つのことに注目したい。一つは，物語自体が宗教・道徳のパターンにのっとっているために，登場人物は，個人としての人間であるとともに，反面において神慮によって動かされる「道具」であり，主な人物たちは神の「大計画」を立証すべく，最初から役割を負わされていることである。もう一つは，視点の関係上，登場人物はほとんどすべてパミラの目を通してのみ示されることである。しかも，パミラ自身みずからを一個の「道具」と思いなしている以上，諸人物も，もっぱら，いかに彼らが「大計画」に沿うか，もしくは反するか，という角度から捉えられることになる。

ところで，ひるがえって考えれば，パミラのいう「大計画」は，とりもなおさずB＿＿氏との結婚という幸運によって立証されるのである。それゆえ，彼女の目を通してのみ諸人物がわれわれに示されるということは，彼女の一方的な判断で彼らの行為行動のうち彼女にとって都合のよい面のみが示されることになる。しかも，パミラと作者との距離を示すものが見当たらないのであるから，パミラは，物語の視点人物としては，きわめて「信頼のおけない話者」であるという感じを読者に与えてしまうのである。以上が，この作品の登場人物の性格づけが偏りを帯びる理由の一端である。

実際，登場人物の幾人かは，初めから善玉か悪玉のどちらかに決まっている。例えば，「善人」のジャーヴィス夫人と「悪人」のジュウクス夫人といった具合である。ところで，問題は，単にこうした割り切り方だけではない。実は，端役はともかく，主役のB＿＿氏とパミラの性格も，奇妙に不安定にみえるのである。善玉と悪玉を区別する規準は，すでに指摘したように，パミラの玉の輿という形で示される神慮の働きを助成するか妨げるかである。いうまでもなく，神にとって「不可能」ということがない以上，いったん神がそう望むなら，悪玉もたちどころに善玉に変貌せざるをえないのである。そして，事実，悪玉の総大将と思われたB＿＿氏は，にわかに理想的な夫に早変わりして，貴族的な姉のデイヴァーズ令夫人をして弟は「ピューリタン」になったと慨嘆

せしめるほどの善人になる。このことは，最初は誘惑者の役割を負わされて登場しながら，パミラの徳の報い手でもあるという，B＿＿氏の役割の二重性の結果生じる矛盾といえよう。

ところで，善玉の女神パミラの場合，確かに，表面上はB＿＿氏ほどの豹変はみせない。しかし，B＿＿氏の突如としての軟化に伴って，彼女の態度も，急にそれまでの極端な誹謗から極端な賛美へと変わる。そして，B＿＿氏が，例の最後の試練の直後，急に彼女に優しい態度をみせ，彼女への想いを打ち明けた途端に，あれほど卑劣なたくらみを弄したB＿＿氏の求婚を受け入れるそぶりをそれとなく示すのである (p. 139)。そして，彼女の「深く秘めた想い」であるB＿＿氏への思慕をもらすようになるのだが (pp. 188 ff.)，この変化は，いかに当時の女性のふるまいに関する習慣を考慮に入れても，唐突の感を免れない。

なるほど，B＿＿氏が改心する以前にも，彼が怪我したことを伝え聞いたパミラは以下のように述懐する。

あの方のわたしに対するけしからぬふるまいにもかかわらず，あの方を憎めないのはどうしてでしょう。確かに，わたしは普通の人たちとは違っているのです。あの方は，確かに，彼を嫌いになるようなことを散々なさいました。でも，あの方が大怪我をされたことを伝え聞いたとき，命に別状がないことを知って，わたしは心の中で喜びを抑えることができませんでした。彼が亡くなればわたしの悩みの種も無くなったでしょうけれども。思いやりのないご主人様！　もしもあなた様がこのわたしの心中をお察しくだされば，きっとわたしをこのように悩ませはしないでしょう。でも，奥様に免じて，あの方によかれと祈らねばなりません。そして，わたしを誘惑するのをやめて改心なさるなら，あの方はわたしの目にどんなに天使のように映ることでしょう！[24]

しかし，こうしたパミラの愛の自覚といった問題は，主要なテーマの「試練」

と「報い」が正面に据えられているために，前半の150ページにおいては表面に現われず，両人の反発が愛に変わる十分な根拠は見出しがたいのである。パミラの希望的観測が，たまたまB＿＿氏の好都合な改心によって実現するかにみえたとき，B＿＿氏の初めての愛の手紙を前にして，帰宅途上のパミラは「愛」という言葉をみずからに当てはめるところがある。

　　でも，あなたがた［彼女の両親］に告白しなければなりませんが，あの方のほかにこの世でほかのどんな人をも考えることは決してできないでしょう。「ずうずうしいにも程がある！」とあなたがたはいわれるでしょう。おっしゃる通りです。でも，愛は意のままになるものではありません。「愛」と言いましたね。ところで，それがわたしをとても落ち着かない気持ちにさせるところまでは行っていないことを望みます。というのも，愛がどのようにして生じ，いつ芽ばえたのかも定かでないからです。そして，愛は，何がなんだか分からないうちに，まるで盗人のように，わたしの心に忍び込んだのです[25]。

　愛は，物語の逆転を目前にしたこの時点において，初めて持ち出される。しかも，B＿＿氏が二重の役割をここにおいて持つに至るのだが，B＿＿氏の変貌が急激であるように，パミラの愛の発露も物語全体のペースからいってかなり急ピッチに描かれ，両人の愛の進展の過程が読者に十分納得のいくように示されているとは決していえない。

　要するに，物語のパターンの要求に従って，神がもはやパミラの試練が十分の度合いに達したと認めたにすぎない。こうして，大時代的な言葉で語られるパミラの愛は，理屈を超えるものとしてわれわれに示されるわけであるが，いかに恋は盲目とはいえ，あれほど卑劣なたくらみを弄した相手に対して，そうしたたくらみに陥れられるたびに想いがつのるというのはいかにも辻褄の合わない話であって，筋立ての上の無理は明らかである。超自然的な神慮による徳の報いときわめて人間的な愛の物語とを強引につなげたところに成立している

この物語は，必然的に矛盾を含んでおり，そこにパミラ深慮説が唱えられる原因があると思われる。

　パミラのB＿＿氏への愛は，彼女にとってと同様に読者にとってもまた，「どのようにして生じ，いつ芽ばえたかも定かでない」といわざるをえないのである。しばしば述べたように，パミラとB＿＿氏の愛の成立は，所詮「慈悲深き神慮」の介入抜きではありえないものであることは明らかである。つまり，「試練と報い」という宗教的パターンにのっとるものであるので，B＿＿氏の改心によってすでに事は落着したのであり，急転直下，結婚へと進行し，パミラにとってもB＿＿氏にとっても，ひたすら神慮を称え，相手を賛美することだけが残されるのである。

　実際，彼らはこちらが面映いほど大げさに互いを褒めそやし合うのである。スティーヴズが，馬車での外出の折の彼らの会話が人間離れしている点を指摘しているが[26]，そうした人間離れは，この作品自体の構造に根ざすものである。要するに，パミラの性格の本質的な欠陥，他人を見る目が奇妙に狭く自己中心的であり，極端に走りがちであることは，看過できない。近代小説の出発点であるとされるこの小説は，畢竟，ジェイン・オースティンの小説などとは異なり，人間関係を描くことによって人物が相互に相手の人格を評価し，みずからを客観的に知ることを主眼とするものではなかったのである。

　結局，すでに指摘したように，『パミラ』は，作者の意図という面からすれば，まず何にもまして，それ自体人間世界を超える「神慮」の働きを通しての作者自身の道徳観の神格化であったことは，動かしがたい事実である。きわめてぬけぬけとした信念を前提としたゆえに，『パミラ』は，客観的な評価に向かわずに，放蕩者のジェントルマンがブルジョア出の娘によって改心するという，いかにもブルジョア好みの白日夢にとどまらざるをえなかったのであり，そのことは，この作品執筆の際の事情からして，やむをえざる結果でもあった。パミラの希望的観測はまた，そのまま作者リチャードソンのものでもあったのであり，そうしたぬけぬけとした信念の背後に，単に一個人のものだけにとどまらない，ある典型的な精神構造をみないわけにはゆかないであろう。

3　隠れミノ

　前節においては，馬鹿正直なほどリチャードソンの意図を正面に据えて，「慈悲深き神慮」の強調が『パミラ』の筋立てと登場人物の性格づけにどう影響したかをみた。そのことは，結果的にはこの作品の矛盾を指摘することになり，大人げないほどのあげつらいに終始したかにみえるかも知れない。しかし，最近むやみにこの作品を持ち上げる傾向があることを考えれば，必ずしも無意味でもなかろう。

　ところで，本節においては，角度をずらして，そうした神慮の強調がわれわれ今日の読者の目にどう映るかをみてみたいと思う。最初に明らかにしておかなければならないのは，多くの不自然さを抱えながら，この作品はある意味で結構それなりに面白く読めるということである。一例を挙げてみよう。

　……あの方［ジャーヴィス夫人］は，わたしにいつもいい忠告をしてくださいます。お二人の次には，誰よりも好きです。家内を立派に取り締まり整然とした状態にたもっておられるので，わたしたち皆は大層尊敬しています。わたしに本を読ませて聞くのを楽しみになさっていますが，それらは立派な本ばかりで，二人きりになると，わたしたちはいつもそういうものを読んでいますから，わたしはまったく家にいるような気がします。ハリーという，あまり感心しない下男がいますが，その男がわたしに馴れなれしい口を利いたのがジャーヴィスさんの耳に入りました。おれの可愛いパミラとかなんとかいって，キスでもしたげにわたしに抱きつきました。むろん，わたしは怒りました。ジャーヴィスさんは手ひどくその男をお叱りになりました。とてもご立腹でした。わたしの用心深さと慎み深さが分かってとても嬉しい，男衆など誰も近よせないがよい，とおっしゃいました。わたしは格別お高くとまっているわけではなく，誰にでも丁寧にふるまっています。しかし，こういう男衆からジロジロみられるのは，どうにも我慢できないのです。お腹の中まで見抜くような目つきをしますから。でも，たいてい朝も昼も晩もジャ

ーヴィスさんと一緒に食事をしますから，(とてもご親切にしていただいているので) あの男たちと話す機会がほとんどなくて気が楽です[27]。

　己の「用心深さ」と「慎み深さ」を語り，いかに善良でお高くとまっていないかという，この物語で再三繰り返されるパミラの自賛のあとの，この引用の最後の部分の，いわば語るに落ちたアイロニックな面白さである。こうした面白さは，作者の直接的意図とは無関係なものであろう。一言でいえば，「結果としてのアイロニー」の面白さということになろう。ところで，『パミラ』のアイロニーについて最も鋭い分析を行っているのは D. デイシャスであるので，以下にデイシャスの所論を取り上げつつ，それを批判することから始めよう。
　デイシャスの論は，冒頭においてリチャードソンの小説の宗教性について触れているのだが，『パミラ』の分析に当たっては，宗教的側面には深入りせず，当時にあってミドル・クラスの道徳そのものが内包していた矛盾によってこの小説を解釈しようとしている。デイシャスによれば，当時のミドル・クラスはみずからをこそ真の徳を保有する階級と自負する一方，現実の社会において最も恵まれていたのは貴族階級であったゆえに，彼らは貴族階級をば「放蕩と，慎みと徳の結びついた生活のしかるべき報いであるこの世での至福の極み」[28]と目した。そのことは，『パミラ』においては，徳高いパミラにとって，卑劣な B＿＿氏が彼女を誘惑することを止めた途端に申し分のない夫となるという筋に反映しており，こうした二面的貴族観がこの小説のモラルを奇妙に矛盾したものにしている，とデイシャスはいう。したがって，パミラは最初から無意識のうちに B＿＿氏を引きつけようとしているのであり，ただ慎慮を働かせて操をけがされないよう上手にふるまったために，ついに B＿＿氏を屈服させるに至ったというのである。いわば，デイシャスは，無意識的なものとはいえ，パミラ深慮説に傾いているわけである[29]。
　以上のデイシャスの指摘は，確かに的を射たものであり，『パミラ』の持つアイロニカルな面白さを見事に説明しているといえる。しかし，何となくはぐ

らかされたような感じがしないでもない。それでは，あのパミラの神慮への強い信念の告白はまったくのまやかしにすぎなかったのであろうか。そこで，もう一度，『パミラ』における神慮の意味について考察してみたい。

　結果的にみれば，デイシャスのいうように，パミラの慎慮は無意識ながら深慮と裏腹のものであったといえる。しかし，さらにいえば，深慮を無意識のレヴェルに引き下げていたものは神慮への信念であるし，パミラの慎慮なるものは，その背後に垣間見えているところの，深慮をよみしたまう神慮の働きなしには，所詮無謀にも等しいものであった。実際，「慈悲深き神慮」という支えを外してこの物語を眺めた場合，パミラの自称「慎慮」は，果たして慎慮と言いきれるであろうか。この小説は作者の白日夢であるからして，たまたま神慮があのようにきわどい瞬間にＢ＿＿氏の心を動かしたからこそ慎慮とみえるにすぎないのではないか。したがって，パミラの物語を慎慮と深慮からのみ捉えたのでは不十分であるように思われる。やはり，それら二つの「シンリョ」の背後にある「神慮」についても考え合わせるべきであろう。なぜなら，ミドル・クラスの道徳の含む矛盾の根本には，デイシャスの指摘する社会的側面と同時に，宗教的要因があったからである。そのことを等閑に付すると，パミラの慎慮を高く買いすぎ，そのモラルをやや安易に肯定する結果を招くことになりかねないからである。

　長いこと，この本の道徳性について徳と私利私欲とを調和させようとしているとして非難するのが常道でした。しかし，できるものなら，徳と私利私欲とを調和させてどこが悪いでしょうか。ここには，三つの要因が含まれています。すなわち，本当はどんな人間か（心理），どうすれば現世で成功できるか（慎慮），どうすれば来世で，また運がよければ現世でも，成功できるか（徳），が含まれています。パミラは自分の心理に忠実である（といっていいでしょう）。そして，無意識の手管を操って自分の徳を慎慮に変えてしまうのです（それは無意識のものだとわたしは思います）。結局，言いうることはこうです。そうできればそれに越したことはないではないか，ということで

す[30]。

　デイシャスのこうした弁護にもかかわらず，神慮によって私利私欲が楽々と保証されるという，ぬけぬけとした信念こそ問題である。『パミラ』のアイロニーは，一歩さかのぼれば，本来は宗教的な「試練と報い」のパターンを現実の世界に当てはめたことに由来するのであり，そこには，ある価値観の逆立ちがあったのである。もちろん，デイシャスもこの点を等閑に付しているわけではなく，論の冒頭において触れているのであるが，その価値の逆立ちが，きわめて自己中心的かつ無批判的な心理構造を生むに至ったことが，そのまま当時の「ブルジョア」小説特有の「結果としてのアイロニー」につながることが，明確に指摘されていない憾みがある。以下その点について，簡単に触れておこう。

　デイシャスは，リチャードソンの小説においては，「人間関係」が「神との関係を象徴する」形で捉えられていると述べているが[31]，この作品の実体からいえば，むしろ「人間関係が神慮によって辻褄を合わせられている」といったほうがより正確であろう。作者の「宗教と徳の目的」という言葉にもかかわらず，宗教とモラルの位置は逆転してしまっているからである。

　そのことは，例えば，同じくピューリタニズムの伝統に立つといわれる『天路歴程』と『パミラ』を比べてみれば一目瞭然である。『パミラ』の世界では，まず何よりも，「この世」での仕合わせが第一の価値であり，徳はこの世で報われてこそ意味があるようにみえる。ここでは，神はもはや Jealous God ではなく，この世の仕合わせを保証するだけの merciful Providence に成り下がっている。おそらく，パミラにとっては，クリスチャンのように妻子を捨てて，耳をふさいで荒野に踏み入るという寓話は，何とも慎慮に欠ける狂気の沙汰として理解の外にあったであろう。これら二つの作品を隔てている半世紀有余の年月の間に，ある精神の決定的転回が起こりつつあったようにみえる。いや，むしろその転回は，クリスチャンの時代においてもすでに顕著になっていたのかもしれない。『天路歴程』は，そうした宗教心の風化に対して烈しい抗議を

こめて書かれた swan song とでもいうべきものであったことは，次の引用からも察せられよう。

　金好き氏……牧師で立派な人がごく小さい聖職禄しか持っておらず，目の前にはるかに実入りのよいもっと大きな聖職禄があるとしましょう。そして，もっと努力することによって，つまりもっと頻繁にまた熱をこめて説教することによって，また当今の人たちの気風がそれを要求するゆえに自分の主義主張を多少変更することによって，それを手に入れる機会があるとしましょう。その場合，わたしとしては，(聖職意識さえあれば) それを手に入れても，さらにもっと多くのことをしても，なおも正直者でいられないことはないと思います。その第一の理由は，その人がより大きな聖職禄を望むことは正当なことだからです（これは反論の余地のないことです）。なぜなら，その聖職禄は神慮によって彼の前に置かれているのだからです。そこで，そうできるのならば，良心のゆえにためらったりせずに，より大きなその聖職禄を手に入れてもいいのです[32]。

ここにみられるように，「神慮」[Providence]（『天路歴程』第1部にはこの語は2回用いられているうち，上出の場合が非難の意を含むのは注目に値しよう）の名において現実の利得を正当化しようとする姿勢は，やがては『パミラ』の世界に通じるものなのである。『天路歴程』では峻別されていた地上のものと天国のもの，モラルの上のものと福音にかかわるものの区別は[33]，『パミラ』の疑似宗教的世界において変質してしまい，「あの世」と「この世」とは，まったく風通しよくつながってしまっている。
　こうした転回の筋道を辿ることは現在のわたくしのよくなしうるところではないが，ただいえることは，個人主義が宗教的名分という隠れミノをまとっていた結果として，神慮の名において私利私欲の追求を正当化する，恐るべきほど自己中心的な精神構造の一典型がパミラにおいてみられるということである。このことは，リチャードソンやデフォーの小説を理解する上において見逃

すことのできない要素である。一見宗教的にみえる, この無批判的で独善的なメンタリティーが, 18世紀の時点において一般的に定着していたばかりではなく, 宗教の側からも是認されるに至っていたことは, 当時『パミラ』に賛辞を寄せた者のうち少なからずは聖職者であったことからも察せられよう[34]。

結局のところ, 今日の時点における『パミラ』の面白さの一半は, 徳はこの世において報われるという, ぬけぬけとした確信を, 神慮という隠れミノで正当化しようとする心理の過程を, 裏側から覗くところから生じるのである。したがって, いうところの『パミラ』の心理的リアリズムは, もっぱら, 正当化の心理過程なのである。一人称体で教訓物語を書くということが, 図らずも, ピューリタニズムの成れの果てである疑似宗教的信念の reductio ad absurdum をもたらしたのである。

4 おわりに

以上『パミラ』における「慈悲深き神慮」という問題を通して, 発生期のミドル・クラス出の作家たちにみられる「結果としてのアイロニー」について粗雑な考察を試みることによって, そのリアリズムが背後にきわめて自己中心的な精神を潜ませていたゆえに, 彼らの作品が特有のアンビヴァレンスを蔵するに至ったことを, たぶんに一人合点しつつ述べたつもりである。

リチャードソンが女性心理の描写に長けていたことは, 定評になっている。確かに, パミラの心理描写はそのことを裏づけるかにみえる。ただ, パミラの心理描写がわれわれに鮮やかな印象を残すのは, よく指摘されるようにリチャードソンが少年の折に恋文の代筆をして女性心理に通じていたというような外面的な理由のほかに, パミラの心理が作者のたぶんに自己満足的なメンタリティーの投影であったことが, いかにも近視眼的な女性心理として, さもありなんとわれわれを納得させるという点を忘れるわけにはゆかない。この点に関しては, 作者と女主人公との間に距離のないことが, かえって効果をあげているといえる。

しかし, それはあくまで, 作者の少なくとも表向きの計算には入っていなか

った皮肉な結果であろう。したがって，ハンターがデフォーについて述べているのと同じ意味において[35]，『パミラ』についても「意識的芸術性」をどの点まで認めうるかは疑問としなければなるまい。文学として評価するには『パミラ』という作品はあまりにも宗教・道徳に寄りかかっているのである。その意味で，『パミラ』によってリチャードソンの文学をうんぬんすることは，リチャードソンにとって酷な話というべきであろう。それにもかかわらず，書簡体という形式を創始することによって，リチャードソンが文学の世界に否応なしにのめりこんでゆく破目になったことに『パミラ』の意味があるといえよう。

1) Defoe の *Moll Flanders* (Modern Library, p. 278) にある 'merciful Providence' という言葉に拠っている。
2) Defoe については本書第 1 章「『慈悲深き神慮』――モルの場合」(*Kobe Miscellany* No. 4, 1966, 初出) で一部論じており，多少重複する点をお詫びする。
3) 例えば I. Watt の *The Rise of the Novel* (1957)。わが国における例としては，内多毅『イギリス小説の社会的成立』(昭和35年) がある。
4) 最近の二つの *Pamela* 論 (海老池俊治「"This Wondrous Story"―Pamela の〈物語〉―」，『中島文雄教授還暦記念論文集』，昭和40年, pp. 383-4，および榎本太「*Pamela* における愛と自我の目覚め」，『英国小説研究』第 7 冊，昭和41年, p. 3, p. 40) も *Pamela* を近代小説の出発点と見なしている。また *Pamela* にあまり好意的でない H. R. Steeves さえそう考えているようである。See *Before Jane Austen* (1965), pp. 84-6.
5) Fielding については E. N. Hutchens : *Irony in Tom Jones* (1965) という独立した研究さえあるくらいである。また，Richardson や Defoe については，例えば，前者では D. Daiches : "Samuel Richardson", *Literary Essays* (1956)，後者では D. Van Ghent : "on Moll Flanders", *The English Novel* (1953) 参照。
6) 最近の *Robinson Crusoe* 研究，J. P. Hunter : *The Reluctant Pilgrim* (1966) は，Defoe の物語を17世紀の 'Puritan sub-literary tradition' と関連づけて捉え，*Defoe* を初めとする初期の middle-class 作家に共通する form を見出そうとする点，教えられるところがある。
7) 先に触れた D. Van Ghent の *Moll Flanders* 論はその典型と考えられよう。
8) 前出の榎本氏の *Pamela* 論も，海老池氏の結論を一層極端化した形で肯定していると考えられよう。(pp. 37-8 参照。)
9) 海老池俊治：前出，p. 390。

10) J. Carroll (ed.) : *Selected Letters of Samuel Richardson* (1964), p. 41.
11) この場合の宗教は，もちろん Richardson や Defoe にあっては Dissenters のそれであるが，18世紀前半の時点においては，G. M. Trevelyan の 'In previous centuries religion had been, first and foremost, dogma. Now it was fashionable to preach it as morality, with a little dogma apologetically attached.' (*English Social History,* 1942, p. 357) という一般的指摘からも推測されるように，国教と非国教の教義上の差異の意識は前代に比してはるかに弱まり，宗教は，もつぱら Providence への信念といった形において，根柢において個人主義的な社会道徳に対する表向きの sanction を与えるという役割を担う面が強かった。そうした信仰心の風化がありながらも，Puritans 自身は，少なくとも意識の表面では，決して宗教の看板を下ろすまでには至っていなかったことは，Richardson の前出の書簡からもうかがえるのであり，それが彼らの小説にいかなる特色を与えているかを問う必要があろう。いずれにしても *The Covent-Garden Journal* の第4号で宗教が当時いかに受け取られていたかを示している Fielding の定義，'RELIGION. A Word of no Meaning ; but which serves as a Bugbear to frighten Children with.' をみれば，それが決してそのまま Fielding の立場を示すものではないにしても，上記の Trevelyan の指摘は大体において正しいことが知られるし，Fielding の視点が Richardson や Defoe の視点に比してはるかに柔軟で，より近代的であることが察せられよう。G. E. Jensen (ed.) : *The Covent-Garden Journal,* Vol. 1 (1915, 1964), pp. 153-7 参照。
12) See J. P. Hunter : *op. cit.,* pp. 1-124.
13) R. A. Donovan : *The Shaping Vision* (1966), p. 50. および前出の榎本太 pp. 3-4 などを参照されたい。
14) See Ian Watt : *op. cit.,* pp. 204-5.
15) 他の editions に見えるこの一句は，Everyman's Library Edition では脱落している。
16) *Pamela* (Everyman's Library), p. 1. イタリックスは引用者。以下この作品からの引用はすべて E. L. 版に拠る。
17) Cf. Once Pamela's fears about Mr. B.'s sinister motives have been confirmed, the question which has always proved troublesome to Richardson's admirers arises : why doesn't she just go home? That she does not has generally confirmed the antipamelists in their suspicions of her ulterior motives, and it has led her admirers to the reluctant admission that in this matter Richardson has simply proved himself inept and has allowed the strings to be seen. (Donovan : *op. cit.,* p. 57.) 確かに *Pamela* の持つ疑似宗教性がこうした無理筋を強要したことが，Pamela の性格を一層誤解させる原因になっている。Steeves なども Pamela が鼻持ちならぬほど

proud であると決めつけているのだが (*op. cit.,* p. 75), (そしてそれは, 上の引用文で彼女が皆の前で若主人に手を握られたことを両親に得々として報告するところによく表われているのだが,) そうした pride は, 単に Pamela 個人の特性というより, その背後に Puritans 一般にみられた, 一種独特な self-righteous な思考の一つの典型的現われと解したい。

18) Cf. Steeves: *op. cit.,* "Sex in the Eighteenth Century Perspective."
19) *Pamela* (E. L.), p. 83
20) *ibid.*, p. 180.
21) もちろん, Pamela の Mr. B＿＿に対する態度は, しばしば指摘されているように愛憎の入り混じっているものであることは事実である。こうした屈折した Pamela の心理は, Watt などのいう social convention による抑圧ということもあろう。しかし, この Lincolnshire における最後にして最悪の trial の以前には憎のほうがもっぱら強調されており, ないまぜの心理が明らかに示されるのは 2 回ほど (p. 156 と p. 172) にすぎず, この 'a most dreadful trial' の後に, 若主人の軟化に伴って初めて彼女の 'most guarded thoughts' (p. 189) である若主人への想いが明らかにされるのは (p. 189) 当時の convention によるばかりではなく, trial-reward というパターンの上の制約が大きく働いていることは疑いなく, そのために characterization も制約を受け, それが Mr. B＿＿の突如としての変貌を結果すると同時に, Pamela を必要以上に勘定高い策士で偽善者にみせることにもなっていると思われる。
22) *Pamela* の中心テーマを 'social dilemma' とする R. A. Donovan などの反対意見はあるが (Donovan ; *op. cit.,* p. 50), Daiches その他も指摘するように, これ以後の部分はドラマとしての盛りあがりを欠くことはなはだしいのである。
23) *Pamela* (E. L.), pp. 276-7.
24) *Ibid.*, p. 156.
25) *Ibid.*, p. 220.
26) H. R. Steeves : *op. cit.,* pp. 75-6.
27) *Pamela* (E. L.), p. 6
28) D. Daiches : *op. cit.,* p. 29.
29) Cf. *ibid.,* : *op. cit.,* pp. 37-9.
30) *Ibid.*, pp. 40-1.
31) *Ibid.*, p. 33. なお, この Daiches の見解を引き合いに出しつつ, 井手弘之氏は「『パメラ』と『ジョウゼフ・アンドルーズ』」において, "Virtue Rewarded" なる命題は宗教によって立派に保証されているとしながら, 反面,「リチャードソンの神の意識は極めて人間中心的であるといわざるを得ない」と述べている。(「パスート」2号, p. 51)

32) John Bunyan : *The Pilgrim's Progress* (The World's Classics), p. 101.
33) *Ibid.,* p. 75.
34) A. D. McKillop : *Samuel Richardson, Printer and Novelist* (1960), p. 50.
35) J. P. Hunter : *op. cit.,* p. 203.

第3章 ヘンリー・フィールディングの背景
　　――『ジョウゼフ・アンドルーズ』を中心にして――

1 はじめに

　ヘンリー・フィールディング (1707-54) は，ときにはイギリス小説の父と呼ばれることもある。しかし，今日では，フィールディングの好敵手であったサミュエル・リチャードソン (1689-1761) の第1作『パミラ』(1740) こそ最初の近代イギリス小説とする研究家が多い。もとより，何を最初のイギリス近代小説と目するかは，当然のことながら，小説とは何かという考えに左右される。わたくしはこの問題についてデフォーに関する拙論[1]で触れているので，ここでこの問題に立ち入ることは控えたい。肝要なのは，誰をイギリス小説の開祖と見なすにせよ，『ロビンソン・クルーソー』(1719) や『ガリヴァー旅行記』(1726) といった先駆的作品が立証するように，18世紀の初頭には，イギリスにおいては，すでに散文の物語に対する需要が高まっていたということである。そしてまた，18世紀を通じて，小説というジャンルは必ずしも確立されてはいなかったのである。その証拠には，18世紀イギリスの主要な作家たちは，小説執筆のほかにも，それぞれの本業に携わっていた。例えば，デフォーは，商人・ジャーナリストなどであり，スウィフトは牧師・ジャーナリストであった。リチャードソンは印刷所の親方であり，フィールディングは劇作家・弁護士であった。また後続の作家ロレンス・スターン (1713-68) も牧師で，トバイアス・スモレット (1721-71) は医師でもあった。したがって，18世紀半ばから本格的に書き始められたイギリス小説は，それぞれ異なる，自由な表現形式によって書かれた。そして，そのことが，今日の18世紀イギリス小説の再評価につながっていることを見逃してはなるまい。そこで，本章では，フィールディン

グの波瀾万丈の生涯の一端を辿りつつ，彼の小説執筆に至る経緯を跡づけることから始めることにしたい。

2　弁護士小説家の誕生まで

　フィールディングの大作『トム・ジョウンズ』(1749)は，単に18世紀イギリス小説の代表的作品であるばかりでなく，イギリス小説史上で一，二を争う傑作という定評がある。したがって，今日では，フィールディングは，もっぱら小説家として論じられている。これは至極もっともなことではある。しかし，フィールディングが戯作『シャミラ』(1741)で『パミラ』を諷刺しただけではあきたらず，周知のように，その本格的喜劇小説『ジョウゼフ・アンドルーズ』をも『パミラ』のもじりで始めている。このように，フィールディングが『パミラ』の偽善性への攻撃の手をゆるめなかったのは，劇作家として出発したフィールディングが，作劇を通じて，諷刺という手法になじんでいたことも一因ではあるまいか。諷刺を多用したことは，もとよりフィールディングの気質にかかわることであるが，劇作家フィールディングがなにがしかのかかわりを持っていよう。何しろ，フィールディングは，1737年の劇場取締法案の成立までは，5幕物の本格的喜劇7篇のほかに，十指に余る笑劇やバーレスを書きまくり，当代の人気劇作家の一人だったからである。そこで，諷刺的喜劇小説家フィールディングの誕生までを手短に振り返っておくことも，あながち無意味ではあるまい[2]。

　ヘンリー・フィールディングは，イングランド南部のサマセット州のブラストンベリー近郊の，母方の祖父ヘンリー・グールドの屋敷シャーパム・パークで，1707年4月22日に誕生した。この祖父は王座裁判所判事を務め，ナイト爵に叙せられた。その子も孫たちも法律家という，法曹一家であった。父方の祖父は聖職者で，その長兄はれっきとした伯爵であった。われらがヘンリーの父親は軍人で，陸軍中将にまで昇進したが，四度も結婚するなど，万事に派手な暮らしぶりで，そのため若いときから借金に追われ，ついには債務不履行で訴えられて，自由を奪われたまま死んでいった。

紳士階級に生まれたヘンリーは，パブリック・スクールの名門イートン校で学んだが，家庭の事情で大学へは進まなかった。弱冠20歳にして，女流書簡名文家として名高かった親戚のモンタギュー夫人の口利きで，国立劇場のドルーアリー・レーンで，1728年2月に処女戯曲『恋の種々相』が上演されたが，4夜で打ち切りとなった。そののち，フィールディングは，同年3月から7月までと，翌年2月から4月まで，二度にわたってオランダのライデン大学に在籍したが，そこで何を学んだかは定かではない。帰国後は劇作に専念し，上述のように，37年までの7年間に20篇以上もの喜劇を書きまくった。だが，腐敗選挙を諷刺した『パスキン』(1736)と，ウォールポウルの金権政治を揶揄した『1736年の年次記録』(1737)とは，宰相ウォールポウルをいたく刺激し，劇場取締法案の再提出を決意させ，1737年の同法案の成立によってフィールディングは劇界から追われたのである。

すでに妻帯者であったフィールディングは，新たな生計の道を求めて，弁護士を志した。1737年11月，彼はロンドンの法学院の一つミドル・テンプルに「特別生」として入学を許された。母方の祖父も叔父もミドル・テンプルの出身で，ヘンリーの入学時には，この叔父ダヴィッジ・グールドは同学院の評議員の一人であった。1740年6月に，ヘンリーが，2年半ばかりの異例の短い修業期間で弁護士資格を取得できたのは，もとより彼が勉学にいそしんだためであるが，この叔父の存在が物をいったのであろう。以後，フィールディングは，毎年の西部巡回裁判に随行して，弁護士として修業をつむことになる。当然のことながら，以後の弁護士としての経験も，フィールディングの小説世界をより豊かにするのに一役買っている。その実例の一つとして，ここでは，ブービー夫人のジョウゼフに対する欲情が彼女の自尊心と相争う光景を描いた際の次の例えを挙げておこう。

作者はかつてウェストミンスターの法廷で，これと同様の光景を見たことがある。ブランブル弁護士は右側，パズル弁護士は左側についていたが，（報酬が全く同じ額なのか）判定の天秤は交互に左右の秤皿に傾くのだ。ブラ

ンブルが一度弁じ立てると、とたんにパズル側の秤皿はぴんとはね上がる。次にはパズル側に重みが加わってブランブルが同じ目をみる。ブランブルが小手をとれば、パズルは面を斬る。ここで取って押さえれば、かしこで尻尾をつかまえられる。ついには聴者の頭脳が混乱して何が何やらわけもわからず、野次馬の賭ける勝敗予想の賭け金にも甲乙がなければ、裁判官にも陪審員にも解決のいと口のつけようがなくなり、まんまと弁護士どもの苦肉の策に引っかかって、万事が曖昧模糊のうちに葬り去られてしまった[3]。

　ところで、弁護士資格を得る半年ほど前の1739年11月に、フィールディングは新しい試みに乗り出していた。週3回発行の新聞「チャンピオン」を創刊したのである。この新聞で、彼は、実在の有名な棒術士で懸賞試合のチャンピオンのハーキュリーズ・ヴィネガー大尉の名を借りて、各方面に詳しいヴィネガー一家の面々を創り出し、女性の代弁者ヴィネガー夫人も登場させ、ユーモアと機知に富む記事を提供した。これによって、フィールディングはイギリスの「擁護者(チャンピオン)」をもってみずから任じて、社会の道徳と風俗との改善を目指したのである。しかし、売れゆきがかんばしくなく、1740年の末には、フィールディングはこの新聞から手を引いた。この年の暮れには、債務不履行で訴えられるなど、経済的に行き詰まっていたらしい。

　しかし、1740年という年は、フィールディングにとって苦難の年であったと同時に、新生面を切り開くきっかけをも与えてくれた。一つには、前述のように、この年の6月に弁護士資格を取得したことである。もう一つは、同年11月にリチャードソンの『パミラ、またの名、淑徳の報い』が出版され、フィールディングはこれに対する批判として小冊子『シャミラ』を書き、それを契機に、彼が創作に筆を染めることになったことである。

3　『パミラ』と『シャミラ』

　リチャードソンの『パミラ』については、本書第2章で論じているので、その内容を繰り返し述べることは控えたい[4]。要するに、その副題が示唆するよ

うに，美人の小間使いパミラが，放蕩者の若主人Ｂ＿＿氏の誘惑をしりぞけて操を守り通したことでＢ＿＿氏を改心させ，その妻に迎えられるという話である。この小説は，当時興隆期にあったミドル・クラスの好尚に適合し，非常な人気を博した。いわばベストセラー小説のはしりである。翌41年に作者が続篇を出したばかりでなく，その前後に十指に余る批評や模倣や盗作が出た。しかし，この小説は書簡体で書かれていて，もっぱらパミラがその両親に書き送る手紙から成っているので，パミラ以外の視点は排除されている。したがって，読者はパミラの語る話を信じるほかない。だが，この作品に盛られているピューリタン的道徳観を是認しない読者には，パミラの行動は，慎慮に基づくものではなく深慮から出たものと映った。そのため，パミラは初手から若主人を誘惑しようとした勘定高い娘だ，とするパロディーも相ついで現われた。これらのパロディーは大方忘れられてしまっているが，今なお言及される有名な小冊子がある。コニー・キバー氏編『シャミラ・アンドルーズ夫人の生涯の弁明』(1741) がそれであり，今日では，欧米のフィールディング研究家によって，フィールディングの作にまちがいないとされている[5]。シャミラ (Shamela) という名は，インチキの意の sham という語をパミラ (Pamela) の第一音節に置き換えたものである。また，コニー・キバー (Conny Keyber) なる編者の名前は，当時の劇界の大御所コリー・シバー (Colley Cibber) の名をもじったものとされている[6]。『パミラ』は匿名で出版されていたので，フィールディングは，この作をかねて不仲のシバーの手になるものと思い込んだらしい。既述のように，フィールディングは一時劇界に身を置いていたのだが，両者の関係は必ずしもしっくりしたものではなかった。シバーは，『パミラ』出版に先だつこと半年余り前に，『わが生涯の弁明』と題する一種の自伝を出し，その中でフィールディングを攻撃した。これがフィールディングをいたく刺激していた。したがって，フィールディングは『シャミラ』によって反撃に出たのであろうと推定されている。

しかし，フィールディングがシバーを『パミラ』の作者と思い誤ったのには，上の個人的事情のほかに，もっと作品そのものの内容にかかわる原因があった

のではあるまいか。俳優であり劇作家でもあったシバーには，その代表的作品に『愛の最後の一策』(1696) という一作がある[7]。この喜劇は今ではあまりかえりみられないが，英文学史の上では，感傷喜劇の嚆矢としてその名をとどめている。のみならず，放蕩者の改心というテーマの点で，この劇は『パミラ』の主題に通じるところがある。したがって，この劇の内容について簡単に触れておくのもあながち無意味ではあるまい。大陸旅行に出た放蕩者の紳士ラヴレスは，金を使い果たし，尾羽打ち枯らして帰国する。貞淑な妻アマンダは，夫を改心させる「最後の一策」として，久し振りに会う夫の前に変装して立ち現われる。妻の美しさを改めて認識させられたラヴレスは，心を入れ替える。以上の筋立てからも明らかなように，この劇は感傷性をはらんでいて，底の浅いものではある[8]。にもかかわらず，風習喜劇から感傷喜劇への過渡期に書かれたこの作が，いち早く時代の流れを摑んで，いかにもブルジョア好みの放蕩者の変貌という主題を打ち出したことの意味は，のちの『パミラ』の大当たりを知るわれわれにとって，決して無視しえぬものである。フィールディングが，『パミラ』の作者がシバーだと思い込んだとしても不思議ではなかったのである。

　ところで，『シャミラ』も，『パミラ』と同じく書簡体で書かれているが，その手法には大きな隔たりがある。前述のように，『パミラ』の大部分は，彼女がその両親へ書き送った手紙から成っている。そのことによって，作者は編者として作品の背後に身を隠し，語られていることがあたかも事実であるかのような錯覚を読者に与えている。この「リアリズム」的要素は，リチャードソンにとって意識的に採られたものでもあろう。なぜなら，この小説は，当時台頭しつつあった商工業者を含む新しい読者層を想定していたと思われるからである。彼ら読者の大半はピューリタンであり，虚構を忌みきらっていた。そこで，リチャードソンはあくまで作品の表に顔を出さないで，これを実話であるかに装うことで，新しい読者層の心を摑むことに成功したのである。パミラの結婚を祝して教会の鐘を鳴らした村人たちがいたと伝えられているが，この伝説はその間の事情を物語っていよう[9]。

他方,『パミラ』の偽善性をあばくことを目的とする『シャミラ』は手の込んだ形態をとっている。『シャミラ』の主要部分は，清純な娘を装うシャミラの手紙で，それらは若主人誘惑を告白しているのである。さらには，シャミラを取り巻く人たちの手紙もある。そして，フィールディングは，この小冊子の本体を二人の牧師の往復書簡の枠にはめ込んでいる。その一人は『パミラ』礼賛者のティクルテクスト牧師で，彼が友人のオリヴァー師に同書簡を同封する。これに対して，オリヴァー師はその返書にシャミラのたくらみの告白の手紙を同封することで，ティクルテクスト師の『パミラ』熱をさまさせようとするのである。つまり，このように手の込んだ趣向によって，フィールディングは，『パミラ』の「リアリズム」の虚構性を炙り出したのである。『シャミラ』は，あくまで小冊子の戯作ではあるが，これに続く本格的喜劇小説『ジョウゼフ・アンドルーズ』執筆の契機を成すものとして，無視しえぬものなのである。こうして，互いに誰がその作者とも知らぬまま，『パミラ』と『シャミラ』とによって，内面心理の描写を得意とする写実派のリチャードソンと，諷刺と皮肉と笑いを持ち味とするフィールディングとは，ライヴァルとして創作の世界へといざなわれてゆくこととなるのである。

4 アダムズ副牧師の登場

周知の通り，フィールディングは，『ジョウゼフ・アンドルーズ』をも『パミラ』のもじりで始めている。タイトル・ヒーローのジョウゼフ・アンドルーズは，高名なパミラの弟とされている。10歳のとき，ジョウゼフは，パミラの若主人ブービー氏の父方の伯父サー・トマス・ブービーの田舎の本邸に年季奉公に住み込んだ。そして，何しろ美女パミラの弟だけあって，長ずるに及んで美男の若者に生い育つ。ブービー氏夫妻につき従って，彼はロンドンのブービー氏別邸に移り住み，ジョウゼフはすっかり垢抜けする。たまたま未亡人となったブービー令夫人はジョウゼフを口説き落としにかかるが，謹厳な下僕ジョウゼフは，令夫人の誘惑をはねつけて純潔を守り通す。そのため，ジョウゼフはブービー令夫人の勘気に触れ，ロンドンの別邸を追い出され，亡き御主人サ

ー・トマスの本邸のある田舎の教区目指して出立することになる。

　しかし，フィールディングによる『パミラ』への当てこすりはこのあたり（具体的には第１巻半ばの13章）までで，そのあとは次章におけるアダムズ副牧師の登場とともに，喜劇小説として独自の展開を示すのである。それというのも，この物語の正式な題名は，『ジョウゼフ・アンドルーズとその友人エイブラハム・アダムズ氏とそのもろもろの冒険物語。ドン・キホーテの著者セルヴァンテスの作風に倣いて』である。つまり，ジョウゼフのほかにもアダムズ氏というタイトル・ヒーローがいて，彼ら二人の珍道中記では，底抜けの善人アダムズ副牧師が大活躍するのである。

　　エイブラハム・アダムズ師は，すぐれた学者である。ギリシア・ラテンの２語を完全に習得し，加えて東洋の諸語にも通じ，仏，伊，西の３ヵ国語を読みかつ解することができた。師は営々として多年研さんにはげみ，大学教授にさえまれなほどの学殖を蔵していた。その上，思慮分別にとみ，多芸多能，性は善良であるが，同時に，世事にかけては，昨日生まれた嬰児も同然，なに一つ知るところがない。いまだかつて人をだまそうと考えたことがないから，人がそんな企みを持とうなどと疑うこともない。寛大で友情に篤く，勇敢なことも無類だが，性単純なのが第一の特徴である[10]。

　実は，このアダムズ師は，サー・トマス・ブービーの館のある教区の副牧師であって，ジョウゼフの幼少の折からこの少年を教導してきたのである。そして，同師は，ロンドンの本屋の甘言にすっかりその気になって自作の説教を携え，その出版の交渉をすべく，ロンドン目指して上京の途中であった。しかし，いわば弟子のジョウゼフが追いはぎに身ぐるみはがされ，傷を負って苦しんでいるときにたまたま同宿した。親切なアダムズ師は，ジョウゼフを見捨てて上京するに忍びず，ジョウゼフの面倒をみる。しかし，ジョウゼフもだんだん恢復してきたし，師の財布も底をつきそうになるしで，ジョウゼフは郷里へ，アダムズ師はロンドンへと，袂を分かつことにする。ところが，ここに，世事に

うといアダムズ師の驚くべき健忘の一例が明らかになるのである。

　アダムズとジョウゼフはいまや別途に旅立つばかりになった。と，このとき一つの偶発事が，……アダムズをその友に同行させることになった。偶発事とは，この牧師が出版の目的でロンドンに携行の途中だったはずの例の説教が，ああ善良な読者よ，入っていなかったのである。彼が鞍袋に入れて説教と思い誤っていたものは，実はアダムズ夫人が，夫の旅行には説教以上に必要な品と考えて，わざわざ用意してくれた，シャツ3枚，靴1足，その他の日用品だったのである[11]。

　かくして，アダムズとジョウゼフは田舎の村目指して同行し，珍道中を繰り広げることになるのである。
　確かに，作者自身が断っているように，この作品はセルヴァンテスの『ドン・キホーテ』に倣っている。とりわけ，猪突猛進型の主人公アダムズ師の造型と，男性二人連れの基本構造とにそのことが認められよう。もとより，『ジョウゼフ・アンドルーズ』は，18世紀イギリス社会と旅との実体を踏まえているからして，おのずと『ドン・キホーテ』とは内容を異にしていることはいうまでもない。この小説が今なお読者を引きつけてやまないのは，主に，フィールディングの人間観察の鋭さと，諷刺を主体とする表現の妙とによるところが大きい。とはいえ，天真爛漫な副牧師アダムズはドン・キホーテを手本としたものであることはまちがいない。そのことによって，フィールディングが，善人を主人公にして，しかも魅力ある作品を創出するという至難の業を成し遂げることに成功しているからである。そして，アダムズ師とジョウゼフとが遭遇する数々の出来事は，まさしく，アダムズ副牧師が，ラ・マンチャの騎士の正統な子孫の一人であることを立証している。

5　スリップスロップ夫人と喜劇の世界

　前節において，アダムズ師を通して『ドン・キホーテ』が『ジョウゼフ・ア

ンドルーズ』に与えたと思われる影響について触れた。しかし，その際にも述べたフィールディングの人間観察の鋭さと表現様式の妙とは，さらに異なった角度から考察する必要があろう。そこで，二人のタイトル・ヒーローに次いでよく知られている，スリップスロップ夫人を通して，フィールディングの喜劇創作の経験について一考してみたい。

スリップスロップ夫人は，文学辞典で一項目を成しているほど有名である。ブービー家の中年の奥女中の彼女は，若い美男子ジョウゼフにおぼしめしがある。以下に，彼女がジョウゼフに言い寄るくだりを引用してみよう。

「年端もゆかぬ子供に思いをかけるくらい，女として割りの合わない契約はないわ。そうなるのが私の運命だと知っていたら，そんな目に遭わぬうちにどうにでもして死んじまったほうがよかったと思うよ。これで相手が一人前の男なら，万事対決（解決）さ。ところが子供ときた日には，女の嗜みも何も忘れてかからないことには引象（印象）一つ持ってくれもしないのだからね。」ジョウゼフにはさっぱり分からないから，「ごもっともです」，と答える。──「ごもっとも？」，とこちらは気色ばんで，「お前は私の情熱を了辱（凌辱）する気かい？……いったい何の因縁で私の情熱を了辱しなければならないのかわけをお言い，わけを。」「何を怒っていらっしゃるんです？……ぼくはいつもあなたを実のお母さんみたいに思って慕っています。」「何だって，このとんま！」とスリップスロップ夫人は真っ赤になって，「実のお母さんだって？　私がお前の母親になってもいいおばあさんだとおでこすり（あてこすり）を言うのかい？　小便くさい青二才の思惑は知らないがね，一人前の男の人なら，青くたれの娘っ子などより私のほうを贅沢（選択）してくれるんだよ。お前なんざあ分別盛りの女よりも子娘の話相手になるほうを贅沢（選択）するんだろう。腹が立つより，いっそばかばかしくって物もいえやしない。」[12]

以上の引用からも分かるように，スリップスロップ夫人は，やたらと長い，

難しい語を用いたがり，しかもまちがって用いるのである。これは，まさしく喜劇的ドラマの世界の手法に基づくものである。現に，後続の劇作家シェリダン (1751-1816) は，その処女劇の『恋敵』(1775) で，劇中の一人物マラプロップ夫人にことさら難しい言葉をいわせ，それがまちがいだらけときているので，'malapropism'（言葉の誤用）という普通名詞の元になっているほどである。

そして，スリップスロップ夫人がジョウゼフに迫るこの場面は，次のようなモック・ヒロイックの叙述で締めくくられている。

　これを例うれば，あてもなく獲物をたずねていたずらに深林を彷徨せし餓虎が，眼前数尺に一頭の羊を発見して，まさに餌食に躍りかからんずる身構えを示すごとく，あるいは貪婪あくなき巨大なフカが，所詮のがれえぬ雑魚に水中ねらいを定めて，さてあごを開いてひと呑みにせんとする時のごとく，そのごとく，スリップスロップ夫人が激烈なる愛のもろ手でジョウゼフを捕まえようとしたその刹那，さいわいにも女主人の手元の呼鈴が鳴って，難に殉ぜんとした少年は，かろうじて魔手を逃るるを得た。彼女は倉皇として彼が元を離れて，目的の遂行をば，他日に譲らなければならなかった[13]。

前節でみたように，『ジョウゼフ・アンドルーズ』が『ドン・キホーテ』を手本としていることは疑いないが，本節の引用からも知られるように，作劇の経験やモック・ヒロイックの描写に明らかな，古典に関する知識などが渾然一体となって，『ジョウゼフ・アンドルーズ』という小説を作りあげているのである。フィールディングが「序文」でこの小説を「散文による喜劇的叙事詩」と呼んだのもゆえなしとしないのである。

6　『ジョウゼフ・アンドルーズ』の道徳的基盤

前節における引用にも明らかなように，フィールディングは，ややもすれば下掛かった話題に及ぶことが無きにしもあらずだが，彼は決して不道徳な作家ではなく，情欲という，人間の免れがたい特性を直視しているにすぎない。む

しろ，既述のように，彼はイギリスの社会と道徳の「擁護者(チャンピオン)」をもって任じていた。確かに，『ジョウゼフ・アンドルーズ』は小説である以上，まず何よりもその文学的技法が問われなければならないのはいうまでもない。同時に，この小説に盛られている道徳的内容を無視するわけにもいかない。その点で，次のバテスティンの指摘は傾聴に値しよう。

　アイザック・バロー，ジョン・ティロトソン，サミュエル・クラーク，それにベンジャミン・ホウドリーといった牧師たち——彼らすべての説教集をフィールディングは共感と賞賛の念をもって読んだのだが——これらの牧師たちのペラギウス説の教義の現代版は，フィールディングの倫理一般と，とりわけ『ジョウゼフ・アンドルーズ』の意味とを正しく解釈する上で必須のものである。これらの聖職者やその他の聖職者たちの，実践的，常識的キリスト教に対する信仰を共有した説教のうちに，フィールディングは，道徳および宗教の己の性分に合った哲学を即製のものとして見出した。それは，人間の霊魂の，完全性とまではいわないまでも，その完全到達の可能性を強調する，ある楽観的哲学であり，社会改良を目指そうとするものであった[14]。

　バテスティンの上の説は，とかく小説技法に目のゆきがちな読者に，この小説のキリスト教的背景の重要性を明らかにしてくれる労作である。この小説の主人公の一人は牧師である以上，その宗教的教説が折に触れて示されているからである。以下に，その例の一つを示そう。アダムズ師は，「ふとった色白のずんぐりした」[15]本屋が，ホワイトフィールドあたりの説教集なら印刷してもよい，といったのに，こう反論する。ホワイトフィールドと同様，

　「……わたしも，教会の繁栄ということが，その使徒どもが宮殿のような家に住み調度，衣裳，家具を整え，美食にふけり，巨富を積むことを意味するとは思いません。何といっても，これらの物はあまりにも現世のにおいが強くて，わが王国はこの世の王国にあらず，と説いた人の下僕たちにはふさ

わしくないのです。が，氏が非常識と狂信とを味方とするようになり，信仰と善行とが背反するような憎むべき教義を押し立てて以来，わたしは氏と袂をわかちました。……彼らの説によれば，今後全知の神は積善有徳の君子に向かって，『汝の純潔なる生涯にもかかわらず，また汝がこの大地に生まれてより，常時徳と善との支配に身を委ねしにもかかわらず，なおかつ汝がまこと正統の信仰を持たざりしゆえに，汝は罰せられるべきものなり』，といわれることになる。人間として，かかる想像をなすほど神の名誉を失墜させる言動がまたとありえようか。また，半面，悪人もいまわのときにあたり，『主よ，なるほどあなたの戒律を一つも守らなかった。しかし，わたしを罰してはいけない，わたしはそれらの戒律を信ずることは全部信じるのだから』，という結構な遁辞を持つことができるようになる。かかる説ほど，社会に有害な影響を与える教義が，ほかにありえようか。」[16]〔傍点引用者〕

確かに，バテスティンの指摘するように，アダムズ師は積善を重んじる「ヒーローとしての善人」という，国教会広教派の説教師の教えを体現する善人で，そのために正牧師にはなれずにいる。アダムズ副牧師は，上の引用にもみられるように，キリスト教の「現世のにおい」をも批判していることを見落とすべきではなかろう。また，いまわのときに悔い改めることを許すことは，最も有害な教説である，とも彼はいっている。だが，キリスト教を含めて，現世化というものは近代社会の大きな流れの一つであったのであり，仮に一歩譲って，アダムズ師の意見がそのままフィールディングの意見でなかったとしても，この見解は，近代化の奔流にさからおうとするものであったといえよう。そのこととの関連において，いまわのときの改心をアダムズ師が非難していることは興味深い。ここで思い起こすのは，デフォーの小説のいくつかにみられる犯罪者から悔悟者への移行である。この移行は，キリスト教の世俗化の一つの現われと見なすことができるからである。デフォーの小説にみられるこのパターンについては，本書第1章に譲るとして，ここでは神を指す言葉におけるデフォーとフィールディングとの違いについて論及するにとどめたい。

まず，上のフィールディングの引用では，全知の神の原語は 'the all-wise Being' であり，神のそれは 'God' である。フィールディングは，swearing も含めて，主に，神を表わす語として God を用いている。これに対して，デフォーやリチャードソンらの，非国教会派に近い小説家たちは，神を表わすのに，よく神慮 (Providence) を用いた。この語は「摂理」と訳されることが多いが，よく 'merciful' という修飾語を伴って用いられ，窮地に陥った信者の危難を慈悲深くも救いたもう存在とされた。そして，この「プロヴィダンス」という語は，『ジョウゼフ・アンドルーズ』にも用いられていることはいる[17]。しかし，それはアダムズ副牧師の息子の教会での昇進という，世俗的なコンテキストで用いられ，信仰そのものに際しては本来的に神を表わす 'God' という語のほうが多用されているのは興味深い。フィールディングが 'Providence' を多用せずに 'God' を多く用いていることは，アダムズ副牧師の性格にふさわしい。ここで注目しておきたいことは，デフォー，リチャードソン，フィールディングといった初期の作家たちばかりでなくて，その後継のロレンス・スターンもこれを用いていることである[18]。そればかりではなく，比較的宗教色の少ないとされているジェイン・オースティン（1775-1817）も，肯定的にも否定的にも，この 'Providence' という語を後期の作品で二度用いている[19]。さらに降って，G.エリオットやトマス・ハーディの小説のいくつかの中にさえ，この語が散見されるのである[20]。したがって，フィールディングがこの語を排除しはしないものの多用しなかったことは，興味深いことである。愚見によれば，この事実は，当時国教会広教派の教えに対して，ウェズリーらメソディスト派からの攻撃しきりであったとき，国教会広教派は，なおも確たる地歩を占めていたのであり，みずからを「敗れた大義」と見なす必要がなかったことを示しているのではあるまいか。したがって，フィールディングは，己の時代と気質との幸福な合致に恵まれた作家だったといえよう。だが，キリスト教を敗れた大義と考える今日の大多数の読者にとっては，フィールディングの作品をあえて当時の一つの宗派の教義と関連づける必要はなくなっているのではあるまいか。フィールディングはあくまで小説家としてわれわれの眼前に立ち現われる以

上，バテスティンのように，表現技法をも含めて『ジョウゼフ・アンドルーズ』全体を，ことごとくキリスト教の一派の教義に基づくものとするのは，無理があるのではあるまいか。ただ，小説という，世俗化の中から生まれ出た文学ジャンルも，畢竟キリスト教と無関係ではありえなかったことを指摘している点で，バテスティンのこの研究『フィールディングの技法の道徳的基盤』は，『ジョウゼフ・アンドルーズ』の解釈の上で無視しえない労作であるといわなければならない。

7 おわりに——小説のゆくえ

以上，フィールディングの『ジョウゼフ・アンドルーズ』を中心にして，初期イギリス小説の特徴について考察をめぐらしてきた。そして，イアン・ワットの『小説の発生』[21]以後は，小説におけるリアリズムが大きな問題点とされ，論議が闘わされてきた。わたくしは，ここで初期イギリス小説への有力な視点を提示する用意があるわけではない。リチャードソンの心理的リアリズムとフィールディングの評価のリアリズムを止揚させたのはジェイン・オースティンであるというワットの見解[22]は正しいと思うからである。しかし，初期イギリス小説ばかりではなく19世紀のイギリス小説のあるものをも含めて，それらに見通しを与える何らかの手がかりはないものであろうか。既述のように，小説というものが，近代化の過程で世俗化が進行していく中で発達してきたものである以上，その過程でキリスト教離れが反映されていないはずはなかろう。そこから，わたくしは前記の「神慮」(Providence) という語に着目し，一種のリトマス試験紙と考え，それを作品解釈の一助としてきたのである。そして，あくまで試行錯誤的にではあるが，この語を手がかりとして，18世紀の幾人かの小説家のいくつかの作品を追いかけてきたのである。

もちろん，各時代の小説，あるいは個々の作家たちは，それぞれ際だった特徴を持っているのは当然であるからして，時代別，作家別に，イギリス小説を論じるのは，最も有力な研究方法の一つであろう。だからといって，「神慮」という語を追い求めて個々の時代や作家を貫通する視点を求めることもあなが

ち無益なことでもあるまい。フィールディングについては,『ジョウゼフ・アンドルーズ』には神（God）という語はしばしば用いられているが,「神慮」(Providence)という語はごくまれにしか用いられていない。この事実を通して, わたくしは改めて, 国教会広教派の説教師たちへのフィールディングの信頼の念が確たるものであったことを再認識させられたのである。だからといって, わたくしは, フィールディングが信心深い作家であったなどという, 時代錯誤的な見解に加担しようとするものではない。ただ, フィールディングは, 信仰のことは教会に任せて, 小説家本来の任務である, 人間性の探求にいそしむことができたこと, そしてデフォーやリチャードソンと違って,「神慮」という正当化のための語をあえて用いる必要を感じなかったということ, を言いたいだけのことである。

1) 本書第1章「『慈悲深き神慮』―モルの場合」(Kobe Miscellany No. 4, 1966, 初出)
2) 以下の伝記的記述については Martin C. Battestin with Ruthe R. Battestin, *Henry Fielding: A Life* (1989) を主に参照した。
3) Martin C. Battestin (ed.), *Joseph Andrews and Shamela* (Methuen, 1965), pp. 36-7. 以下のこの作品からの引用は, すべてこの版に拠る。なお, 訳文については, 中央公論社の「世界の文学」4 (昭和41年) の朱牟田夏雄氏の訳を参照させていただいた。
4) 本書第2章「『慈悲深き神慮』―Pamela の場合」,『英国小説研究』第8冊 (篠崎書林, 昭和42年) 初出。
5) See M. C. Battestin (ed.), *op. cit.,* pp. xi-xii.
6) *Ibid.,* p. xiii.
7) 拙論「放蕩者の変貌―Loveless の場合」,『ホレーシオへの別辞―詩人教授安藤一郎記念論文集』(文理, 昭和46年) 参照。
8) 作者シバー自身もこの放蕩者の変貌というテーマをどこまで信じていたかは疑わしい。同年の1696年にヴァンブラが『元のもくあみ』という, シバーのこの劇への諷刺劇を上演したとき, 役者シバーは喜んでこの劇の重要な役を演じたからである。
9) See Alan Dugald Mckillop: *Samuel Richardson, Printer and Novelist* (The University of North Carolina Press, 1936; Reprinted, The Shoe String Press, Inc.,

1960), p. 45.
10) Martin C. Battestin (ed.) : *op. cit.*, p. 17.
11) *Ibid.*, p. 75.
12) *Ibid.*, pp. 25-6.
13) *Ibid.*, p. 26.
14) Martin C. Battestin : *The Moral Basis of Fielding's Art : A Study of Joseph Andrews* (Wesleyan University Press, 1959), p. 14.
15) Martin C. Battestin (ed.) : *op. cit.*, p. 65. この本屋は，あるいはリチャードソンを諷したものか。
16) *Ibid.*, p. 67.
17) Martin C. Battestin (ed.) : *op. cit.*, p. 113.
18) Laurence Stene : *A Sentimental Journey through France and Italy* (1768 : Y. Okakura ed., Kenkyusha English Classics Series, 1931), p. 102.
19) 本書第8章「ジェイン・オースティンと『神慮』―『マンスフィールド荘園』と『説得』をめぐって」(英語英米文学第42集，2002年2月，中央大学英米文学会，初出) 参照。
20) 本書第10章「理想と現実の狭間―『ミドルマーチ』をめぐって」,『埋もれた風景たちの発見―ヴィクトリア朝の文芸と文化』(中央大学人文科学研究所叢書30, 2002年，初出) および本書第12章「トマス・ハーディと神慮―『はるか群集を離れて』をめぐって」, (人文研紀要第38号，中央大学人文科学研究所, 2000年，初出) を参照されたい。
21) Ian Watt : *The Rise of the Novel―Studies in Defoe, Richardson and Fielding* (Chatto & Windus, 1957).
22) *Ibid.*, pp. 298-9.

第4章 『トリストラム・シャンディ』について

1

  "And how is the book entitled?" quoth Don Quixote.
  "It is called," said he, "*The Life of Ginés of Pasamonte.*"
  "And is it yet ended?" said the knight.
  "How can it be finished," replied he, "my life being not yet ended?"[1]

 ロレンス・スターン (1713-68) の『紳士トリストラム・シャンディの生涯と意見』(*The Life and Opinions of Tristram Shandy, Gentleman,* 1759-67) は風変わりな小説として定評がある。白紙のページ,黒く塗りつぶしたページ,大理石模様のページ,ストーリーの展開ぶりを示す曲線,鞭が空中に描く軌跡を表わす曲線[2]などのタイポグラフィ上の奇抜な試みという表面的な奇矯さはさておき,もっと根本的な点,つまり構成および題材の面でも普通の小説とは大いに趣を異にしている。まず全体の構成に関しては,漱石の「単に主人公なきのみならず,又結構なし,無始無終なり,尾か頭か心元なき事海鼠の如し」という評言の示す通り,9巻から成るこの小説には普通の意味でのプロットがない。全体がいわば脱線の連続から成っているともいえ,普通の小説のようにストーリーの直接的な進展がみられない。といったところでスターンは構成力をまったく欠いていたというのでなくて,後に述べるように意識的に筋を追うことを避けているのである。次に題材の点では,表題上の主人公でこの小説の語り手でもあるトリストラムの受胎,誕生,命名,教育などをめぐって,語り手トリストラムを含むシャンディ一家の面々の感情や思考の動きの描出と彼らの一風変わった『意見』がこの小説の主な内容になっている。ところで何事にも一家言を

持っているトリストラムの父ウォルターはことごとにスコラ哲学者的な珍説を披露し，古人の著作や意見を引き合いに出すので，この小説には小説以前の雑然たる知識の断片とでもいうべきものがふんだんに詰め込まれている。したがって，『トリストラム・シャンディ』には非常に精妙な心理描写が散見する反面，その一見散漫な構成と相まって，いわば小説以前の古めかしさを持ち合わせている。

　以上大雑把にこの小説が形式および内容の両面において風変わりなことを述べたが，結局この『風変わりさ』を突き詰めてゆくと『トリストラム・シャンディ』の小説としての斬新さと古めかしさの共存という二重性が浮かび上がる。ところでこの二重性は，当然のことながら，この小説が書かれた18世紀半ばにはいまだ小説というジャンルが形成途上にあり，その表現形式（form）がかなりの flexibility を持っていたこと，およびこの小説の作者スターンが一応古典的教養の持ち主でセルバンテスやラブレーを初め古人の著作に親しんでいたという歴史的かつ個人的事情と切り離すことができないが，さらに作者スターンのこの小説における意図と深く関連しているのを見逃すわけにはいかない。そこでまずこの小説の二重性に着目しつつ，その独自な表現形式と作者の意図との関連を眺めてゆくことにしよう。

　　スターンがどのような小説を書こうとしていたかは『トリストラム・シャンディ』の中でかなり明瞭に述べられている。というのは，トリストラムは胎児，赤子および幼児としてこの小説の物語に登場すると同時に一人称のこの物語の語り手でもあるが，さらにこの物語の作者として登場している[3]。つまり一人で author–narrator–actor の三役を兼ねることになる。したがって，トリストラムは作中で自分が書きつつある小説の方法について自由に述べることができるわけである。

　ところでトリストラムは物語を自分の受胎の場面から始めたのは主人公のことを一部始終知りたいという読者の要望に応えたものであると断って，さらに次のように述べている。

余は読者各位のそれぞれの要望を多少なりと満足させる必要があると信ずる。ゆえにもうしばらくこのような調子で物語ることをお許し願いたい。かかる次第であるから，余としては余の生涯の物語を始めるに当たり，かくの如く，つまりホラーティウスも述べている如く『卵から』一部始終を辿っていけることを大いに満足に思っている。
　ところでホラーティウスがこのような書き方を全面的に称揚しているのでないことは余も承知している。なにせ，かの紳士は叙事詩か悲劇（そのどちらかは失念したが）についてのみ述べているのだから。それにまた，よしんばそうでないとしたら，余はホラーティウス氏のお許しを乞わねばならない。というのは，余はこの物語を書くに当たり，ホラーティウス氏の法則，否誰あろうと余人の法則にとらわれるつもりは毛頭ないからである[4]。

　自分の"history"を書くに当たって『卵から』，つまり受胎の場面から始め，しかも同時に"animal spirits"の受胎に際しての役割についての『意見』を述べるなどとはいかにも人を食っている。しかも，そのように自伝体小説の常識を破ったことに対してトリストラムはホラーティウスの『卵から』という言葉を引き合いに出しているが，これがまたスターン一流の諧謔と韜晦で，トリストラムがいっているように「ホラーティウスはこのような書き方を全面的に称揚してはいない」どころか，ホラーティウスは『詩の技法』(*Ars Poetica*) で，ホーマーが『イリアッド』でトロイ戦争を扱うに際し，レダの『卵から』，つまりヘレンの誕生から始めるといった回りくどいことをしないで物語の佳境に話を進めているのを賞賛しているのである[5]。つまりスターンは，ホラーティウスの言葉を逆手に取って擬古典主義的法則遵守の無視を宣言しているわけで，起承転結のある物語を書くつもりは最初からないことが明らかである。
　ところで，小説の根本的機能である真実らしいお話の展開を目指さないとするとスターンの目的はどこにあるのだろうか[6]。トリストラムの言葉に注目しよう。

余は，読者諸君もお気づきの通りに，単に余の生涯のみならず，余の意見を記さんとするものである。というのも，読者諸君に余の性格並びに余の人となりを知っていただければそれだけ一層余の生涯の物語に対する興味がいや増すことを期待しかつ希望するゆえである。諸君が今後読み進まれるにつれ，余と諸君の間に芽生えつつあるこのかりそめの交友関係は親密の度を加えて行き，余か諸君かどちらかが友誼にもとるようなことがない限り，ついにはめでたく友情の実を結ぶことに相成ろう。さすれば，余に関するいかなる事柄も読者諸賢にとりその性質上語るに値しないとか或は退屈だとか思われる心配はなくなるわけである。ゆえに親愛なる読者諸君よ，余の語り出しぶりから余が少々物語の出し惜しみをしていると思っても，そこは大目にみて余の流儀に従って物語を続けさせておいてもらいたいものだ[7]。

　この引用文から明らかなように，スターンはトリストラムの生涯の物語と同時にトリストラムの「意見」を書くという二重の目的を表明している。そして後者においては，トリストラムは明らかにスターンの 'persona' である。ところで，物語の中にこのように語り手の「意見」つまり独白を挿むということは，読者の興味を物語自体から語り手の，つまりこの場合は作者自身の，人生態度とか物の見方——言い換えれば彼自身——のほうにそらすことになるわけである。つまりスターンは真実らしい物語という媒体を通して間接的に作者のヴィジョンを提出するというだけで満足せず，より直接的な形での自己表現を行おうとする。このようなスターンの目的の二重性はある程度この小説の古さを説明する。すなわち，物語の途中に語り手の独白を挿むというスターンの方法は近代小説以前の語り手が表面に顔を出す脱線の多い散文物語，例えばラブレーなどに近いからである[8]。とはいえスターンとラブレーの間には大きな距離があるのは当然で，それはラブレーの物語は超現実的巨人が登場する諷刺 (satire) であるのに，『トリストラム・シャンディ』の人物と場面はかなり現実に近いもの，つまり小説的なもの，になっているということから明らかである。しかし両者の相違は決してこのような表面的なものばかりではない。スターン

の独創性を明らかにするためには，上にみたような『トリストラム・シャンディ』の物語 (story) と語り手の「意見」(monologue) との二重構造をより具体的に吟味する必要がある。

　まず物語であるが，スターンは上掲の引用文で "the history of myself" および "my life" なる文句を用いているが，この小説の物語はまず普通の自伝体小説のそれでないことは悪名高い。なるほど，物語はトリストラムの受胎の場面に始まり，次いでわれわれは第1巻5章で彼が1718年11月5日に生まれたことを知らされるが，さて話がどのようにして生まれたかの段になると後戻りをしてなかなか進まない。第2巻6章になってやっとシャンディ夫人が産気づくが，実際に生まれかけるのは第3巻13章で，23章に至りやっと誕生したことが知らされる。次いで彼がトリストラムと命名されるのが第4巻14章，父ウォルターが "Tristra-paedia" というトリストラム教育についての論文を書き始めるのが第5巻16章，5歳になったトリストラムが大事な所に怪我をした話が次の17章，トリストラムに家庭教師をつける話が出るのが第6巻5章，トリストラムの大事な所の怪我が大したことがないことを世間に知らせるために父ウォルターがトリストラムに半ズボンをはかせようと決心する話が15章で述べられるといった具合である。以上で分かるように，第6巻の半ばになっても title-hero のトリストラムは普通の自伝体小説の主人公のように物語の中心となって活躍できる年齢に達していない。しかも，このように名目上の主人公として登場するのも第6巻19章までで，以後は，まったく物語の筋とは関係のない第7巻の成人したトリストラムの大陸旅行を除けば，再び物語には登場しない[9]。したがって，最後の第9巻33章はトリストラムの生まれる以前の1713年におけるシャンディ家の一場面であり，この小説はトリストラム誕生の5年前の話で終わっている。このように物語の中のトリストラムは，第7巻を除けば，物語の主体ではなく，まったくのきっかけとして物語に大枠を与えるために利用されているにすぎない。いきおい物語の中心になるのはシャンディ家の面々，特にトリストラムの父ウォルターと叔父トービーである。シャンディ一家に関する物語は大きくいってトリストラムが物語中に登場する第6巻半ばまでと，それ以後と

に二分される。前半は，トリストラムの受胎，誕生，命名，教育などをめぐるシャンディ一家の感情や思考，および主に父ウォルターのそれらに関する「意見」が述べられており，ウォルターが主役で，トービーが受けに回っているといえる。後半は，第7巻を別として，トービーが主役になり，部下にして忠実な下僕トリム伍長を相手にしての模擬戦争と近所のウォドマン後家との恋物語が主な話の内容となっている。しかし，そのような二つの話の筋らしきものが認められはするが，このシャンディ一家の物語は年代順に述べられているわけではなく，語り手トリストラムの「意見」を初めとして長短さまざまな脱線があって，話は目まぐるしく前後する。

　ところで，普通の小説と違ってこのように時間の経過に従っての事件の配列，つまりプロットがないとすると，この小説の構成原理は何であろうか。先に触れたように前半の物語にはトリストラムの受胎，誕生，命名，教育が一種の疑似プロットとして物語に大枠を与えているが，後半に至ってはそれさえも姿を消している。とすれば，『トリストラム・シャンディ』はまったく雑然とした'tableau'の集積にすぎないのだろうか。物語の面からのみこの小説をみると，どうしてもそういう結論は避けられない。

　ここでわれわれはもう一人のトリストラム——作者スターンの'persona'としての語り手——を思い出す必要がある。すでにみたように，スターンは語り手トリストラムの「意見」という形で直接作品の中に顔を出しており，J. C. ポイスも指摘しているように，これがこの小説をユニークなものにしている。

　『トリストラム・シャンディ』を非常にユニークな作品たらしめているゆえんは，村，シャンディ邸，宿屋，教会，ウォドマン屋敷，トービー叔父の屋敷や庭などのこの小説の土台が堅固でしかも自然な感じを与え，また，スザナ，ジョナサン，オバダイア，ブリヂェットおよび愚かで肥っちょの台所下女などの端役に至るまで，まるで昨日会った人のような現実性を持っている反面，それらすべての創造主たる変幻きわまりない作者が，まるで道化の亡霊よろしく絶えず廊下や庭を駆けめぐり，笑ったり，泣いたり，跳ねたり，

ポーズを取ったり，果てはわれわれ単純な読者をいかめしいお偉方と一緒くたにして，こっちが落ち着かない気持ちになるほど，やれ尊師とかやれ閣下とかの曖昧な尊称を使ってわれわれに呼びかけたりするにある[10]。

そして，事実『トリストラム・シャンディ』には普通想像されている以上に脱線という形で挿入されている語り手トリストラムの『意見』の占めるスペースは大きいのである。そして語り手トリストラムは最初から最後まで物語と分かちがたく絡み合って常にその存在を示しており，この小説の物語はすべて全知全能の作者の'persona'，トリストラムの心（mind）に浮かぶ順に従って配列されている。つまりこの小説の構成原理（organizing force）はとりもなおさず語り手トリストラムの'mind'である。この小説はこのように語り手トリストラムに焦点を合わせることにより初めてそれなりの首尾一貫性（coherence）を示すといえる。さらに突っ込んでいえば，この小説の眼目はある意味では語り手トリストラムの「意見」にあるともいえる。ところで，すでに述べたように，スターンのように物語の中に語り手の「意見」として作者の独白を挿むことは直接的に作者の人生態度を表明することにほかならない。この小説の物語は，トリストラムの「意見」を通して表わされているスターンの態度に合わせて作られており，いわばその具体的例証という感がある。すなわち，この小説では語り手の「意見」，つまり作者の独白，が単なる脱線ではなく，この小説全体が作者の'persona'としてのトリストラムの長い独白ともいえるのである。第1巻22章の有名な脱線論がこの間の事情を雄弁に語っている。

この本の冒頭から，余は，ご覧のように，物語の部分と付随部分とを相互に組み合わせて，脱線運動と前進運動を歯車のように互いに複雑に絡み合わせたので，大体において，この本全体が機械のようにうまく回転してきたのである。おまけに，もし幸いにして健康の泉が余に生命と活力とを恵んでくれさえしたら，今後40年間でもうまく回転し続けさせてみせよう[11]。

さればこそ，トリストラムがユーモラスに言明したように40年間こそ続かなかったけれども，スターンは足かけ9年間にわたってこの「無始無終」の小説を書き続けられたわけである[12]。つまり，スターンの自己中心性が非常に'personal'な小説を生み出したのであり，語り手トリストラムの独白であることがこの小説をユニークな心理小説にしているのである[13]。

以上この小説の独自な表現形式とスターンの意図との関連を究明することにより，われわれはスターンの目的は self-portrayal[14] を通して自己の人生態度を表出することにあり，そのためにまず第二の自己ともいうべき'persona'トリストラムを設定し，さらにトリストラムを物語の中に登場させることにより語り手と物語の距離をうめ，自己のフィクション化を推し進めていることを知った。そこで次に，スターンの態度そのものを明らかにし，物語がそのような態度に合わせて作られていることを pseudo-plotting および characterization の二点において例証してみたいと思う。

2

げにまことなるかな，笑うを措きては，全きものをここに学ぶこと僅かならむ。
わが心，他の語草を撰び得ざる所以は，卿らを窶れ衰えしむる苦患を見ればこそ[15]。

スターンはこの小説で，自分の態度をシャンディズム (Shandeism) と名づけているが，その根本を成すのは彼のユーモア (humour) である。スターンのユーモアは定評あるもので，カーライルは「スターンはわが国のユーモアの最後の見本であり，彼には欠点もあるが，英国ユーモア中最良のものである」と賛辞を呈している[16]。

ところで，ユーモアという言葉は周知の通り昔の病理学の四体液に用いられたもので，そこから気質，特に気まぐれな気質に転用され，さらに洒落や滑稽を意味するようになったものだが，もっと広義においては，ユーモアはある特定の物の見方，人生に対する心的態度を表わすといってよいと思う。われわれがここで問題にしようとするのは主に後者である。この意味でのユ

ーモアを定義するのは難しいが，鋭敏な感受性で人間の矛盾した行為や現実との不調和を捕らえ，しかもそれを第三者的に眺めて諷するのでなく，自分を含む人間一般の矛盾と欠陥を認めた上でこれを笑いとばすことにより均衡を保とうとするときに多くの場合ユーモアが生じる。換言すれば，自己を笑うことにより緊張を緩和し現実と和解 (reconciliation) することである。スターンのユーモアについても上に述べたことが大体において当てはまる。

　もし余が途中で時折道草を食ったり，或はほんのしばらくの間鈴付きの道化帽をかぶったりしても，余を置き去りにせぬようお願いする。つまり余が外見よりはちっとは知恵を蔵しているものと道連れのよしみに信じていただきたい。そして余と諸君との膝栗毛の道すがら，余とともに大いに笑っていただきたい。又余を笑い草にされても結構。要するに無礼講で行こうというわけだが，ただ短気をおこすのだけは願い下げである[17]。

　スターンの道化は昔から攻撃されてきたし，最近もリーヴィスのようなくそ真面目な批評家の顰蹙を買ったが[18]，スターンの道化の対象はもっぱら自分自身であり，己の苦しみや滑稽さから笑いを生むことは思ったほど容易なことではなく，単なる無責任と片づけるわけにはいかない。スターンのユーモアは陽気さを失うことはなく，究極的には一種の楽天主義といえようが，自己満足より生じる底抜けの楽天主義ではなく，その笑いは，人間存在の不調和に対する鋭い感覚，人間の弱点に対する忍耐力と同情に裏打ちされて，独特な悲喜劇の世界を展開している。そして『トリストラム・シャンディ』がこのようなユーモアの発揮を目的として書かれたことは，この本の冒頭に掲げられているウィリアム・ピットへの献辞に明示されている。

　小生は，病弱やその他もろもろの人生の不幸を笑いによって防ぎ止めようと絶えず努めております。と申しますのも，人間は微笑する度に，まして哄笑すればなおのこと，この断片的な人生にいささか資するところがあると固

く信じているからであります[19]。

したがって，この小説の物語は，客観的リアリズム小説のそれとはだいぶ趣を異にしている。まず前半の物語は，トリストラムが父ウォルターの願望と意志に反して運命にもてあそばれる話である[20]。トリストラムはそもそも受胎のときから母親の不用意な質問で animal spirits の活動を弱められ，誕生に際してはスロップ博士の新発明の器具で鼻がひしゃげ，トリスメジスタスという立派な名前がつくはずだったのだが，ウォルターによれば最低のトリストラムと名づけられる。すでに述べたように，前半の物語に認められるトリストラムの受胎，誕生，命名，教育などから成る疑似プロットはこのような挫折の物語に大枠を与えるためのものであるが，筋立てとしてはむしろ小説以前のもので，ガルガンチュアの生い立ちを述べた部分などに似ている。後半のトービー叔父の恋物語も，トービー叔父の怪我の個所をめぐる "where" という言葉の聞き違いがあって，やはり挫折に終わる。このように，この小説の物語は，人間の意志と現実の不調和から生じる挫折（frustration）を喜劇的に例証するように組み立てられている。

ところでこの小説では，すでに繰り返し述べたように，筋そのものはさして重要ではなく作中人物によって演じられる喜劇的場面の一コマ一コマが問題なのだが，これら喜劇的挫折を扱った場面のうち特に目につくのは聞き違いによるものであり，とりわけ有名なのはウォルターとトービーのトンチンカン問答である。このような聞き違いはもちろん古くからある comic device であるが，スターンの場合単なる技法以上のものである。J. トローゴットが指摘しているように[21]，スターンの聞き違いの喜劇は，ロックの『人間悟性論』(*An Essay Concerning Human Understanding,* 1690) に影響されるところが大きかった。ここでロックの *Essay* について詳述する余裕はないし，またその必要もなかろうが，ただ両者の関連においてよく持ち出される "association of ideas" について触れておこう。

周知のようにロックが *Essay* を書くに至った動機は，あるとき数人の知人と

道徳や宗教の原理について論じた際，各人が勝手な言葉の使い方をするためcommunicationがうまく行かず議論が進展しなかったところから，人間の悟性の働きとその限界について検討しようと思いたったことにある。*Essay*におけるロックの主張の大要は，物の実体（substance）そのものについては知ることができないが，われわれが感覚（sensation）を通して物について持つideasからできるだけ主観的要素を取り去り，理性の力によりideasを比較類別するならば，われわれ相互間のcommunicationは円滑に行われうるというのである。ところで，ひるがえって世上の人間の意見や推論や行為をみるとき，不合理なものが多いのは，ロックによれば，ひとえに不自然な観念連合（association of ideas）によるのである。彼の説明するところでは，ideasは相互に自然な関連を持っており，これを正確に辿るのが理性の働きだが，本来類似点を持たないideasが偶然や習慣により常に結びつけられると一種の関連を持つようになり，これが理性の働きを妨げるとしている。

　　相互に関連性のない観念の誤った連合は，われわれの生得的および道徳的情熱，推論および概念のみならずわれわれの行為をもゆがめる大きな影響力を持っているので，これほど注意して避けるべきことはほかにはあるまい[22]。

　この引用文から分かるように，ロックの立場はあくまでそのような不合理な心の働きを理性の力により是正しようとするものであり，彼は観念連合をmadnessと呼んでいる。
　一方，ユーモリストのスターンは，ロックの観念連合説に自己のユーモラスな人間観察の絶好の裏づけを見出し，ロックとはまったく強調点を置き換えることにより，ユーモラスな喜劇の世界を構築したのである。スターンの聞き違いの喜劇は，人間が理性よりもむしろ情念によって事物を解釈しようとする傾向が強く，またそのような情念による現実統一の試みは喜劇的なcommunicationの挫折に終わること，その結果生じる孤立をユーモアによって乗り切る必

要があること，を示している。『トリストラム・シャンディ』の人物が'humour characters'と呼ばれる変人であるのは，上記の目的から当然のことなのである。しかし，スターンの変人たちは内側から描かれているので，従来の'houmour characters'のように平板なタイプに堕してはいない。

ところで，以上述べたように『トリストラム・シャンディ』はスターンの個性の表現という面が強いので，最後に蛇足ながら，スターンのユーモアの形成に与って力があったろうと思われる生涯の二，三の事実について触れておこう。もちろん伝記を述べるのが目的ではないので，必ずしも年代順によらず必要と思われる事柄のみに限ることにする[23]。

われわれはこの節の初めでユーモアは鋭敏な感受性と強い忍耐力とをその要件とすると述べたが，まず第一に，スターンの生い立ちにこれらを醸成したかも知れないものを見出す。スターンの父は連隊旗手で，すこぶる好人物だったことはスターンが娘リディアのために書いた『手記』(*Memoir*s)からもうかがわれるが，家庭は決して豊かでなかった。おまけに，貧乏者の子沢山の譬えの通り次々と7人の子供が生まれており，スターン一家は転戦する父の後を追って転々とした。この間，7人のうち4人までが赤ん坊のうちに死亡したが，これがスターンの幼な心にかなりの印象を与えたことは『手記』をみても明らかである。こんなわけで，彼は10歳のときにすでにヨークシャーの親類の家に預けられ，以後他人の屋根の下から学校に通った。のちに彼がケンブリッジ大学に入学できたのも，この親類の補助と特待免費生としての特典によっている。この間彼の父はスターンが18歳のとき死亡している。彼の母は無教養な女だったらしく，スターンとこの母の間にはとかくトラブルが絶えなかったようである。以上を総合して，とにかくスターンは幼時家庭的に恵まれなかったといえる。

第二に，スターンには病気があった。結核である。前に述べたように，スターンの大学時代は特待免費生として肩身の広いものではなかったし，スターンもあまり真面目な学生ではなかったらしいが，最終学年のときに，最初の大喀血が彼を襲った。これは弟妹の短命と相まって彼の人生観に大きな影響を及ぼ

したことは想像にかたくない。同時に彼の異常なまでの感受性もこの病気と関連があろう。とにかく,手紙を読めば分かるように,彼の病気は決して単なるポーズではなかった。

　第三に,スターンの結婚生活は非常に幸福とはいえなかった。彼の妻は平凡な女性で,あながち悪妻ともいえなかろうが,一時精神異常をきたしたこともあり,のちにスターンが有名になってから娘とともにフランスに住みついて,一種の合意別居状態にあった。

　第四に,スターンが『トリストラム・シャンディ』を発表したときはすでに四十代の半ばを越していたが,国教会牧師としての出世の道はすでに閉ざされていた。というのは,若いとき,彼は叔父のヨーク副主教ジェイクス・スターンのひきで二つの寺禄を兼有し,ヨーク大聖堂の受禄聖職者となったが,この叔父はなかなか野心家の俗物で地方政治にも手を出し,スターンを敵方攻撃のパンフレット・ライターとして利用していたのだが,スターンが雑文書きを拒絶したため,両者は喧嘩別れをしたからである。

　以上挙げた諸点は必ずしもスターンのユーモアの直接の原因であるとはいえないが,これらの事情は,内在的素因と相まって彼のユーモアを形成する契機となったかも知れない。とにかく,無名の中年牧師スターンがこの小説で提唱したシャンディズムは,その笑いと快楽主義の裏に一種のストイシズムを蔵していたのであり,この面においては,はなはだ牧師らしからざる人物と考えられているスターンも,当時の現世化された Christian morality を彼なりの形で受け入れていたと思われる[24]。

　イアン・ワットは『小説の発生』(*The Rise of the Novel,* 1957) で,『トリストラム・シャンディ』が見た目よりも小説の伝統と中心的関係を有することを認めながらも,結局「小説といわんよりは小説のパロディである」と述べている[25]。われわれはこの小論でスターンの第一の目的が自己表現にあり,これが物語を語ると同時に「意見」を述べるという独自の表現形式を開発させたことをみた。これがこの本が小説のコンヴェンションである真実らしい物語という枠からはみ出た原因であるが,この表現形式は,より直接的に作者個人の経験と密着す

ることにより一種の心理的リアリズムを生み出した。ところで，いわゆる心理的リアリズム小説の進展につれ今日小説のパロディ化の現象がみられるようになり，このような面から『トリストラム・シャンディ』の評価が高まったことは周知の通りである。しかしスターンの場合は，小説自体のパロディは今日の心理主義小説などのように組織的に行われたわけではなく小説以前の古めかしさを多く残している。『トリストラム・シャンディ』は長い独白といえようが，決して『内的独白』ではない。

また，当然のことながら，この小説の基調は明らかに18世紀的である。スターンのユーモアは，その鋭い不調和に対する感覚，一種の相対的物の見方，自己満足の少なさからいってわれわれにアッピールするものを持っているが，結局は一種の楽天主義で時代の精神風土を明らかに反映している。しかし，スターンの「笑うことはこの断片的な人生にいささか資するところがある」という命題は今日においてもまったくその効力を失ったとは限るまい。なぜなら「人生の目的は，結局のところ，事物を理解することではなく，自己の防禦体制と均衡を維持してできるだけ良く生きること」なのだから[26]。

1) Cervantes : *Don Quixote,* Pt. I, Chap. xxii.
2) J. A. Work (ed.) : *The Life and Opinions of Tristram Shandy,* pp. 470-1, pp. 33-4, pp. 227-8, pp. 473-4. p. 604. なおこの小説からの引用はすべてこの Odyssey Press edition に拠った。
3) W. C. Booth のいわゆる self-conscious narrator である。*The Rhetoric of Fiction,* pp. 149-165 参照。
4) Work : *op. cit.,* pp. 7-8.
5) *Ibid.,* p. 7 の注参照。
6) Cf. . . . a vicious taste . . . of reading straight forwards, more in quest of the adventures, than of the deep erudition and knowledge which a book of this cast, if read over as it should be, would infallibly impart with them. (*Ibid.,* p. 56) ここで思い出すのはフィールディングのかの有名な 'comic epic poem in prose' という文句だが，同じく古典的教養があり喜劇的小説を書いたといってもスターンとフィールディングはいちじるしい対照を示しているといえよう。
7) *Ibid.,* pp. 10-1.

8) N. Frye : *Anatomy of Criticism*, pp. 303-4 参照。
9) この変更について R. Putney は次のようにいっている。"The probable cause for the alteration in Sterne's design was the clamor against the double entendre and downright indecencis of the second installment. Possibly he also realized that Walter's hypotheses were growing slightly stale. ("Laurence Sterne, Apostle of Laughter" in *Eighteenth Century English Literature*, p. 279) また，第 7 巻については，大陸旅行で忙しかったためと，思うようにトービー叔父の恋物語が進まなかったので旅行印象記を穴埋めに使ったものと考えられている。
10) J. C. Powys : "Introduction" to *Tristram Shandy* (Macdonald's Illustrated Classics), p. 17.
11) Work : *op. cit.,* pp. 73-4.
12) スターンが *A Sentimental Journey* を書き上げたら再び *Tristram Shandy* を書きつぐつもりだったことは1766年 7 月23日付けの手紙からも明らかである。(L. P. Curtis : *Letters of Laurence Sterne*, p. 284)
13) C'est ce qui se passe dans l'esprit de Tristram qui constitue la substance permanente du livre, et c'est *comment* cela se passe qui lui donne son unité structurelle — à savoir, l'esprit de Tristram aux prises avec les données de sa réalité, c'est-à-dire sa personne, son historicité, son tempérament, son espace, sa durée, son entourage, ses lectures, ses idées, ses souvenirs, et ainsi de suite, mais aussi la façon dont il va traduire en mots, coucher en langage significatif pour autrui cette expérience de sa vie qu'il prétend nous faire partager bien plus qu'il prétend nous la raconter. (H. Fluchère : *Laurence Sterne*, p. 292)
14) スターンはデビット・ギャリック宛ての手紙で，*Tristram Shandy* のことを " 'tis however a picture of myself" といっている。(W. L. Cross : *The Life and Times of Laurence Sterne*, p. 586)
15) ラブレー『ガルガンチュワ物語』の「読者に」より。訳文は渡辺一夫氏のものを拝借した。
16) T. Carlyle : "Jean Paul Friedrich Richter" in *Critical and Miscellaneous Essays*.
17) Work : *op. cit.,* p. 11.
18) F. R. Leavis : *The Great Tradition*, p. 2 の注 2 参照。
19) Work : *op. cit.,* p. 3.
20) I have been the continual sport of what the world calls Fortune ; and though I will not wrong her by saying, She has ever made me feel the weight of any great or signal evil ; — yet with all the good temper in the world, I affirm it of her, That in every stage of my life, and at every turn and corner where she could get fairly at me, the ungracious Duchess has pelted me with a set of as pitiful misadventures and cross

accidents as ever small Hero sustained. (*Ibid.,* p. 10)
21) J. Traugott : *Tristram Shandy's World : Sterne's Philosophical Rhetoric* 参照。
22) J. Locke : *An Essay Concerning Human Understanding,* Everyman's Library Edition, vol. I, p. 338.
23) 前記 Cross の *Life and Times* および M. R. B. Shaw : *Laurence Sterne : The Making of a Humorist* 参照。
24) 例えば次の説教の一節と *Tristram Shandy* 中の有名な一文を比較してみると，ある共通した姿勢がうかがわれる。リチャードソンの修身斉家的モラルとは異なるが，スターンも18世紀小説家の例にもれずモラリストの面を持っていた。

The great business of man is the regulation of his spirit ; possession of such a frame and temper of mind, as will lead us peaceably through this world and, in the many and weary stages of it, afford us what we shall be sure to stand in need of, — "Rest unto our souls." (Sermon XXV, "Humility")

True *Shandeism,* think what you will against it, opens the heart and lungs, and like all those affections which partake of its nature, it forces the blood and other vital fluids of the body to run freely thro' its channels, and makes the wheel of life run long and cheerfully round. (Work, *op. cit.*, pp. 337-8)

25) See Ian Watt : *The Rise of the Novel,* pp. 290-6.
26) W. Empson : *Seven Types of Ambiguity* (Peregrine Book), p. 247.

第5章　スターンの「センチメンタリズム」について

1

　ある作家ないしは作品を理解しようとするとき，われわれは便宜的に，その対象の最も際だった特質と思えるものを指し示すようなレッテルを用いることがままある。わたくしがここで対象として取り上げようとしているロレンス・スターン (1713-68) の場合，そのようなものとして「ユーモリスト」および「センチメンタリスト」という，一見相反する，二つのレッテルがある。そして，大まかにいえば，スターン文学の特色は，まさにユーモアとペーソスが分かちがたく絡み合っている点にあるといっても誤りではないが，彼の二つの作品，すなわち，小説 *The Life and Opinions of Tristram Shandy, Gentleman* (1759-67) とフランス紀行 *A Sentimental Journey through France and Italy by Mr. Yorick* (1768) では，この二つの要素の占める比重にかなりの変化がみられる。多くの場合，「ユーモリスト」というレッテルが持ち出されるのは前者についてであり，後者については，その題名が示すように，「センチメンタリスト」または「センチメンタリズム」が当てられている。しかし，このように二つの作品をそれぞれのレッテルに当てはめるだけでは，それぞれの作品の望ましい理解に達しえないのはもちろんである。ところで，わたくしは彼の小説については前章で論じたので，この章では，『センチメンタル・ジャーニー』における感情的要素のいちじるしい増加を取り上げ，スターンについて用いられる「センチメンタリズム」というレッテルを少し立ち入って吟味してみようと思う。したがって，『トリストラム・シャンディ』については，以上の観点から必要な範囲内でのみ触れることにしたい。

2

　まず「センチメンタリズム」というレッテルは，スターンの英文学史上における位置づけの際に用いられている。一般に，18世紀後半の英文学に理知的傾向から感情的傾向への移行現象を認め，スターンをこの傾向の一方の代表者と見なすのが文学史の常識となっている。例えば，ルグイ／カザミアンの英文学史をみると，スターンはリチャードソン，ゴールドスミスとともに "The Novel of the Sentiment" という項で扱われている[1]。この場合，「センチメンタリズム」はスターンの作品全体（といっても，問題となるのは上記の二作品だが）を覆うものとして用いられているが，すでに述べたように，特に『センチメンタル・ジャーニー』はこの典型とされている。ところで，スターンの作品を虚心に読むとき，彼が「センチメンタリスト」の今日的意味である感傷家では決してないことは，ハーバート・リードを初め多くの批評家の指摘するところである[2]。したがって，「センチメンタリズム」が当時持ちえた意味合いとスターンのそれに対する態度を検討する必要が生ずるわけだが，そのような核心的問題に入る前に，一応彼の二つの作品を通じてみられる彼の文学の基本的特性に触れ，同時にこれら二つの作品の間にみられる一つのいちじるしい変化を明らかにしておきたい。

　まず，これら二つの作品はいずれも，小説および紀行文というジャンルからずれている点で共通している。そしてこのずれは，スターンの文学の基本的性格に結びついている。なるほど，『トリストラム・シャンディ』はシャンディ一家を中心とする一つの閉じられたフィクションの世界を持つ点では小説的だが，普通の小説と異なりストーリーの進展やプロットを欠いており，物語は絶えず名目上の主人公で語り手でもあるトリストラムの述べる「意見」により中断される。そして，全体として，この小説の眼目は，物語自体よりもむしろ，作者のペルソナであるトリストラムを通して表わされているある特定の物の見方なり人生態度なりにあるといえる。要するに，この小説は一応フィクションの世界を持つものの，全体的にはスターンの第二の自己トリストラムの長い独

白なのである[3]。同じことが『センチメンタル・ジャーニー』についてもいえよう。この紀行文は，ありきたりの旅行記と違い，異国の珍しい風物の忠実な記録ではなく，多感な旅行者(センチメンタル・トラベラー)ヨリックが旅先で出会ったゆきずりの人びととの心の交流を記した印象記であり，いわば「心の旅路」18世紀版とでもいうべきものである[4]。したがって，ここでも興味の中心はやはり，作者のペルソナであるヨリックを通して表わされているある心的態度そのものにあるといえる。ただ，この場合，前者のように一つの閉じられたフィクションの世界を持たないので，ヨリックとスターンとの距離は一層近いものになっている。しかし，この紀行文は主にヨリックの内面描写であるから，どこまで作者自身のフランス旅行の体験に基づいているか分明でなく，やはりフィクション性を多く持っている。以上で明らかなように，もちろんトリストラムもヨリックもあくまで作者のペルソナにすぎず，スターンその人とは異なることを認めた上でいえば，『トリストラム・シャンディ』も『センチメンタル・ジャーニー』もスターンの文学的自己表現なのである。だから，この二つの作品はどちらも，しばしば便宜的に小説と呼ばれているにもかかわらず，常にフィクションとアクチュアリティーの間を彷徨し，独自のフォームを持つことになる。このように，スターンの文学の基本的特性は，普通の小説のように外面的事件や人物の行動を述べることをせず，ある角度から現実をみることから生じる作者の感情や思考の描写にあるわけである。

ところで，わたくしはこの二つの作品の間に一つのいちじるしい変化がみられるといったが，それは単に小説的なものから紀行文への形式上の変化というよりも，むしろそれを必然たらしめた根本的変化——トリストラムとヨリックがそれぞれ表わしている心的態度そのものの変化——を意味している。一言にしていうなら，それは「道化」から「多感な旅行者」への変貌，笑いから情緒への変化といえる。もちろんこの変化は決して突然のものではなく，その変化の過程については後に触れる。それに，スターンの笑いもセンチメントも，ともに彼の鋭敏な感受性に由来するのであり，ただその表われ方が前者ではcomic になり後者においては pathetic になる傾向がある。『トリストラム・シ

ャンディ』においてはトリストラムの感受性は何よりも人間の不調和，意志と現実ないし運命の悲喜劇的なゆきちがいの表示のために働いている。もちろん，ここには，弱点と矛盾をはらんだ人間に対する同情があり，結局人間の結びつきは，ロックのように「理性」を通じてというより，むしろ「感情」の働きによるという認識がある[5]という限りにおいては，「センチメンタリズム」の要素を十分に含んでいるが，トリストラムの目はどこまでもゆきちがい（cross-purposes）の喜劇に注がれている。したがって，この小説におけるペーソスはあくまで笑いと緊密に結びついており，全体としてはコミックな笑いが中心になる。だから，「シャンディズム」は最終的には笑いによる均衡の維持といえる。

If 'tis wrote against any thing, —'tis wrote, an' please your worships, against the spleen ; in order, by a more frequent and a more convulsive elevation and depression of the diaphragm, and the succussations of the intercostal and abdominal muscles in laughter, to drive the gall and other bitter juices from the gall bladder, liver and sweet-bread of his majesty's subjects, with all the inimicitious passions which belong to them, down into their duodenums.[6]

一方，多感な旅行者ヨリックは，その由緒ある名前にもかかわらず，その感受性を人間の不調和の表出のためよりも，むしろ人間の結びつき（communion）のために働かせており，ユーモアよりもセンチメント，笑いよりも同情と博愛を強調する傾きがある。

—'tis a quiet journey of the heart in pursuit of Nature, and those affections which arise out of her, which make us love each other—and the world, better than we do.[7]

つまり，トリストラムの態度が realist とすると，ヨリックのそれは idealist といえ，また悪くいえば，ヨリックはトリストラムよりも説教師的な面が強い。

もちろんトリストラムにもディダクティックなところがあるが、説教にはJesterよりもSentimental Travellerのほうがむいていることは論をまたない。このことは、例えば感傷的な「The Dead Ass」の挿話に付け加えられているヨリックの感想などに露骨にみられる。

Shame on the world! said I to myself—Did we love each other, as this poor soul but loved his—'twould be something.[8]

このような説教口調と感傷主義が『センチメンタル・ジャーニー』に忍び込んでいることは事実だが、同情と博愛の強調がすべてでないことはもちろんで、それがこの作品を他の同時代の感傷的小説のような文学的死滅から救っているのである。ヨリックは決して情緒に溺れることをしないからである。しかし、そのようなヨリックの感情に対するdetachmentを認めた上で、とにかく上に述べた笑いから感情への力点の移行は明白な事実として認められる。

そこで、以上述べた変化を頭に置いた上で、われわれはこれから、この変化の原因を探りながら、「センチメンタリズム」をどのように受け取るべきかを考えることにしよう。

3

絶えずユーモアとペーソスの間を揺れ動くのはスターンの特色である。彼は1762年4月10日付けのギャリック宛ての手紙で"I laugh till I cry, and, in the same tender moments, *cry till I laugh.*"と書いている[9]。これは手紙の書かれた時期からいっても、また最後の部分がイタリックになっている点からも、涙よりも笑いによりアクセントが置かれているのは明らかだが、それから5年後に書かれた『センチメンタル・ジャーニー』では、すでに述べたように、ペーソスの比重が以前よりも増してはいるものの、この手紙にみられるような振動はやはり持ち越されており、それが、この作品の解釈の分かれる原因になっている。例を挙げると、1767年11月12日付けのジェイムズ夫人宛ての手紙で彼は次

のようにいっている。

　My Sentimental Journey will please Mrs. J—, and my Lydia. . . . I told you my design in it was to teach us to love the world and our fellow-creatures better than we do—so it runs most upon those gentler passions and affections, which aid so much to it.[10]

　これは先ほど引用したヨリックの言葉と符合するものである。しかし，同月15日付けのハンナ某なる女性に次のように書き送っている。

　—but I have something else for you, which I am fabricating at a great rate, and that is my Journey, which shall make you cry as much as ever it made me laugh—or I'll give up the Business of sentimental writing—and write to the Body.[11]

　これはやや極端な例だが，これら二つの態度に応じるかのように，『センチメンタル・ジャーニー』の評価においても，感情的要素を重くみるものと，正反対に感情を否定的にとるものとの二つの極端な行き方がある。前者の代表ピーター・クェネルの意見は次の通りである。

　The Sentimental Journey is, therefore, a text-book on feeling, an exposition of how, in any given set of circumstances, to behave in a sentimental and civilised mode, and was presently to be adopted as such by its admirers throughout Europe.[12]

　一方，この本におけるペーソスの増大をまったく外面的な理由によるとするルーファス・パットニーはクェネルとは対蹠的立場をとる。

第5章　スターンの「センチメンタリズム」について　93

　To write and to laugh were still synonymous for him. He now solved his literary dilemma with a hoax by which he persuaded his contemporaries that the comedy he must write was the pathos they wished to read. He accomplished this by making Yorick weep in order that 'in the same tender moment' he himself might laugh.... Far from being a manual of sentimental and civilized behavior, as Peter Quennell has lately described the book, *A Sentimental Journey* displays the errors, equivocations, and dilemmas into which Yorick is betrayed by the instability of his heart.[13]

　これら二人の批評家は，ヨリックの「センチメンタリズム」というGordian knotを，それぞれ感情と笑いのいずれか一方を切り捨てることにより一刀両断した，少なくとも両断しようとした，といえる。ところで，初めに触れたように，「センチメンタリズム」は決してスターン一人の傾向ではなく，当時の英文学一般に認められる傾向であり，その背後には，理性よりも感情を重視する傾向が次第に思潮の中心となりつつあったという事実がある。そこで，ヨリックの「センチメント」についてわたくしなりの考えを述べる前に，一応それをこの広いコンテキストの中において眺めてみたいと思う。

　一般に18世紀は，前世紀における「新しい哲学」，つまり自然科学の進展に伴う合理主義精神を受け継ぎ，「理性」が幅をきかした時代といわれているが，バジル・ウィリが指摘しているように[14]，世紀半ばころになると，「感性」が「理性」に代わって勢いをふるう傾向が出てきた。これは言語の用法にもうかがわれる。本章で問題としている 'sentiment' という言葉の形容詞形 'sentimental' の *OED* の最初の用例は1749年であり，今日のように「感傷的」という意味ではなく，"Characterized by or exhibiting refined and elevated feeling." を意味した[15]。また，'sensibility' という言葉も，*OED* によれば，「感受性」の意味で使用されるのは18世紀半ばまではあまり例がなく，さらに18世紀から19世紀初頭にかけての特殊な意味として "Capacity for refined emotion ; also, readiness to feel compassion for suffering, and to be moved by the pathetic in literature or art."[16] が挙げられており，その最初の用例は1756年である。以上で，

このころ幅をきかしてきた 'sentiment' とか 'sensibility' は「洗練された感情」を意味していたことが明らかであろう。

どうしてこのような状況が生じたかはわたくしの手に余る大問題であるが，当時の思想および宗教との関連からみると，大よそ次のような説明がなされている[17]。

すでに述べたように，18世紀，特に前半，が「理性」の時代といわれているが，その一つの現われとして，前世紀末から18世紀初頭にかけて，主としてイギリス知識階層の間に，自然神論なるものが広まったのは周知の通りである。これは，聖書に示されている超自然的天啓を否定し，「理性」のみにより自然に神 (Deity) を見出せるとする自由思想であり，前世紀以来の理性主義の当然の帰結であった。ルネッサンス以来の「新しい哲学」はまず「自然」(Nature) の回復をもたらし，自然科学の進歩とともに自然現象に関する神秘的解釈は次第に説得力を失っていった。そして「新しい哲学」は，これまでの原罪に対する神の怒りによって損なわれた暗い大地に代わって，因果律によって正確に動く「大いなる機械」としての「素晴らしい新世界」の存在を明らかにした。17世紀末ごろになると，このような「理性」の神秘に対する，「自然」の超自然に対する，勝利が一般に確認されるようになり，これが宗教にもいちじるしい影響を及ぼした。すなわち，聖書に示されている天啓に劣らず，否むしろそれ以上に神の英知の産物であり整然たる秩序を示している「自然」こそ宗教の重要な拠りどころと考えられるようになった。敬虔なキリスト者を自認していたロックの *Reasonableness of Christianity* (1695) はその一例である。そして，当時イギリス国教会の主流を占めていた広教派 (Latitudinarians) も，なお超自然的天啓が理性説への絶対必要な付加物であることを主張しながら，信仰と道徳が「理性」の上に基礎を置くことを認め，キリスト教の reasonableness と toleration を説いた。他方，自然神論者はロックの立場をさらに進めて天啓を否定したのである。そこで，18世紀初頭に自然神論争が闘わされたが，広教派も自然神論者も，当時の気風に従い，「彼岸」よりも「現世」の問題にもっぱら関心を寄せる点では一致しており，広教派の力点は教義から道徳に移り[18]，

来世の救いに対する恩寵の必要よりも,むしろ現世における virtuous life が強調される傾きがあった。当時の一般的気風についてウィリは次のように述べている。

　Speaking broadly, we are confronted, on approaching the eighteenth century, with a steady decline in what has been called the tragic sense of life. We have gone on too long, it was felt, repeating that we are miserable offenders and that there is no health in us. We must change these notes to something more cheerful, something more befitting a polite and civilized age.[19]

　当時のイギリスには,科学の光に対する確信が政治制度の安定と重なって,みずからの時代を polite and civilized age として謳歌する楽天的気風が一般的であった。自然神論もこのような this-worldliness の反映といえようが,自然崇拝が当然の発展としてやがて自然の美化と自然の一部としての人間の nature の理想化を生むことは予想される。すでにシャーフツベリなどにこの傾向がみられる。彼は自然神論者であったが,自然を美的見地から眺め,「真,善,美は皆一つであり,宇宙は一組みの機械的な仕組みとしてわれわれに印象を与えるのではなく,調和を示す芸術的具体物として,われわれに印象を与える」[20]と主張した。彼は,「自然」と同様に,人間は本質的に善で,また生まれつき社会的なものであるとして,ホッブズのシニシズムに反論した。また,シャーフツベリは Orthodoxy は超自然的天啓を維持せんがために,とかく spontaneous goodness of heart をおとしめると非難した。このような立場から,彼は kindness, sociableness などの virtue を強調し,人間には生来 virtue に赴かしめる道義感 (moral sense)[21] が具わっており,他人への同情と愛は自己愛に通じるとし,他人への愛 (natural affection) こそ道徳の根本であると説いた。彼の主張は,当時みずからの蛮風に自意識的になっていた polite age の道徳意識と合致して,博愛主義と感情の洗練は『スペクテイター』などの説くところとなり,スチールを代表とする sentimental comedy を生んだ。博愛はまた,現世のモラルを重んじる広教派の説くところとなり,「センチメント」は次第

に道徳の拠りどころと考えられるようになっていった。そして，世紀半ばにヒュームが理性の限界を明らかにするに及んで，"morality as a sentiment of the heart" は validity を与えられたとされている。ウィリは，この意味で，ヒュームを知的分水嶺とみており，"in Hume, the illumination became dark with excessive light, and reason was used to reveal the limitations of reason.... before him, Nature and Reason go hand in hand; after him, Nature and Feeling." [22] と述べている。先に触れた18世紀中葉にいちじるしくなった 'cult of sensibility' は，このような知的風土の変化の具体的表われなのである。

ここでスターンに話を戻して，彼の「センチメント」を検討してみよう。

全体として，スターンが当時の「理性」から「感情」への趨勢を反映しているのは疑いのない事実である。われわれが当面の問題としている『センチメンタル・ジャーニー』には，大文字，小文字の両方を含めて，「自然」(nature) という言葉が盛んに使用されているが，前節で引用した "a quiet journey of the heart in pursuit of Nature, and those affections which arise out of her" が端的に示すように，その大多数が human nature つまり愛情や同情，を意味している[23]。そして，この感性への傾斜は，かの有名な Dear Sensibility! に始まる一節で頂点に達している。

> Dear Sensibility! source inexhausted of all that's precious in our joys, or costly in our sorrows! thou chainest thy martyr down upon his bed of straw, — and 'tis thou who lift'st him up to Heaven! —Eternal fountain of our feeling! —'tis here I trace thee, —and this is thy "divinity which stirs within me";... I feel some generous joys and generous cares beyond myself; —all comes from thee, great—great Sensorium of the world! which vibrates, if a hair of our heads but falls upon the ground, in the remotest desert of thy creation.[24]

また，先に述べたように，この本では博愛と同情が強調されており，スターンがシャーフツベリ流の博愛主義を持していたことはしばしば指摘されるところであるが，これは例えば次の文章などに明らかである。

—Surely—surely, man!—it is not good for thee to sit alone—thou wast made for social intercourse and gentle greetings, and this improvement of our natures from it, I appeal to, as my evidence.[25]

ところで，先に触れたように，パットニーは，この本にみられるこうした感情的要素を 'popular demand for pathos' などのまったく外面的要求に基づくものとしているが，果たしてそうであろうか。もちろん，パットニーの指摘するように外部からの要求も与って力があろうが，スターンの感情重視は『センチメンタル・ジャーニー』執筆のためのポーズとだけは言い切れない。例えば，トービー叔父は good nature そのものとでもいうべき人物であり，ウォルター・シャンディの abstract theorizing は諷刺の対象となっている点から考えても，『トリストラム・シャンディ』においても，『ジャーニー』ほど直接的に強調されていないとはいえ，'wisdom of the heart' の優位が明らかである。また，彼の『説教集』には，『ジャーニー』に表わされているものとほぼ同趣旨の博愛主義がみられる。例えば，1760年に出された『説教集』第1・2巻の序文で，スターンは "as the Sermons turn chiefly upon philanthropy and those kindred virtues to it upon which hang all the Law and the Prophets, I trust they will be no less felt, or worse received, for the evidence they bear, of proceeding more from the heart than the head."[26] と述べている。その具体例は随所にみられるが，その一例として，次の文章を挙げておこう。

... in the midst of the loudest vauntings of philosophy, Nature will have her yearnings for society and friendship;—a good heart wants some object to be kind to—and the best part of our blood, and the purest of our spirits, suffer most under the destitution.[27]

一歩譲って，彼の説教は当時の広教派の高名な牧師の説教の焼き直しであるとしても[28]，彼がそれを繰り返し述べたことは，結果的には，彼自身そのような考えを支持していたことになる。さもないと，スターンは牧師としてまっ

たく insincere であったことになるが，ハモンドが証明するように，そのように考えるべき証拠はない[29]。

このようにみると，『センチメンタル・ジャーニー』において，スターンが当時の好尚に合わせて，ペーソスと博愛を以前よりも強調したということは十分考えられるとしても，火のない所に煙は立たぬのたとえ通り，彼が「センチメント」をまったく笑いのためにのみ利用したとみるのは行きすぎであろう。

しかし，スターンは，シャーフツベリに代表される 'moral sense' school のように，「センチメント」を infallible guide と見なすほどロマンチックな人間では決してなかったことは注目すべきである[30]。彼は，広教派の牧師らしく，一方において原罪と禁欲を強調する popery を攻撃し，他方，ロマンチックな自然崇拝にも組みしなかった。スターンは，Genesis xlvii, 9. の Jacob の "few and evil have the days of the years of my life been." を text にした説教で次のように述べている。

It must be noted, indeed, that the patriarch, in this account, speaks merely his present feelings; and seems rather to be giving a history of his sufferings than a system of them, in contradiction to that of the God of Love. Look upon the world he has given us!—observe the riches and plenty which flow in every channel, not only to satisfy the desires of the temperate,—but of the fanciful and wanton!—every place is almost a paradise, planted when Nature was in her gayest humour!

—Every thing has two views. Jacob, and Job, and Solomon, gave one section of the globe;—and this representation another.—Truth lieth betwixt,—or rather, good and evil are mixed up together; which of the two preponderates, is beyond our inquiry;—[31]

もちろん，彼が両者のいずれに傾いていたかは，すぐ続いて but, I trust,—it is the good. といっていることからも明らかであろう。このような，きわめて 18 世紀的な，現世主義に支えられた現実的中道主義（Truth lieth betwixt.）は，

決して例外的なものではなく，スターンの笑いなりペーソスなりを考える上に見逃すことができない特色である。例えば，ヨリックがそれこそわが意を得たりといっている，フランス人の老下士官の旅の効用についての感想を引用してみよう。

　—Every nation, continued he, have their refinements and *grossiertés,* in which they take the lead, and lose it of one another by turns—that he had been in most countries, but never in one where he found not some delicacies, which others seemed to want. *Le* POUR *et le* CONTRE *se trouvent en chaque nation* ; there is a balance, said he, of good and bad every where ; and nothing but the knowing it is so, can emancipate one-half of the world from the prepossession which it holds against the other—that the advantage of travel, as it regarded the *sçavoir vivre,* was by seeing a great deal both of men and manners ; it taught us mutual toleration ; and mutual toleration, concluded he, making me a bow, taught us mutual love.[32]

　この相対的な物の見方はスターンの基本的な態度であって，先の Dear Sensibity への呼びかけも，このような態度との関連においてみるべきものである。したがって，スターンは「理性」から「感情」への時代の趨勢を反映してはいるが，いうところのロマンチシズムの先駆というよりは，むしろ classical temper をたぶんに持っているのであり，この節の初めでみた彼の笑いとペーソスの交錯も，この相対主義的物の見方の現われといえよう。

4

　繰り返し述べたように，スターンは『センチメンタル・ジャーニー』で pathos と博愛主義をこれまでよりも強調しているが，これには世評の影響が相当に作用したと考えられる。1765年1月に出版された『トリストラム・シャンディ』第7・8巻は，*The Monthly Review* がその pathetic な部分を褒めはしたが[33]，*The Critical Review* その他の雑誌の批評はあまり芳しくなく，むしろ翌

66年1月に出た『説教集』第3・4巻のほうが好評であった[34]。翌67年1月に出版された『シャンディ』第9巻を取り上げたのは The Monthly Review だけで，しかもその批評はあまり好意的なものではなかった[35]。このころになると，スターンの bawdy に対する非難が特に烈しくなり，ヨークの大主教宛てに，スターンを聖職から追放せよとの匿名の手紙が送られたりした[36]。このようなわけで，スターンは，彼の 'pathetic touches' への好評を考え合わせて，何か新機軸を打ち出そうとしたことは明らかである。『シャンディ』最終巻出版後まもなくの67年2月23日付けの娘リディア宛ての手紙で，彼は『センチメンタル・ジャーニー』に触れ，"I have laid a plan for something new, quite out of the beaten track." といっている[37]。しかも，当時のスターンは，1762年以来フランスが気に入って，ずっと住みついていた妻と娘に支送りを続けなければならず，経済的にも，新しい作品で再び人気を盛り返す必要があったのである。

しかし，Jester から Sentimental Traveller への変貌は，必ずしもこのような外面的理由がすべてであったとは言い切れないと思われる。67年春には，スターンは『ジャーニー』にヨリックの恋人として名前が出ている，イライザことエリザベス・ドレイパーとの恋愛を経験している。4月にイライザがインドへ去ると，彼も郷里コックスワルドに帰って『ジャーニー』を執筆したが，当時スターンの健康は相当に衰えていたらしく，また，田舎での一人暮らしの侘しさをかこつこともあったようである[38]。そんなわけで，『ジャーニー』における感情的要素の増加は，ある程度，当時のスターンの気分を反映していたと考えられる。これは，先に引用した67年11月12日付けのジェイムズ夫人宛ての手紙で，『ジャーニー』について，"It's a subject which works well, and suits the frame of mind I have been in for some time past." と書いていることからも察せられる[39]。

ところで，多感な旅行者ヨリックは道化トリストラムにはみられなかった恋の賛美を表明しているのが新しい特徴として目につく。例えば，『シャンディ』第7巻のトリストラムの大陸旅行に，Amandus と Amanda の恋物語が語られているが，これには，次のような明らかなオチがついている。

―Tender and faithful spirits! cried I, addressing myself to *Amandus* and *Aamanda*―long―long have I tarried to drop this tear upon your tomb―I come―I come―

When I came―there was no tomb to drop it upon.[40]

ここでは，恋物語はバーレスクとして扱われている。これがヨリックとなると，彼が恋の当事者となるだけでも大変な違いである。

. . . he [La Fleur] has but one misfortune in the world, continued he (the landlord), 'He is always in love.'―I am heartily glad of it, said I―'twill save me the trouble every night of putting my breeches under my head. In saying this, I was making not so much La Fleur's eloge, as my own, having been in love, with one princess or other, almost all my life, and I hope I shall go on so till I die, being firmly persuaded, that if ever I do a mean action, it must be in some interval betwixt one passion and another: whilst this interregnum lasts, I always perceive my heart locked up―I can scarce find in it to give Misery a sixpence; and therefore I always get out of it as fast as I can, and the moment I am rekindled, I am all generosity and good-will again; . . .[41]

ここでは恋と博愛の奇妙な混合がみられる。しかし，パリでの小間使いとの一件では情熱そのものの賛美へと進んでいる。

If nature has so wove her web of kindness that some threads of love and desire are entangled with the piece ―must the whole web be rent in drawing them out?―Whip me such stoics, Great Governor of Nature! said I to myself: ―Wherever thy providence shall place me for the trials of my virtue―whatever is my danger, ―whatever is my situation ―let me feel the movements which rise out of it, and which belong to me as a man. . .[42]

といっても，スターンの場合情熱も彼独得のユーモラスな detachment を持

って扱われている。例えば，この小間使いの一件でも，このような内省をしているうちに危機は通り過ぎてしまうのだから，このシチュエーションを外から眺めるわれわれにとってはユーモラスな感じがすることになる。「感じた事どもを感じたままの素直さで述べる」[43]ことを表明しているヨリックは，同時に自分の感情の行きすぎに気づいており，それをチェックするような態度の変化を速やかにとる。例えば，イライザへの情熱的な呼びかけがそうである。

Eternal fountain of happiness! said I, kneeling down upon the ground,—be thou my witness—and every pure spirit which tastes it, be my witness also, That I would not travel to Brussels, unless Eliza went along with me, did the road lead me towards heaven.
In transports of this kind, the heart, in spite of the understanding, will always say too much.[44]

周知のように，『ジャーニー』には修道僧の嗅ぎタバコ入れ，死んだロバ，籠の椋鳥など感傷をかきたてる小道具が多く使用されているが，上にみるようなユーモラスな detachment に基づく鮮やかな態度の変化が，この本を単調な感傷に堕することから救っているのである。したがって，次のトリストラムの言葉はやはり，『ジャーニー』についても当てはまる。

Attitudes are nothing, madam, —'tis the transition from one attitude to another—like the preparation and resolution of the discord into harmony, which is all in all.[45]

そして，このような態度の巧みな変化の背後には，当代は「光の時代」(an age so full of light)[46]という確信に支えられた「理性」(the head) と「感情」(the heart) のきわどい均衡があったのである。『センチメンタル・ジャーニー』には，時代の趨勢もあって，感情的要素が増加しているのは事実だが，決して「感傷的」なものではなく，スターン自身の言葉 "*a couple of as clean brats* as

第5章 スターンの「センチメンタリズム」について 103

ever chaste brain conceived : —they are frolicsome too, *mais cela n'empêche pas.*" [47] がよくその特色を表わしているといえる。

1) E. Legouis & L. Cazamian : *A History of English Literature,* pp. 843-59.
2) See H. Read : In the modern sense, Sterne is not sentimental ; he is almost cynical, which is the opposite quality. But he is not really cynical ; he is just humorous. (*Collected Essays in Literary Criticism,* p. 257.) See also E. N. Dilworth : *The Unsentimental Journey of Laurence Sterne* (King's Crown Press, 1948), p. 80.
3) この点に関しては同人誌「パスート」第3号 (1963) において論じたので簡略化した。
4) See V. Woolf : He [Sterne] has nothing to say of pictures or churches or the misery or well-being of the country-side. He was travelling in France indeed, but the road was often through his own mind, and his chief adventures were not with brigands and precipices but with the emotions of his own heart. (*The Common Reader :* Second Series, p. 80.)
5) See J. Traugott : *Tristram Shandy's World : Sterne's Philosophical Rhetoric* (Univ. of Calif. Press, 1954), pp. 62-75.
6) J. A. Work (ed.) : *The Life and Opinions of Tristram Shandy, Gentleman* (Odyssey Press, 1940, 60), pp. 301-2.
7) Y. Okakura (ed.) : *A Sentimental Journey through France and Italy* (Kenkyusha English Classics Series, 1931), pp. 91-2.
8) *Ibid.,* p. 44.
9) L. P. Curtis (ed.) : *Letters of Laurence Sterne* (Oxf., Clarendon Press, 1935), p. 163.
10) *Ibid.,* p. 401.
11) *Id.*
12) P. Quennell : *Four Portraits : Studies of the 18th Century* (The Reprint Society, Lond., 1947), p. 191.
13) R. D. F. Putney : "Laurence Sterne, Apostle of Laughter" (*Eighteenth Century English Literature : Modern Essays in Criticism,* 1959), pp. 182-3. See also his "The Evolution of *A Sentimental Journey,*" P. Q., XIX (1940), pp. 349-69.
14) B. Willey : The Eighteenth Century Background (Chatto & Windus, 1940), p. 108.
15) See *OED,* Sentimental 1. See also D. W. Jefferson : Sterne seems to have played a decisive part in helping to establish certain meanings of the word 'sentimental' in English. There has been some debate as to whether the latter of about 1739-40 to

his future wife in which the word occurs, seemingly for the first time, is authentic or not. The same passage with small verbal changes is found in the *Journal to Eliza* of nearly thirty years later, which means that either Sterne touched up an old letter or his daughter Lydia, in editing the letters, fabricated one out of materials from the then unpublished *Journal.* From what we know of Lydia's editorial morals, the latter seems highly likely; ... (*Laurence Sterne,* Writers and Their Work Series, 1957) 今日では，この手紙はスターンが書いたのではないとの説が一般に認められているが，その最も強力な主張者は先に挙げた L. P. Curtis である (*Letters,* pp. 12-4 参照)。問題の手紙は 4 通あり，'sentimental' という言葉は次のような文章に現われている。"I gave a thousand pensive, penetrating looks at the chair thou hadst so often graced, in those quiet and sentimental repasts."

16) See *OED,* Sensibility 6.
17) 以下の説明は先に挙げたウィリの本に拠るところが大きい。
18) See G. M. Trevelyan : In previous centuries religion had been, first and foremost, dogma. Now it was fashionable to preach it as morality, with a little dogma apologetically attached. (*English Social History,* 1942, p. 357)
19) Willey : *op. cit.,* p. 10.
20) L. スチーブン，『十八世紀における英文学と社会』135ページ。岡本圭次郎氏の訳に拠った。
21) See Willey : He (Shaftesbury) defines the Moral Sense as 'a real Affection or Love towards *Equity and Right,* for its own sake, and on the account of its own natural Beauty and Worth'. (*Op. cit.,* p. 71.)
22) *Ibid.,* p. 111.
23) 自然という言葉は，わたくしが気づいたところでは，この本に32回使用されている。
24) Okakura : *op. cit.,* p. 128.
25) *Ibid.,* p. 58.
26) J. P. Browne (ed.) : *The Works of Laurence Sterne* (Bickers & Son, 1885), vol. III, p. 64.
27) *Ibid.,* p. 220.
28) See L. Hammond : *Laurence Sterne's Sermons of Mr. Yorick* (Y. U. P., 1948), pp. 78-88.
29) See *ibid.,* pp. 90-102.
30) See H. Read : *op. cit.,* pp. 252-60. "... there is nothing of Rousseau's romantic naturalism about Sterne, and he is too much a creature of common sense to discard the

rational framework of religion and society." (p. 252)
31) Browne : *op. cit.,* p. 258.
32) Okakura : *op. cit.,* pp. 67-8.
33) See "... One of our gentlemen once remarked, in *print* Mr. Shandy that he thought your excellence lay in the PATHETIC. I think so too.... (*The Monthly Review,* Feb. 1765. Quoted by Curtis, *op. cit.,* p. 285, n. 3.)
34) A. B. Howes : *Yorick and the Critics : Sterne's Reputation in England, 1760-1868* (Y. U. P., 1958), p. 20.
35) See *ibid.,* pp. 20-1.
36) See W. L. Cross : *The Life and Times of Laurence Sterne* (1929), p. 423.
37) Curtis : *op. cit.,* p. 301.
38) See Cross : *op. cit.,* p. 460.
39) Curtis : *op. cit.,* p. 401.
40) Work : *op. cit.,* p. 532.
41) Okakura : *op. cit.,* pp. 35-6.
42) *Ibid.,* p. 102.
43) *Ibid.,* p. 15. 訳文は山口・渡辺氏のもの(新潮文庫)を拝借した。
44) *Ibid.,* p. 47.
45) Work : *op. cit.,* pp. 276-7.
46) Okakura : *op. cit.,* p. 11.
47) Curtis : *op. cit.,* p. 405.

第6章 ロマンスと諷刺
―― 『ノーサンガー僧院』の場合――

1 はじめに――出版に至る経緯

　周知の通り，ジェイン・オースティン (1775-1817) の『ノーサンガー僧院』(*Northanger Abbey*) は，1818年[1]，作者の死後にその兄ヘンリー・オースティンの手によって『説得』(*Persuasion*) と合本で出版された。後者は最晩年の作であり，1815年8月に筆を起こし，1816年8月に完成されたものであることは作者自身のメモ[2]によっても明らかであるが，『ノーサンガー僧院』の執筆年代については，説が分かれている。作者の姉カサンドラ・オースティンが残しているメモ[3]によれば，1798年から99年ごろに書かれたものとされている。また，1816年か17年に書かれたものと思われる，『ノーサンガー僧院』に付けられている「作者のお知らせ」[4]では，この小説は1803年に完成されたものであると述べられている。そして，この1803年に，この小説の草稿は『スーザン』(*Susan*) という題名のもとに，ロンドンのクロズビー出版社に10ポンドで売り渡され，出版広告まで出されたのに，なぜか日の目をみなかったのである[5]。なおまた，上記のカサンドラのメモには，『高慢と偏見』(*Pride and Prejudice*, 出版1813年) の元になった『第一印象』(*First Impressions*) が1796年10月に書き始められ，1797年8月に完了したこと，『分別と多感』(*Sense and Sensibility*, 出版1811年) が1797年11月に書き始められたことも，記されている[6]。したがって，カサンドラのメモに従うとすれば，スティーヴントン時代の初期の三作では，『ノーサンガー僧院』が最も遅く書き始められたものということになるわけである。にもかかわらず，『ノーサンガー僧院』が，彼女の完成作6篇のうち，内容の上でも，技法の上でも，最も若々しさを示しているものであるとす

る点では，ほとんどすべての評家が一致しているのである。そこで，カサンドラのメモにもかかわらず，セシル・S. エムデンという学者は，文体や人物の特徴などの分析から推して，この小説を，1794年ごろに構想された，若い娘の世間への旅立ちを描いたものに，アン・ラドクリフの『ユードルフォ城の怪奇』(*The Misteries of Udolpho*, 1794) を主たる標的としたゴシック・ロマンスへの諷刺の部分が，1798年ごろに付け加えられたとする説を立てている[7]。この説に対しては賛否両論があるのだが[8]，いずれにしても，スティーヴントン時代の三作のうち，『分別と多感』と『高慢と偏見』とは，チョートン時代にそれぞれの出版に際して，かなりの改訂が施されたものであるらしく[9]，何にしても作者の是認の上で公刊されたものである。これに反して，『ノーサンガー僧院』は，1816年に版権が買い戻されたのちに出版に向けて多少の改訂が施されはしたものの，十分には意に満たぬものであったらしいことは，姪ファニー・ナイト宛ての1817年3月13日付けの手紙[10]の次の一節からも察せられる。

　　『キャサリン嬢』[11]は，ここ当分の間，棚あげにしてしまいました。いつ世に出ることになりますやら，わたしにはとんと見当もつきません。

そこで，以上に述べた出版に至るまでの経緯を念頭に置きながら，この小説において，ゴシック・ロマンスに対する諷刺という形を通して，オースティン的主題と方法とがどのように展開されているかをみていくことにしたい。

2　ヒロインとヒーロー

この小説は，次のような文章で始まっている。

　　幼いころのキャサリン・モーランドを見た人は誰でも，彼女が小説の女主人公に生まれついているなどとは，想像しなかったことだろう。その境遇と言い，両親の性格と言い，彼女自身の容姿や気質と言い，すべてが同じように彼女には不利なものであった。彼女の父は牧師で，人に軽視されることも

なく，貧しくもなかった。そして名前こそリチャードだったが，とても立派な[12]人で——そして決してハンサムであったことはなかった。彼は二つの実入りのいい寺禄のほかに，かなりのちゃんとした収入を持っていた。彼女の母は，有益で飾らない分別の持ち主で，気立てもよく，またもっと注目に値することには，頑丈な体に恵まれていた[13]」。(傍点引用者)

当時流行していたゴシック・ロマンスや感傷小説の女主人公といえば，たいてい孤児で，保護者の監督のもとに置かれてい，外国の城などに住む，容姿や才芸に秀でた理想的な女性であると相場が決まっていたものを，このように裏返しにすることで[14]，作者は，のっけから，読み手に対して，これから展開される物語が健全な両親に育てられた平凡な少女を女主人公とする現実的な物語であることを予告しているのである。

10歳ぐらいまでは10人の兄弟や妹たちの中で最も醜くお転婆だったキャサリンも，15歳ぐらいから少しずつ娘らしくなり「ほとんどきれい」[15]といってもよい乙女になる。「17歳になっても彼女の感受性をかき立てるほどの愛想のよい若者に一人として出会わなかった」[16]が，それは生まれ故郷のウィルトシャーのフラトン村には，しかるべき対象となるような貴顕紳士や魅力的な若者がいなかったせいなのであった。

しかし，若い女性が女主人公になるべく定められているときには，周りの40家族の意地の悪さも彼女を妨げることはできないのです。何かが起こって，主人公を彼女の行く手に立ち現われさせずに止まないものなのです[17]」。

そこで，フラトン村の地主のアレン氏は痛風の治療のためバースで養生することを勧められ，アレン夫人のお気に入りのキャサリンは，夫人に誘われて，喜々として6週間のバース滞在に同行することになるのである。

バース到着後ほどなく，キャサリンは，ロウアー・ルームズの司会者から，

ヘンリー・ティルニーという，洗練された物腰の，機知に富む魅力的な青年を紹介される。最初のダンスのあとに二人でお茶を飲むために坐ったとき，ヘンリーは，おどけた調子でキャサリンのバースについての印象をたずねてから，単刀直入に次のように切り出す。

「あなたがわたしのことをどう思っているのかが私には分かりますよ，」と彼は真面目な調子でいった。「——わたしは明日あなたの日記でさぞやみすぼらしい姿をさらすのでしょうよ。」
「わたしの日記ですって！」
「そうです，わたしにはあなたの日記の中味が丸見えですよ。金曜日，ロウアー・ルームズに行った。青いトリミングのついた小枝模様のモスリンのローブを着て，飾りなしの黒靴をはいていた——とても引き立ってみえた。でも，変な，うすのろの男に奇妙な仕方で悩まされた。そいつは，わたしを自分と一緒に踊らせようとし，また馬鹿なことばかりいってはわたしを苦しめた。」
「本当に，わたしはそんなことは何ひとついわないでしょうよ。」
「あなたがいうべきことをお知らせしてもよろしいですか？」
「どうぞご随意に。」
「キング氏に紹介されて，とても感じのいい青年と踊った。彼と大いに話がはずんだ。——とても素晴らしい天才にみえる。もっと彼のことを知ることができるようになればよいと思う。以上のことこそ，お嬢さん，わたしがあなたにいって欲しいことですよ。」[18]

「彼らは再び踊った。そして会がお開きとなって別れたが，少なくともこの淑女の側は，この付き合いを続けたいという気持ちを強く持ったのであった。」[19] アレン氏は，その晩のうちにこの若者の身許を確かめるべく骨折って，キャサリンの相手方のティルニー氏は「牧師であり，グロスター州のとても立派な家族に属している」[20]（傍点引用者）ことを知って安堵するのである。

以上の書き出しで第一に注目すべき点は，作者が少女期の作品で試みて成功を収めていたバーレスクという技法を活用しながら，ゴシック・ロマンスの現実離れした恋物語を逆手にとって，立派な牧師の純情な娘と立派な家族に属している魅力的な牧師との恋物語という，作者の生きた時代と生活との現実により密着した，いかにもありそうな状況設定を行っていることである[21]。そして，女主人公キャサリンは，出会いのときから，やがてめでたく結ばれることになる恋人に対して，一貫して愛を持ち続けるのであり，ヘンリーもまた，この小説のドラマが展開されてゆく過程において，キャサリンの彼に対する純心な恋に動かされて，彼女への愛を深めてゆくのである[22]。このように，女主人公と主人公との出会いの場面がドラマとして描かれていて，しかも両人の愛がそのまま両者の結婚に直線的に結びついていることが，この小説の与える印象の若々しさの一つの要因を成していることは疑いない[23]。具体的にいえば，この作品には，他の作品とは違って女主人公の心を惑わす誘惑者が登場しないので，それだけ筋立てが単純になっているのである。主人公ヘンリーはいかにも魅力的な若者として設定されていて，初めから女主人公に恋心を芽生えさせるのである。つまり主人公は『分別と多感』のジョン・ウィロビーや，『高慢と偏見』のジョージ・ウィカム，さらには『マンスフィールド荘園』のヘンリー・クロフォードや『エマ』のフランク・チャーチルといった，プレイボーイ的な誘惑者の特質を与えられている上に，オースティンの主人公たちに共通して認められる誠実さの持ち主でもあるのである。もちろん，ヘンリーのこうした性格づけは，この作品がゴシック・ロマンスへの諷刺を主眼としていることと無関係ではない。多くの評家が指摘しているように，主人公ヘンリーは，恋の相手である上に，女主人公の「指導者」でもあり，女主人公の現実認識の誤りを正す役割も与えられているのである。この小説もまた，女主人公が経験によって現実に目覚めるというオースティンの主題に沿うものではあるが，女主人公の現実誤認はロマンスの読みすぎから生じていて，女主人公の錯覚は主人公その人についてのものではない。つまり，傑作『高慢と偏見』や『エマ』の場合とは異なり，物語の進展に伴って女主人公が主人公の真価を改めて認識す

ることによって「錯覚から真の愛情への覚醒」を遂げる，真の意味におけるオースティン的喜劇にはなりえず，この作品はゴシック・ロマンスの諷刺というバーレスクの次元にとどまらざるをえなかったのである。そこで，以下において，物語の展開に沿いながら，そのことを確認してゆきたいと思う。

3 バース——恋と友情

　キャサリンがヘンリーと知り合ってのちまもなく，アレン夫人がポンプ・ルームで昔の学友ソープ夫人に出会う。長女のイザベラ・ソープは，その兄のジョン・ソープとキャサリンの兄ジェイムズとがオックスフォード大学の仲間であることから，すでにジェイムズとも面識があることが分かる。キャサリンはイザベラとの友情を深めてゆくが，4歳年上の美人で世間慣れしているイザベラは，純心なキャサリンには申し分ない友人と映じる。しかし，二人が知り合ってほどないある朝，二人がポンプ・ルームで話し合っていたときの次の対話で，読者はイザベラが浮気っぽい浮薄な女であることを知らされるのである。

　「あらまあ大変！　部屋のこちら端から移動しましょう。あなたご存じかしら，この30分間私をじっと見つめている二人のいやらしい男がいることを。あの人たちのために本当にわたし顔が赤くなったわよ。むこうへ行って新着者たちを眺めることにしましょうよ。まさかあの連中も，あそこまでわたしたちを追って来やしないでしょうからね。」彼女たちは新着者記入名簿のほうへと歩み去った。そしてイザベラが新着者の名前を調べている間，この不しつけな若者たちの動向を見守ることはキャサリンの仕事であった。
　「こちらまではまさか来ようとしているわけじゃないでしょうね，どおう？　あの連中が私たちの後を追って来るほど図々しくはないといいけど。こちらに来ようとしているようなら，どうぞわたしに知らせて頂戴ね。わたしはどんなことがあっても顔を上げたりはしませんからね。」
　まもなくキャサリンは，偽りのない喜びをみせて，あの紳士たちが丁度いまポンプ・ルームを出て行ったから，もはや案じるには及ばないとイザベラ

に保証した。
　「それであの連中はどちらに行ったの」とイザベラは，急に振り向いていった。「一人はとても顔立ちのよい若者だったわ。」[24]

　そしてイザベラは，キャサリンに自分の新しい帽子をみせるという口実のもとに，即座に二人の紳士を追って外へ出るのである。この場面は，イザベラが言行不一致の人間であることを如実に示すとともに，女主人公キャサリンがまったくうぶな娘で，相手の言葉を額面通りに受け取る単純な乙女であり，人間の行動の真の動機について無知であり，人間の行為の裏表について多くのことを学ばねばならないことをも示しているのである。このことと関連して注意しておくべきことは，ダグラス・ブッシュも指摘しているように[25]，この物語においては，キャサリンは行為者もしくは観察者として，ほとんどすべての場面に居合わせているのであるが，彼女の経験に対する反応はしばしば誤りであることもあって，読者のほうが，女主人公よりも，登場人物たちの行動の真の動機を先んじて知ることができるようになっている。キャサリンは，いわゆる「信頼できない話者」であって，事の真相は主として作者のコメントや作者の見地を代表するヘンリー・ティルニーの意見によって明らかにされる仕組みになっているのである。ここに，主人公ヘンリーが，オースティンの小説の主人公たちのうちで「唯一人のアイロニストでありユーモリスト」[26]として設定されている理由の一つがあるのである。
　外へ出た二人は馬車に道をさえぎられるが，その馬車にはイザベラの兄ジョン・ソープとキャサリンの兄ジェイムズとが乗っていたのであった。ジョンは次のように描写されている。

　彼は中背のずんぐりした若者で，醜い顔と不格好な姿をしていて，馬丁の服を着なければあまりにもハンサムにみえるのではないかということを恐れているようであり，また，礼儀正しくあるべきところでくつろいだ態度をみせなければ，そしてまたくつろいだ態度を取ることが許されるところでは不

しつけでなければ,あまりにも紳士らしくみえることを恐れているようにみえた[27]。

このアイロニカルな描写からも知られるように,ジョンはがさつな男で,キャサリンに対して自分の馬車と馬との自慢話ばかりして彼女をうんざりさせるのである。ジョンは,ゴシック・ロマンスにおける悪党のパロディーであるといわれているが[28],オースティンの他の小説に登場する魅力的な誘惑者たちとは違って,初めから女主人公の心を惑わせることがない。むしろ彼は,王政復古期の風習喜劇の fop を思わせる[29]。いくら単純な娘であるキャサリンでさえも,最初からジョンのふるまいには不快の念を覚えるのである。しかし,ジョンが兄の友人でありイザベラの兄でもあるために,そしてまたイザベラから彼がキャサリンを世界一魅力的な娘だといったと聞かされ,さらに彼がその晩の舞踏会で彼女と踊りたいと申し出たことから虚栄心をくすぐられたために,彼女はジョンに対する不快の念を無理に押し殺すのである。しかし,ジョンは当夜の舞踏会で約束を果たさずに,カルタ室に入ったままなかなか出てこない。イザベラはキャサリンと一緒でなければ踊らないというが,その舌の根も乾かぬうちにジェイムズと踊り始める。ソープ兄妹に二重に裏切られて壁の花となったキャサリンを,作者は次のように描写している。

　世間の人びとの眼の前で辱められ,心は純潔そのもので行動はまったく汚れなく,相手の不正な行為こそが屈辱の真の原因であるのに,表面上は不名誉のしるしを帯びなければならないといった事情は,女主人公の生涯に特有な事情であり,こうした事情のもとで耐えぬくことこそ,女主人公の性格にとりわけ威厳を与えるものなのである。キャサリンもまた,忍耐力を具えていた[30]。(傍点引用者)

このように,日常生活のささいな出来事に伴う登場人物の行為の正不正によって,それぞれの人物の品性が問われているところにオースティンの小説の大

きな特色があるといってよい。いうところのオースティンのリアリズムは，単に題材や技法にとどまるものではなくて，彼女の現実への問いかけと深くかかわっているのであり，そこに彼女の小説の独自な倫理性が存している。マシュー・アーノルドの「行為は人生の四分の三を成している」[31]という表現は，まさにオースティンの小説世界にぴったり当てはまるといってよい[32]。上のようにジョンが舞踏会で約束を果たさなかったことは彼の人間としての不誠実を示す行為であり，のちに述べるようなより重大な二度の背信行為につながっていくのである。

ところで，このようにしおれているキャサリンの前に，しばらく顔を見せなかったヘンリー・ティルニーが，妹のエリナーを伴って現われる。ヘンリーはキャサリンに踊りを申し込むが，ジョンとの先約があるために，彼女は断らざるをえない。

ヘンリーに心引かれているキャサリンは彼の妹エリナーとも親しくなって，ティルニー兄妹と散歩の約束をするが，あいにくその日は朝から小雨が降っていた。しかし約束の刻限には雨もあがり，キャサリンがティルニー兄妹の来訪を心待ちしているところへ，ジョン，ジェイムズ，イザベラが馬車でやって来て，彼女をドライヴに誘う。キャサリンが先約があるといって断ると，ジョンはティルニー兄妹なら別の方向に出かけるのを見た，とうそをついてキャサリンを連れ出す。途中，ティルニー兄妹がこちらへ歩いて来るのを見て，キャサリンは馬車を止めるようジョンに頼んだが，ジョンは聞き入れずにそのまま馬車を走らせて行く。翌朝，キャサリンは申し開きをするためにティルニー家を訪れるが，不在と聞いてがっかりする。しかし，その晩キャサリンはヘンリーと劇場で出会い，次の日曜に散歩に行く約束ができる。しかし，再びソープ兄妹とジェイムズとが，馬車で出かけようとキャサリンを誘う。彼女が断ると，ジョンは無断でティルニー家を訪れ，散歩を先にのばしてもらってくる。驚いたキャサリンは，ただちにティルニー兄妹を訪ね言いわけをしようと決心する。

歩きながら，彼女は起こったことについて反省した。彼らを失望させその意に添えないこと，とりわけ彼女の兄の意に添えないことは，彼女にとって辛いことであった。しかし，彼女は自分の抵抗を悔いはしなかった。自分自身の心の傾きは別として，ティルニー嬢との約束を二度もたがえたとしたなら，たった3分前に進んで交わした約束を撤回したならば，しかも偽りの口実によって撤回したとしたなら，それはまちがったことに違いなかった[33]。

ジョンは，二度にわたる背信行為によって，かえってキャサリンとティルニー兄妹とをより近づけるという皮肉な結果をもたらすのである。

このようにして，キャサリンのヘンリーへの恋心とエリナーとの友情が描かれている一方で，ジェイムズとイザベラとの恋も進展し，ジェイムズは，両親に婚約の許しを乞うために，バースをあとにする。イザベラは，自分の財産が少ないのを気にして，ご両親の許しが得られるかどうか，などと言い，自分のほうは，いくら相手の収入が少なくてもいい，「本当に愛し合っていれば，貧乏そのものも財産にひとしい」[34]などという。さらに彼女は，たとえ自分が何百万ポンドを自由にできるとしても，あなたのお兄さん以外の人を選ぶとは思えない，などといってキャサリンを大いに喜ばせるのである。他方，ジョンもロンドンへ出発する前にキャサリンに結婚を申し込むが，あまりにももって回った言葉づかいをするので，単純なキャサリンには意が通じず，彼が「この結婚の計画は素敵なものではないですか，まったく」[35]などといっても，彼女はジョンがジェイムズとイザベラとの結婚のことをいっているものとばかり思うのである。第1巻の締めくくりに置かれているこの場面もまた，先に触れた，女主人公の他人の動機を見抜けないことから生じている思い込みの喜劇なのである。ジョンもまた，妹イザベラ同様に，好きな相手なら無一文でもかまわないという。キャサリンも，その点においては彼と同意見で，「わたしは一つの大財産がもう一つの大財産を探し求めることなど考えるのもいやですわ。そして，金のために結婚することは，この世に存在する最大の悪だと思いますわ」[36]という。このようにして，「真の愛情による結婚」[37]と金めあての結婚と

の対比という，オースティン的主題が導入されることになる。ソープ兄妹の愛と財産とについての断言は，口先だけのもので，それが証拠には，イザベラは，モーランド師の提示した，四百ポンドばかりの寺禄と，同じほどの価値の土地を遺産として与えるという条件に不満を示し，折しもバースに姿を現わしたヘンリーの兄で美男の将校フレデリック・ティルニーに心を移していくのである。一方，ジョンはキャサリンの保護者アレン氏に子供がないことを知っていて，キャサリンがその遺産を相続することを当てにして結婚を申し込んだのであった。もちろん，キャサリンはソープ兄妹とは違って，金のための結婚を心から否定して「真の愛情による結婚」を主張しているのであることはいうまでもない。問題は，キャサリンのこのロマンチックな結婚観が，この作品の物語に即してどのように扱われているかであろうが，それはのちの章に回して，当面ノーサンガー僧院におけるキャサリンの体験に沿いつつ，この小説の中心主題である虚構と現実の問題について考察することにしたい。

4　ノーサンガー僧院——虚構と現実

『ノーサンガー僧院』の中心主題は，先にも触れたように，ゴシック・ロマンスの耽読がもたらす現実誤認と経験による目覚めとである。キャサリンはイザベラに勧められて『ユードルフォ城の怪奇』を読み，たちまちそのとりことなって，自分の周りの人間や事物をゴシック・ロマンスのそれに当てはめて解釈しようとする。そうしたロマンスの読みすぎからくる錯誤は，この小説のクライマックスともいうべき，ノーサンガー僧院におけるキャサリンの体験を描いた場面によって示されているのだが，そのエピソードに触れる前に，このロマンス諷刺という主題は，彼女の小説観と深くかかわっているものであることをみておくべきであろう。

キャサリンが『ユードルフォ城の怪奇』を読んでいることが分かるのは第1巻6章においてなのだが，これに先だつ同巻5章では，小説弁護論が展開されている。この小説論は，作品の中に自分の素顔を覗かせることに禁欲的であったオースティンにしては珍しく，「わたし」の見解という生の形で，小説につ

いて直接意見を述べている唯一の例外としてあまりにも有名な個所である。そこでは,「精神の最高の能力が発揮され,人間性についての最も完全な知識,人間性の多様性についての最も適切な描写,機知とユーモアとの最も多彩な発露,が選び抜かれた最上の言葉で世の人びとに伝えられている作品」[38]であるような小説の実例として,ファニー・バーニーの『セシリア』(*Cecilia*, 1782)と『カミラ』(*Camilla*, 1796),マライア・エッジワスの『ベリンダ』(*Belinda*, 1801)が挙げられている。しかし,『ノーサンガー僧院』においては,これら直接の先輩女流作家の作品のほかにも,ロマンスや小説に対する言及がなされていて,それが登場人物たちの人となりを示す指標となっていることに注目しなければならない。まず,キャサリンに『ユードルフォ城の怪奇』を勧めたイザベラは,次には同じラドクリフ夫人作の『イタリア人』(*The Italian*, 1797)を一緒に読もうと言い,ほかにも七つの恐怖小説の名前を挙げる。そして,キャサリンは「それは皆ぞっとさせるような (horrid) 本」[39](傍点引用者)かとたずねる。またイザベラは,キャサリンの母の愛読書がサミュエル・リチャードソンの『チャールズ・グランディソン卿』(*Sir Charles Grandison*, 1753-4)だと聞かされると,「それはものすごくひどい (horrid) 本」[40](傍点引用者)でしょうと答える。このようにゴシック・ロマンスのように読者の恐怖心をあおり立てる通俗的な作品と『チャールズ・グランディソン卿』のような写実的な作品とを同じ 'horrid' という語で形容させることによって,作者はイザベラの低俗性と,それに同化されて現実を見失うようになるキャサリンとを描いてみせるのである。『ユードルフォ城の怪奇』のとりこになったキャサリンは,会う人ごとにこの小説を読んだことがあるかとたずねる。ジョン・ソープは小説は読まない,小説は皆馬鹿げたことばかり書いてある,『修道士』(*The Monk*, 1795)を除けば,『トム・ジョウンズ』(*Tom Jones*, 1749)以後,まともな小説はありはしない,と答える。そして,もし小説を読むとすればラドクリフ夫人のものを読む,と付け加えるのである[41]。このように,ジョンは,フィールディングの傑作『トム・ジョウンズ』をルイスの『修道士』と同列に置くことによって,おまけに『ユードルフォ城の怪奇』の作者が誰であるかを知らないことによって,

趣味の悪い男であることを立証するのである。

　他方，ヘンリー・ティルニーは大の小説好きで，もちろんラドクリフ夫人の作品も全部読んでいるのである。ティルニー兄妹とバースの郊外を散策しているとき，キャサリンはバースの美しいビーチェン・クリフの丘を見て南フランスを思い起こす。ヘンリーが，あなたは外国旅行をしたことがあるのですか，とたずねると，キャサリンは『ユードルフォ城の怪奇』という小説の場面を思い起こしただけで，でも殿方は小説など読まないのでしょうというと，ヘンリーは，「紳士であれ淑女であれ，良い小説を読んで楽しまない人は，耐えがたいほど愚かな人に違いない」[42]と答える。勢いを得たキャサリンが，「『ユー・ド・ル・フォ・』は世界で一番素晴らしい（nicest）本だとは思いませんか」（傍点引用者）と問うと，ヘンリーは 'nicest' とは 'neatest'（最もこざっぱりした）の意でしょうから，それは装丁次第ですね，と答えて 'nice' という言葉をやたらに使うことを批判するのである。このやりとりから，ヘンリーは小説はあくまで小説として楽しむべきであり，キャサリンのようにゴシック小説にのめり込んで，虚構と現実とを見境なく混同することの愚かしさをそれとなくたしなめていることが分かるのであり，この場面でも，ヘンリーは作者の観点を代弁してキャサリンを教育しているわけである。しかし，キャサリンが『ユードルフォ城の怪奇』の耽読がもたらす錯覚から真に目覚めるためには，ノーサンガー僧院での屈辱的な体験を経なければならないのである。

　以上にみたように，ロマンスと小説，虚構と現実，の問題は，物語の前半においても，登場人物たちの性格づけとの関連において，随時触れられているのであるが，それが正面切って扱われているのは，何といってもノーサンガー僧院でのキャサリンの体験を通してなので，以下再び物語の展開に沿いながら，この主題を追ってゆくことにしたい。

　ヘンリーの父ティルニー将軍に気に入られて，その家に滞在するようにと招待されたキャサリンは，それがノーサンガー僧院であると聞いて，早くも神秘的な雰囲気を漂わせた建物であろうと空想し，何かロマンチックな怪奇に出会うことになるのではないかと胸をときめかせる。案に相違して，ノーサンガー

僧院は外面は近代的な建物であることに失望する。しかし，到着した日の夕方，自分の部屋の一隅に背の高い大箱をみつけ，重い蓋をやっとのことで押し開けてみると，何と中には白い木綿の掛けぶとんがきちんとたたまれて入っているだけだったので，がっかりする。その夜は風雨が激しかったので，ゴシック・ロマンスの恐ろしい場面を思い起こしてぞっとしているとき，彼女はふと背の高い旧式な黒い洋簞笥に目を留める。その抽斗の奥には丸められた紙片があって，それをよく見ようとロウソクの芯を切ったはずみに，ローソクはかき消えてしまった。その紙片がどのような秘密を蔵しているのかと，眠れぬ一夜を過ごしたが，翌朝，日の光でみると，何と洗濯物の伝票だと分かって恥ずかしい思いをする。二度にわたる愚行にもこりずに，彼女はなおも空想をたくましくして，ティルニー将軍について途方もない疑いを持つ。それというのも，バースにいたときから，ティルニー将軍の面前ではティルニー兄妹が人が変わったようにかしこまって，のびのびした態度がとれなかったことから，彼女は将軍が彼女の意を迎えようと躍起となったにもかかわらず，将軍に対して好感が持てなかったのである。そして将軍が亡き妻の愛した散歩道を好まないことからあまり妻を愛していなかったのではないかと思い，また将軍が妻の寝室を見せたがらないこと，ティルニー嬢が母の死に目に会えなかったこと，などから推して，キャサリンは将軍が『ユードルフォ城の怪奇』の中の悪人モントーニのような人であり，妻を殺害したのではないかと想像し，次いで今も屋敷のどこかに妻を監禁しているのではないかと空想する。そして，隙をうかがって問題の部屋に入ってみたが，それは何の変哲もない部屋で不審な点が見当たらなかったので，急いで自分の部屋に戻ろうとしたとき，ばったりヘンリーと出会う。ヘンリーはキャサリンの妄想を察知して，次のように忠告するのである。

「――ねえモーランドさん，あなたの抱いている疑いがどんなにひどい性質のものか，よく考えて下さい。何を根拠に判断されたのですか。わたしたちの生きている国と時代とを思い起こして下さい。わたしたちはイギリス人でクリスチャンだということを思い起こして下さい。あなた自身の理解力，

可能性があることかどうかについてのあなた自身の識別力，に問い合わせて下さい。あなたの周りで現に起きていることについてあなた自身で観察した結果に問い合わせて下さい。」[43]

かくして「ロマンスのヴィジョン」[44]は終わりを告げ，彼女は完全に目覚めるのである。そして彼女は，次のように反省する。

　ラドクリフ夫人のすべての作品は魅力があり，彼女の模倣者たちのすべての作品でさえ魅力があるとはいえ，多分，それらの作品に人間性，少なくとも中部イングランド諸州の人間性，を探し求めることはできないだろう。多くの松林と数々の悪徳とを持つアルプス山脈やピレネー山脈についてなら，それらの作品は忠実な描写を提供してくれるかも知れない。また，イタリアやスイスや南フランスは，それらの作品に表現されているほどに，恐怖に満ちているのかも知れない。……アルプス山脈やピレネー山脈には，多分，善悪両面を具えた性格の持ち主はいなかったのかも知れない。そこでは，天使のように汚れのない性格の持ち主以外の者たちは，これ皆悪魔の性質の持ち主だったのかも知れない。しかし，イギリスではそのようなことはないのだ。彼女の信じるところでは，イギリス人の間には，その心情においてもその習慣においても，善と悪とが，たとえ不均等にではあっても一般的に，混在しているのである[45]。

キャサリンの口を借りて述べられているこの人間観こそ，オースティン自身の人間観であろうし，これこそ彼女にゴシック・ロマンスの諷刺を書かせたものであることは，改めていうまでもなかろう。先に触れた小説弁護論と言いこの人間観と言い，作者の意見が比較的生の形で提示されているところに，この作品の若さが認められるといってよいであろう。

5　ロマンスと諷刺

　ロマンスの迷妄から目覚めたキャサリンを待ち受けていたものは，人間の行動の表裏についての経験の深まりであった。そしてそれは，まず友人のイザベラの裏切りによってもたらされる。兄ジェイムズからの手紙によって，キャサリンはイザベラが兄を捨てて，ティルニー大尉に乗り換えたことを知らされる。財産など問題ではない，とあれほどいっていたイザベラは，モーランド師の示した条件にあきたりず，資産家の嫡子でヘンリーの兄ティルニー大尉に心を移したというのである。キャサリンは，初めて結婚に伴う金銭の問題について考えざるをえなくなる。ヘンリーとエリナーは，イザベラが貧乏なので兄フレデリックとは釣り合わないといったからである。キャサリンは，日頃ティルニー将軍が金は子供の幸福のために使うべきものだといっていることから，二人に賛成しかねたが，自分のことを振り返って心細く思う。キャサリンは将軍が最初から自分に好意を示していたことを何よりのたのみと思うのであった。しかしその将軍も，所用でロンドンに出かけて，帰ってくるなり，エリナーを通じて，知人を訪ねる約束があるからといって，キャサリンを早々に立ち去らせることにする。こうして，翌朝早くキャサリンは下僕も付けてもらえず，ただ一人で70マイルの帰途につくことになる。

　帰宅したキャサリンを両親やアレン氏夫妻は暖かく迎えるが，キャサリンはすっかりヘンリーへの想いに心を占められている。良識家の母親は，娘にティルニー家の人びとのような一時的な知り合いよりもアレン氏夫妻のような長い知り合いのほうがいかに大切かを言い聞かせる。

　母の言葉には大いに良識があった。しかし良識ではどうにもならない心の状態というものがあるのだ。そして，キャサリンの感情は母の示したほとんどすべての立場をしりぞけるのであった。現在の彼女の幸福のすべては，まさにこうしたごく一時的な知り合いのふるまいにかかっていた。そして，モーランド夫人が自分自身の説明の正しさによって己の意見をうまく裏づけて

第 6 章　ロマンスと諷刺　123

いるあいだ，キャサリンはだまってこう思いめぐらすのであった。今はもうヘンリーはノーサンガー僧院に着いたことだろう，今はもう彼は自分の出発のことを聞いたことだろう，そして今はもう，おそらく，彼らは全員ヘレフォードに向かって出立していることだろう，と[46]。

しかし，そのヘンリーはキャサリンの帰宅後 4 日目にモーランド家を訪ねてきて，父の行為の非礼を詫び，父の動機を次のように語る。将軍はジョン・ソープからキャサリンが金持ちだと聞かされ，ヘンリーの嫁にと思いノーサンガー僧院へ招待したのであった。しかし，モーランド家の人びとと不仲になったジョンは，ロンドンで将軍と出会い，キャサリンは貧乏人の娘だと告げたため，将軍は彼女を追い出したのであった。そして，ヘンリーの求愛について作者は次のようにコメントしている。

　ヘンリーは今や心から彼女に引かれていたけれども，彼女の性格の素晴らしさの逐一を感じもし，それに喜びもし，真に彼女と一緒にいることを好みもしたけれども，わたしは次のことを認めざるをえない。すなわち，彼の愛情は感謝の念以外の何ものによっても目芽えたものではないことを，あるいは，換言すれば，彼女が自分を好いているという確信こそが，彼が彼女のことを真剣に考えるようになった唯一の原因であったことを，認めざるをえない。それは，ロマンスにあっては新しい状況であり，女主人公の威信を大いに損なうものであることは，わたしも認めるにやぶさかではない。しかし，もしもそれが日常生活にあって同じように新しいのだとしたならば，想像をたくましくした功は，少なくとも作者自身のものであるだろう[47]。

ここで作者は，うら若い乙女の純情な恋に触れ，そうした心情としてのロマンスは，日常においても目新しいものではないことを，アイロニカルに指摘しているのである[48]。つまり，この作品では，先にも触れたようなキャサリンのロマンチックな結婚観はそのまま肯定されていて，イザベラやジョンのソー

プ兄妹とティルニー将軍のような，打算による結婚がしりぞけられているのである。繰り返していうが，ゴシック・ロマンスの女主人公を裏返しにして，当時のイギリスの現実に即しつつ平凡な乙女の恋をロマンチックに処理することで，ロマンスのアンチテーゼとしての日常世界を提示しているのである。おそらく，オースティンの作品のうちでこの小説が最もロマンチックな色彩を持っているのは，ロマンス諷刺というこの小説の主題から導かれた当然の結果であるといえよう。

ゴシック・ロマンスへの諷刺という主題からして，この小説においては，結婚に伴う社会的・経済的諸条件が軽く扱われすぎていて，ティルニー将軍の犠牲のもとに，ハッピー・エンドがもたらされているという印象は否めない。『ノーサンガー僧院』においては，愛と結婚というオースティンの小説に共通するテーマがいまだ十分な発酵を遂げていない憾みがある。そこに作者がその公刊をためらった大きな理由があったのであろう。

にもかかわらず，ゴシック・ロマンス諷刺は，今なお十分意義を持ちうるものである。確かに，『ノーサンガー僧院』のゴシック・ロマンス諷刺という主題は時代遅れとなり，時宜を失したものとオースティンが感じたのも無理はない。しかし，写実小説から人心が離れ，ゴシック小説的な怪奇なものがはびこる今日，ゴシック・ロマンス批判は，決して意味の無いものではないことは，以下のワーズワスの『抒情民謡集』の「序文」に照らしても明らかである。ワーズワスは，「人間の精神は，下劣で強烈な刺激を加えずとも，十分興奮を覚える能力を具えている」のであり，精神の「この能力を生み出し，あるいはそれを拡大しようと努めることこそは，いついかなる時代にあっても，作家が携わることのできる最上の奉仕の一つである」とした上で，次のように続けている。

しかし，この奉仕は，あらゆる時代において素晴らしいものではあるが，当今とりわけそうなのである。というのは，これまでの時代には知られていなかった多数の原因が，重なり合ってその勢いを増しながら，今や精神の識

別能力を鈍らせるように作用しつつあり，また精神をみずから働くに適さないものたらしめていることによって，それをほとんど野蛮な麻痺状態に陥れているからである。これらの原因のうち，最も影響を及ぼしているのは，日々生起しつつあるもろもろの国家的大事変であり[49]，諸都市における人口の稠密化である。都市においては，人びとの仕事の画一性が異常な出来事に対する嗜好を生み出し，情報の迅速な伝達がその嗜好を時々刻々満たしている。わが国のそのかみの作家たちの計り知れないほど貴重な作品は，シェイクスピアやミルトンでさえその例外ではないといってもよいが，狂気じみた小説[50]，病める愚劣なドイツ悲劇，むなしく異常な韻文物語などに押しまくられて，疎んじられている有様である[51]。

そして，ワーズワスが憂えた傾向は今日ますます強まってきていることを思うとき，同時代人であったワーズワスとオースティンとは，ロマン派の詩人と写実小説家という枠をこえて，ゴシック小説の流行の意味するものに共通の認識を持っていたと思われる。このことを思い合わせるとき，オースティンの作品としては未熟な面があるにもかかわらず，『ノーサンガー僧院』も，十分今日的意義を持った小説であるといえよう。

1) 実際には1817年12月に公刊されたものらしい。See R. W. Chapman: *Jane Austen: Facts and Problems* (Oxford, Clarendon Press, 1948), p. 182.
2) *Ibid.*, p. 81.
3) See *Minor Works* in Chapman's "The Novels of Jane Austen" edition (Oxford U. P.), p. 242.
4) "Advertisement by the Authoress to *Northanger Abbey*" in Chapman's "The Novels of Jane Austen" edition (Oxford U. P.), p. 12.
5) See Chapman: *op. cit.*, pp. 73-5.
6) See Chapman (ed.): *op. cit.*, p. 242. ただし，S*ense and Sensibility* の元になった *Elinor and Marianne* という作品があったとされている。See Chapman, *op. cit.*, p. 42.
7) See Cecil S. Emden: "The Composition of *Northanger Abbey*", *The Review of*

English Studies, Vol. 19, No. 75, August 1968, pp. 279-81.
8) 賛成論は Keiko Izubuchi, "*Northanger Abbey* and Its Fictional Convention", *Pursuit*, No. 11, May 1971, p. 10 や樋口欣三『ジェーン・オースティンの文学』(英宝杜, 1984), 43-4ページなど。反対論は Douglas Bush: *Jane Austen* (Macmillan, 1975), p. 57 など。
9) See *Jane Austen's Letters to her sister Cassandra and Others*, ed. by R. W. Chapman, second edition (London, Oxford U. P., 1952), p. 298.
10) *Ibid.*, p. 484.
11) *Northanger Abbey* のこと。最初は *Susan* という題名であった。See Chapman: *op. cit.*, pp. 73-5.
12) 原語は 'respectable' である。
13) *Northanger Abbey* (Chapman's "The Novels of Jane Austen" edition, Oxford U. P.) p. 13. 以下引用はすべてこの版に拠る。
14) 『ユードルフォ城の怪奇』と『ノーサンガー僧院』との関連性については Keiko Izubuchi: *op. cit.*, pp. 1-16 参照。
15) *Northanger Abbey*, p. 15.
16) *Ibid.*, p. 16.
17) *Ibid.*, pp. 16-7.
18) *Ibid.*, pp. 26-7.
19) *Ibid.*, p. 29.
20) *Ibid.*, p. 30.
21) Jane Austen の姉 Cassandra も牧師と婚約したが, 相手が死亡したので独身を貫いた。なお, 牧師の娘として生まれた Jane Austen は Mr. Collins とか Mr. Elton といった, 戯画的牧師像の創造には成功したが, Edward Ferrars とか Edmund Bertram といった真面目な牧師像の創造には成功しなかったことは注目すべきことである。唯一の魅力的牧師がヘンリー・ティルニーであり, これは作者の兄ヘンリー・オースティンと何らかのつながりがあるのではないかと想像される。
22) D. Bush: *op. cit.*, pp. 60-3.
23) 例えば, 『ノーサンガー僧院』と同じく愛の主体性を強調した『説得』では, 物語が始まる8年前に女主人公アンと主人公ウェントワス大佐とは婚約を破棄したことになっていて, 彼らの出会いはドラマとして作中には描かれていないのである。
24) *Northanger Abbey*, p. 43.
25) D. Bush: *op. cit.*, p. 70.
26) *Ibid.*, p. 62.
27) *Northanger Abbey*, p. 45.

28) 樋口欣三　前掲書，60ページ．
29) Jane は兄ヘンリーを訪ねてロンドンに上京した際には芝居見物を楽しんだのであるから，当然，王政復古期の風習喜劇の fop にも接していたと思われる．
30) *Northanger Abbey*, p. 53.
31) 'Conduct is three-fourths of life.' Matthew Arnold : *Literature and Dogma,* 1873 edition, Chapter i.
32) ちなみに，この小説の中には 'conduct' という語は11回，'misconduct' という語は3回用いられている．
33) *Northanger Abbey*, p. 101.
34) *Ibid.*, p. 119.
35) *Ibid.*, p. 122.
36) *Ibid.*, p. 124.
37) 'a marriage of true affection', *Pride and Prejudice* in Chapman's "The Novels of Jane Austen" edition (Oxford U. P.) p. 98.
38) *Northanger Abbey*, p. 38.
39) *Ibid.*, p. 40.
40) *Ibid.*, pp. 41-2. なお，海老池俊治『ジェイン・オースティン論考』（研究社，1962），pp. 11-2，および直野裕子『ジェイン・オースティンの小説』（開文社，1986），p. 15 参照．
41) See *Northanger Abbey*, pp. 48-9.
42) *Ibid.*, p. 106.
43) *Ibid.*, p. 197.
44) *Ibid.*, p. 199.
45) *Ibid.*, p. 200.
46) *Ibid.*, p. 239.
47) *Ibid.*, p. 243.
48) See Keiko Izubuchi, *op. cit.*, pp. 32-3.
49) フランス革命の余波はイギリスにも及び，1793年にイギリスはフランスと開戦し，その交戦状態は1805年まで続いた．その間，1797年のイギリスとスペインとの海戦や，98年のイギリスとフランスとの海戦などもあった．
50) ゴシック・ロマンスと称される小説のことで，18世紀中ごろから19世紀初頭に流行した怪奇趣味の一派．また，「病める愚劣なドイツ悲劇」とは，ゲーテやシラーの悲劇の英訳を指す．さらに，「むなしく異常な韻文物語」とは M. G. Lewis が編んだ韻文物語 *Tales of Terror* (1799) や *Tales of Wonder* (1801) などを指している．
51) W. Wordsworth : *Preface to Lyrical Ballads,* Kazumi Yano ed. (Kenkyusha Pocket

English Series, 1953), pp. 8-9. ちなみに，ワーズワスのこの「序文」は1798年の初版にはなくて，1800年の第2版に初めて付され，1802年の第3版で十余ページ増加された。そののち，版を重ねる度に増減を施され，1846年の最終版で今日流布している形をとるに至った。

第7章　ジェイン・オースティンと感情教育
　　　——『分別と多感』の場合——

1　はじめに

　周知のように，ジェイン・オースティン (1775-1817) は，幼児期から娘時代までを過ごしたスティーヴントン牧師館ですでに本格的に小説の創作にとりかかっていたのだが[1]，処女出版は，兄の一人エドワード・ナイトの好意によってチョートン・コティジに定住したのちの1811年の『分別と多感』であった。姉カサンドラ・オースティンが書き残したメモによれば，スティーヴントン時代に，まず『第一印象』〔のちに加筆訂正されて『高慢と偏見』(1813) として出版〕を書き上げ，次いで『分別と多感』を書き始めた，とされている。(ほかに，元の題名は『スーザン』で，死後出版された『ノーサンガー僧院』が1778-9年にかけて執筆されたと記されている。) しかし，スティーヴントン時代に書かれたものは，いずれも当初の形のままで出版されたわけではないことは，ジェインの手紙などからも明らかである[2]。それらの原形についてはうかがい知るよしもない。そして，カサンドラのメモにしても，ことスティーヴントン時代の創作年代については，曖昧な点を残している。例えば，『分別と多感』は，『第一印象』に続いて，1797年11月に書き始められたと記されてはいるが，『分別と多感』と「同じ物語と登場人物とがそれ以前に書かれていて，『エリナーとメアリアン』と呼ばれていたと確信する」[3]ともいっている。

　また，ジェインの甥で，彼女の最初の伝記を著わしたJ. E. オースティン＝リーは，このメモの表現をほぼ繰り返した上で，「もし，大いにありうることだが，この以前の作品の多くの部分がそのままの形で残されたのであったとしたなら，それは世に送り出された彼女の著作のうち，最も早い見本を成すもの

に相違ない」[4)]と述べている。オースティン＝リーの推測が当たっているかどうかは措くとして,『分別と多感』に先行して『エリナーとメアリアン』と呼ばれていた「同じ物語と登場人物」を扱った作品が存在していたというカサンドラの証言は疑う余地のないものと考えられる。そして，その完成作六篇のいずれもが若い女性の結婚話ではあるものの，作者は一作ごとに女主人公の性格やプロットに変化を持たせて，決して二番煎じに甘んじることはなかった。したがって，オースティンがその作家としての出発点において，同じ話を繰り返し書いたということはまことに興味深いことであり,『分別と多感』という小説を考察する上で有力な手がかりを与えてくれるのではあるまいか。

2 「分別」と「多感」の主題

『分別と多感』の主題は，一言でいえば，感情の抑制の重要性である。この小説には，その題名が示唆するように,「分別」ある姉娘エリナー・ダッシュウッドと「多感」な妹メアリアンが登場する。この二人の対照的な性格は，開巻冒頭において，父親を失ったことに対する両人の反応に明確に打ち出されている。

　　エリナー，この長女は……強い理解力と冷静な判断力とを持ち，これら二つはまだ19歳にすぎないというのに，その母親の助言者たる資格を彼女に与え，家族全員のためをおもんばかって，概して無思慮へとつながったに違いないダッシュウッド夫人の胸中にあるあの熱しやすい心に逆らうことをしばしば可能にもした。彼女は素晴らしい心映えを持っていた。その気質は情愛深かったし，その感情は強かった。だが，彼女はそうした感情を統御する仕方を学びとっていた。それは，彼女の母親がいまだに学びかね，これから学びとらねばならない知識であり，彼女の妹のうちの一人が，かねてから断乎それを教えられることを避けようと決意していた知識なのであった。
　　メアリアンの能力は，多くの点で，エリナーのそれにまったく匹敵するものであった。彼女には分別があり，才気があった。だが，万事において熱し

やすかった。彼女の悲しみ，彼女の喜びは限度というものを知らなかった。彼女は寛大で愛想よく，関心を引く人であった。ただ惜しむらくは，まったくもって慎重さを欠いていた。彼女とその母親の類似は人目を引くほどに大きかった。

　ほどを知らぬ妹の感受性をみて，エリナーは憂慮したが，母はそれをたっとび，大事に思った。母と娘とは互いに激しい苦しみを強めあった。最初彼女らを圧倒した苦悶を，われから求めて新たにし，追求して，再三再四それを生み出すのだった。みずからの悲しみに身をまかせ，悲しみをもたらすことばかり思いめぐらしては惨めさを増幅させ，未来永劫に慰めを受け入れることなどすまい，と固く心に決めていた。エリナーもまた，深く苦しんでいた。それでも，彼女は努力することができた。悲しみを克服しようと努めることができた[5]。(傍点引用者)

　こうして，エリナーとメアリアンという，対照的性格の持ち主を対比させることによって，作者は，理性と感情とのほどよい均衡の何たるかを示そうとする。そして，この主題はやがて展開される二人の姉妹の恋と結婚の経緯において具体的に示されてゆくのである。ここで注目しておかねばならないのは，二人の姉妹は，それぞれ理知と感情との権化では決してないということである。
　ところで，知と情とのあらまほしい均衡の追求という主題は，いつの時代においても，人間が社会の枠組みの中で，他の人間たちに立ちまじって生きてゆく上からは，欠くことのできない永遠のテーマといえよう。しかし，それはジェイン・オースティンにとってとりわけ切実な課題であった。というのも，思想史家バジル・ウィリも指摘しているように，「18世紀も進むにつれて，人間の『本性(ネイチュアー)』はまったくその『理性』などではなくて，その本能，感情，『感性』であることが発見された」[6]からである。そして，この理性と感情との対立という主題が当時の時代思潮を反映したものである以上，それが必ずしもオースティン固有のものではなかったことは，異とするに足りない。出淵敬子氏の指摘によれば，「この小説のように，それぞれ『分別』と『多感』に富んだ

人物を，互いの foil として描くことは18世紀後半のいわゆる "the novel of sensibility" の Convention であり」，さまざまな具体例がオースティン研究家たちによって挙げられている。

　ここで注目しておきたいことは，これらの作品中では，ほとんどすべて，「分別」が「多感」より優位に置かれ，行き過ぎた多感は戒められ分別のほうへ引き戻されるプロットである[7]。

　問題は，オースティンが，この時代通有のこの主題を，『分別と多感』においてどのように肉づけしているかである。そこで，以下において，その女主人公や構成に即して，具体的にこの作品を分析することによって，この小説の特性を考察することにしたい。

3　二人の女主人公

　この小説には，上述の主題の要請からして，二人の女主人公が登場する。いや，もっと厳密にいえば，エリナーという正女主人公とメアリアンという副女主人公が同時に登場し，副女主人公にも相当な重みが与えられているというべきであろう。しかし，主役はあくまでエリナーで，彼女はこの小説における視点人物であり，作者の登場人物たちに対する道徳的判断のかなりの部分は，エリナーの目を通して下されるからである[8]。彼女が「自制心」(261)[9]を働かせようとするのは，「自分以外の人びとの安楽」(263) をも絶えず心に置いているからである。また，彼女が内省的であるのは，人間というものは，ややもすれば「人びとの実際の性格以上に明るいとか，暗いとか，または利口だとか愚かだとか勝手に想像して，性格をまったく誤解」しがちで，「ときには自分でじっくり考えたり判断したりする暇を自分に与えることはしないで，人びとがみずからについて語ることをそのまま信じ込んだり，また往々にして他の人びとが彼らに下す批評に動かされやすい」(93) ことをよく承知しているからにほかならない。つまり，エリナーは周りの人びとの言動や周囲の状況をよく観

察しかつ反省することによって,「人間についてのよりよい知識」(261) を学びとる用意があるのである。

　他方,メアリアンは,「優れた能力と気質とを持ちながら,道理を解することもなければ,公平な人間でもなかった。彼女は自分と同じ考えと同じ気持ちを他人にも期待し,他人の行為の動機を自分に対する直接の影響から判断した」(201-2)。したがって,メアリアンは「自制しようという気はさらさらない」(82) のである。

　この姉妹の行動パターンの相違の一端は,姉妹の庇護者であるミドルトン令夫人の客間での以下の場面に示されている。

　　「ミドルトン令夫人はなんてお優しい方でしょう!」とルーシィ・スティールがいった。
　　メアリアンは黙っていた。どんなとるに足りない場合にせよ,自分が感じもしないことをいうことは彼女にはできなかったから。それゆえ,礼儀上うそをつく仕事は全部,いつでもエリナーが担う羽目になった。このように促されて,エリナーは,精いっぱい,令夫人に対して自分が感じている以上のあたたかさをもって令夫人について語った。もっとも,そのあたたかさは,ミス・ルーシィのそれには遠く及ばなかったけれども[10]。

　上の引用は,オースティン一流のアイロニーの一例である。もちろん,うそをついているのは阿諛追従をこととするルーシィ・スティールのみであり,エリナーはメアリアンの礼儀無視の埋め合わせに重い口を開いたにすぎない。エリナーとルーシィの相違は,最後の一文に紛うことなく示されている。この小説で批判されているのは感情そのものではなく,マナーをかえりみない自己中心主義であることは,上の引用から明らかである[11]。

　そして,エリナーが他人に迎合するような人間ではないことは,メアリアンが姉を揶揄して,「エリナー姉さま,ほかの人びとの意見に全面的に導かれるのは正しいことだ,とわたしは思っていましたわ。われわれの判断力はわたし

たちの隣人のそれに従うためにのみ与えられているにすぎない，と考えていましたわ。たしか，お姉さまのいつものお説はそうだったでしょう」(93-4) といったときの，次の毅然たる返答が立証している。

　「そうじゃないことよ，メアリアン，決してそうではありません。わたしの主義は，理解力を他人のそれに従属させよというのではありません。わたしが影響を及ぼそうとしたのは，ただふるまいの面だけなのです。わたしの意味するところのものを取り違えないでください。あなたに，わたしたちの知り合いの方がたに総じてもっと慇懃に接してほしい，とたびたびお願いするという出過ぎたまねをしたことは白状します。だけど，いつわたしがあなたに真面目な事柄について，知人たちの意見をお容れなさいとか，彼らの判断に従いなさいと忠告したことがあったでしょうか？」[12]

　以上みたように，エリナーは女主人公にふさわしい立派な女性として設定されているのだが，社会への「義務」[13]よりも個人の自由に優位性が与えられている今日のわれわれ読者にとっては，エリナーはしばしば堅苦しい道徳家と映り，批判される側のメアリアンの自己の感情の率直な表出（もっともそれは多分に戯画化されてはいる）のほうが，より自然で魅力に富むものと映ることは否定しがたいところであろう。事実，今日のオースティン研究家の中には，メアリアンこそ作者オースティンの分身だとする者すらいるほどである。このことは，オースティンの世界を今日のイギリス人にとってすら異文化たらしめるほどの社会変化が生じていることを物語るものにほかならない。
　もっとも，この小説の発表当時にもメアリアンの魅力を感じた人がいなかったわけではない。それと関連して，J. E. オースティン゠リーは，次のような興味深い事実を伝えている。

　　……彼女ら［カサンドラとジェイン］の性格はよく似通っていたわけではない。カサンドラの性質はより冷静で穏やかであった。つねに慎重で正確な

判断力を持っていたが, ジェインよりは感情を表に出すことがなく, 気質もジェインのそれほど陽気ではなかった。「カサンドラはいつも自分の気質を抑制するという長所があるが, ジェインは, 幸いにして, 決して抑える必要のない気質に恵まれている」, と一家のうちではいわれていた。

『分別と多感』が出版されたとき, 多少ともオースティン家の人びとを知っていた人たちの中には, この小説に登場するダッシュウッド家の上の二人の姉妹は, 作者の姉と作者自身とをモデルにしたものだ, と憶測する人がいた。しかし, これは真実ではなかっただろう。なるほど, カサンドラの性格はエリナーの「分別」を表わしていたかも知れないが, ジェインの性格はメアリアンの「多感」に通じるところはほとんどなかった。20歳にもならないうちに, きわめてはっきりとメアリアン・ダッシュウッドの欠点を識別できた若い女性が, みずからそういった欠点に陥ったことがあろうなどとは, ほとんど考えられないことだったろうから[14]。

おそらく, J. E. オースティン゠リーのいう通りであろう。しかし, エリナーとメアリアンの間には, 親密な姉妹の間にみられる濃密な親近感が漂っていることも見落としてはならないだろう。この要素はこの小説の魅力の一端を成している反面, のちにみるように, それが男女間の愛の十分な描写を妨げる一因ともなっているからである。

また, J. E. オースティン゠リーの証言にもかかわらず, この小説でほとんどすべての登場人物の欠点を鋭く諷刺しているジェインが, 家族の者たちが観察したように「決して抑える必要のない」陽気な気質に恵まれていたとは, にわかに信じがたい。諷刺家ジェイン・オースティンは, みずからをも含めた人間一般の欠点をいたく意識していたればこそ, エリナーという女主人公を通して, 感情を「抑制する」ことの必要性を説こうとしたのであろう。この観点からすれば, 作者ジェイン・オースティンは, エリナーにもメアリアンにも, 自己の内部に共存している「分別」と「多感」という要素を, ことさらに誇張した形においてではあるが, 分け与えているのではあるまいか[15]。

4　恋のゆくえ

　すでに触れたように，オースティンはこの小説では従来の "the novel of sensibility" のコンヴェンションを踏襲して，「行き過ぎた多感が戒められ分別のほうへ引き戻される」という主題を引き継いでいる。そして，そのことは，おそらく処女作と思われるこの小説にかなりの制約を課していることは否めない。さすがのオースティンも，この小説ではいまだに，その独自の主題と手法とを完全に獲得するに至ってはいなかったのである。

　「分別」と「多感」の対比という図式的構成を持つこの小説では，分別の人である姉エリナーと多感な妹メアリアンは，それぞれ自身と同じような性質を持つかにみえる恋人を持つ。エリナーは美男子ではないが良識の人エドワード・フェラーズを意中の人とし，他方メアリアンは，彼女と同じく多感の持主で，美男である上に彼女同様に感情の抑制の必要を大胆にも否定するジョン・ウィロビィに夢中になる。しかし，エリナーが心を寄せているエドワードは，4年前からルーシィ・スティールという無教養な娘と婚約していたのであり，意地悪なルーシィはエリナーにその婚約の事実を告白し，エリナーにその秘密を守ることを強要する。他方，ロマンチックな主観の色めがねを通して相手の人物を評価するメアリアンは，不誠実な浮気者ウィロビィの本性を見抜きかねる。そして，ある事情から[16]，財政破綻に陥ったウィロビィは，財産家の娘と結婚する魂胆で，ある日突然にメアリアンの眼前から姿を消してしまう。作者は，二人の対照的性格の姉妹を同じように失恋状態に落とし込み，両人の反応の相違を描き分けることで，主題を浮かび上がらせようとする。すなわち，エリナーは，エドワードとルーシィの婚約の秘密を自分一人の胸にたたんで，つとめて冷静にふるまおうとするのに反して，メアリアンは，ウィロビィがロンドンへ立ち去ると，持ち前の多感を露わにして，家中の者をはらはらさせるのである。全体の約3分の1に当たるこのあたりまでのプロットは，さして無理なく運ばれている。しかし，そのあとがいけない。

　エリナーは，ときには疑念に襲われながらも感情を統御して，一貫してエド

ワードへの愛と信頼を保持することによって，最終的にはエリナーの恋は実を結び，エドワードとめでたく結婚するに至る。ひたすら待ち続けたエリナーが，ようやくルーシィとの婚約から解放されたエドワードの求愛を受けたときのその感情は，次のように表現されている。

　しかしエリナー――彼女の感情はなんと叙述したらいいのだろう。ルーシィがほかの男と結婚したこと，つまりエドワードが自由であることを知った瞬間から，それを知るやいなや心に湧き起こった希望をエドワードが裏書きしてくれた瞬間に至るまで，彼女の気持ちは目まぐるしく変わり，決して平静ではいられなかった。しかし，第二の瞬間が過ぎ去ったときに――あらゆる疑念，あらゆる懸念が取り去られるのを見出し，また今の境遇をさっきまでのそれと比較したときに――彼が先の婚約から立派に解放されたのを知り，彼が早速その解放を利用して自分に求婚し，彼女がかねて想像していた通りに優しい，変わらない愛情を言明するのをみたときに――彼女は自分の幸福に圧倒され，支配されてしまった。――そして，人間の心というものは，よいほうへの転換には造作なく順応するようにうまくできてはいるが，それでも彼女の精神を落ち着かせ，彼女の心をいくぶんなりとも静めるためには，数時間を要した[17]。

　上の引用は，分別の人エリナーも強い感情を有していることを示すものとして注目に値しよう。しかし，問題は，相手のエドワードがエリナーにこれほどの幸福感を呼びさますほどの人物とはどうも思えない，という点にある。
　第一に，エドワードは，いかにも頼りない男にみえる。彼は「劣等感」(94)に悩まされている極度に内気な人間である。

　「……わたしは人の気を悪くしたくはないのですが，馬鹿らしいほどはにかみ屋なものですから，生まれつきの不器用さでぐずぐずしているのに，横着な奴と思われてしまうのです。わたしは自分が生まれつき身分の低い者と

の交際を好むようにできているに違いないと思ったことがたびたびあります。見知らぬ紳士がたに立ち交じると、とてもどぎまぎしてしまうのです。」[18]

　第二に、彼は財産家の長男として遺産を当てにできる人間なので、職業を持たず、無為に日を送っている。当然のことながら、経済的独立に欠けている彼は、財産の贈与権を握っている母親の思惑を気にしなければ将来の自立が望めない。4年の長きにわたってエドワードがルーシィとの婚約を隠し通してきたのも、そのためである。その婚約が発覚したとき、ルーシィへの信義を貫いて母親や姉の説得にがんとして応じなかったのは、エドワードなりの誠実さの現われではあるだろう。しかし、その誠意は野心家のルーシィには通じない。激怒したミセス・フェラーズは腹いせにエドワードを勘当し、その弟ロバートに多額の財産を与えたことから、ルーシィは自惚れ屋のロバートを巧みに籠絡して、さっさとロバートと結婚してしまう。この筋立ては必ずしも不自然とまではいえないとしても、エドワードがエリナーに求婚できるようになるのはルーシィの裏切りの結果であることを思うとき、エリナーに対して「変わらない愛情」を抱き続けてきた男としては、何とも主体性に欠けると思われる。もとより、われわれは当時と今日とでは経済の有りようが大きく変わったことを考慮に入れなければならないだろう。ディヴィッド・セシル卿がオースティンの小説にうかがわれる愛と結婚についての見解を要約して述べているように、「金のために結婚することは悪いことであったが、しかし金なしで結婚することは愚かなことであった」[19]からである。

　ところで、二千ポンドしか持っていないエドワードにはエリナーを幸せにするだけの収入がない。ダッシュウッド家の友人ブランドン大佐が年収二百ポンドに値するデラフォードの聖職禄を与えようと申し出てくれたが、それでもなお不十分なのである。

　……ただ、二人に欠けているものは、それによって生活を立てていくべき

収入の不足であった。エドワードは二千ポンド，エリナーは一千ポンドを有しており，それにデラフォードの聖職禄を加えたものが自分たちのものと呼べるすべてであった。というのも，ダッシュウッド夫人が何ほどかでも用立てることは不可能だったからである。そして，二人は，どちらも年三百五十ポンドの収入で安楽に暮らしていけると考えるほどに，恋に目がくらんでいるわけではなかった[20]。

そして，この問題は，ロバートがルーシィと結婚したことに立腹したミセス・フェラーズがエドワードと仲直りして，彼に一万ポンドの財産を与えたことによって解決されるのだが，このあたりは話があまりにも旨くできすぎているといわざるをえない。

他方，メアリアンは，ウィロビィから絶縁状を送りつけられた結果，「抑制されることのない奔流のような悲哀」(185)に打ちひしがれ，やがては絶望の果てに病の床につく。エリナーの親身な看護と，ジェニングズ夫人やブランドン大佐の親切な助力とによって回復したメアリアンは，自分の「せんだってうちの焦れっ通しの自己本位の考えかた」(346)を反省し，自分の「看護婦でもあり，友だちでもあり，姉さんでもあった」(346)エリナーに，次のように語る。

「……わたしの病気がわたしに考えさせてくれました——それはわたしに真剣に反省する暇と平静さとを与えてくれました。お話しできるだけに回復するよりもずっと以前から，反省することはよくできました。わたしは過去のことをつくづく考えました。わたしは去年の秋あの人と初めて知り合って以来のわたし自身のふるまいは，わが身には軽はずみだったこと，ほかの人びとには不親切なことばかりだったことを悟りました。わたし自身の感情ゆえにわたしの苦しみがもたらされたこと，またその苦しみに断乎耐え抜く不屈の精神に欠けていたために墓に片足を突っ込んだこと，を悟りました。……わたしは自分で自分がどんなにうとましいかを言い表わすことができま

せん。過去を振り返ってみるたび,何らかの義務がおろそかにされていたこと,何らかの欠点が野放しにされていたこと,を悟ったからです。」[21]

そして,メアリアンのこの反省こそは,この小説の眼目であるべきはずである。しかし,このメアリアンの覚醒は,確かに彼女の失恋を契機とするものではあるが,それ以上に,困難に対処する姉エリナーに対する感嘆の念に発している。つまり,メアリアンの恋は,『高慢と偏見』のように喜劇として構想されてはいず,オースティンが少女時代から得意としたバーレスクとして構成されている。したがって,この小説では男女間の愛よりも,姉妹間の愛情により大きな比重が置かれることになったのである。もっとも,メアリアンは,先の反省に続けて,こうもいっている。

「……ウィロビィのことは──もし私がじきに,いいえ,いつの日か,あの人のことを忘れるでしょうなどといったなら,それはうそになるでしょう。あの人の想い出は,事情がどう変わっても忘れられるものではありませんもの。」[22]

しかし,結局のところ,「誰でも一生に一度以上恋することはありえない」(93)と固く信じていた,17歳のうら若いメアリアンは,36歳のブランドン大佐との結婚を承諾するに至る。

メアリアン・ダッシュウッドは,異常な運命を担って生まれた。彼女は自分の意見の誤りであることを発見し,彼女の行為によってみずから最も好んで口にしていた金言に逆らうように運命づけられていた。彼女は,17歳にもなって初めて芽ばえた愛情に打ち勝って,強い尊敬と生き生きとした友情以上には出ない感情を抱いて,進んで別の男性の求愛を容れるべく運命づけられていたのである!──しかも,その男とは誰あろう,彼女に劣らず以前に一度恋愛問題で苦しんだことのある男であり,2年前には,結婚するには年

をとりすぎていると彼女が考えた人であり——そして今でも，体を保護するためにフランネルのチョッキを着用している人だったのである！[23]。

　この機知とアイロニーに満ちた一節を思いついたとき，おそらく，甥のJ. E. オースティン＝リーがジェインおばが執筆中などに時折そうしたと証言しているように[24]，突然に一人笑い声を立てたことだったろう。この一篇は，実にこのバーレスク的な皮肉な一節のために書かれたといってもよいであろう。ところで，メアリアンの結婚相手のブランドン大佐は，友人のエドワードに聖職禄を提供したりダッシュウッド家の人びとに何くれとなく援助の手を差し伸べたりする，善意と思いやりのある人物で，そのうえ年収二千ポンドの資産家ではあるものの，メアリアンの結婚相手としては彼女の理想にほど遠い散文的人物であるのは，おそらく異論のないところであろう。

　以上みたように，この小説は，"the novel of sensibility" のコンヴェンションを踏襲しているため，その構成にやや不自然な点があるのは否めない。最後にもう一つ難点を指摘しておきたい。それは，ウィロビィの突然の来訪（それ自体なくもがなであるが）の際にエリナーが示す感情の動揺である。

　ウィロビィ，たった半時間前には最も値打ちのない人間として嫌悪していたウィロビィ，あらゆる過ちをおかしたウィロビィではあったが，その過ちのために苦しみ，悩んでいるのを見ては，いささか哀れみの情をかき立てられ，今では彼女の家族から永久に縁の切れた彼を，優しさと残念さの念をこめて思いやらずにはいられないのであった。……彼が自分の心に及ぼす影響力は，理性的に考えればあまり重きを置かれてはならない事柄，例えば，（それを持っていたとしても別にウィロビィの取り柄とはいえない）並なみならぬ魅力を持つあの容姿，率直で，愛情のこもった，生き生きとしたあのふるまいかたとか（そのような愛にふけること自体罪なことでさえあるが），いまだに彼がメアリアンに寄せているあの熱烈な愛などによって強められているのを感じた。彼女は，その事実をはっきり知ってはいたものの，彼の影響力から脱

却するまでには、とても、とても長い時間を要したのであった[25]。

　上の引用は、メアリアンばかりではなく、分別の人エリナーもまた、誘惑者タイプの伊達男の発散する魅力に感情を動かされることを示している。そして、そのこと自体何ら不自然なことではないのだが、ウィロビィのメアリアンに対する裏切り行為ののちにまで、彼の行動は一切「徹頭徹尾、利己心に基づいていた」(351)ことを知っているエリナーが、なおも「ウィロビィ、『かわいそうなウィロビィ』」(334)と彼に同情を寄せるのはいかがなものであろうか。この小説では、オースティン特有の「情念の社会化」が徹底していない憾みがある。この点に、作者オースティンの若さを認めるべきなのであろうか。

5　『分別と多感』と『高慢と偏見』

　本章の冒頭で述べたように、『分別と多感』と『高慢と偏見』の原形のうち、どちらが先に書かれたかはにわかに断定しがたい。確かなのは、『高慢と偏見』は『分別と多感』より約一年半のちに出版されたこと、前者はその間に「かなり上手にちょん切ったり、刈り込んだり」[26]されたことである。『第一印象』という元の題名から推して、その骨格は変わらなかったであろうが、かなりの改訂が施されたのはまちがいない。
　それはそれとして、これら二作の間には興味深い異同がある。紙幅の関係で、ここでそれらの異同をいちいち挙げることはできない。最も重要と思われる点は、『分別と多感』と『高慢と偏見』とは、その基本的構成の点で裏表の関係にあるということである。前者では、しっかり者で分別に富む長女エリナーが正女主人公で、活発な次女メアリアンは副女主人公である。一方、後者では才気あふれる次女エリザベス・ベネットが女主人公であり、のんびり屋の長女ジェインは脇役である。そして、エリナーは、心に決めた相手を一貫して思い続け、相手が求愛するまでひたすら待ち続けるのに反して、エリザベスは、最初は第一印象に欺かれて立派な紳士を高慢ちきな奴と思い込むが、物語の進展とともに相手の紳士の真価に目覚めるのである。つまり、『分別と多感』は

ロマンスであり,『高慢と偏見』は喜劇なのである。いや,そういったのでは正しくない。『分別と多感』にも,迷妄から現実へと目覚めるメアリアンがいるではないか。しかし,彼女はあくまで副女主人公であるし,前節でみたように,メアリアンはあまり深く愛しているわけでもない,20歳も年上の,フランネルのチョッキを手放せないブランドン大佐と結ばれるのである。メアリアンの物語は,喜劇というよりはバーレスクなのである。そして,賢明な作者ジェイン・オースティンは,一つの作品の中にロマンスとバーレスクを同居させたことの愚を悟ったに相違ない。『高慢と偏見』という傑作は,この反省の中から生まれ出たものだったのではあるまいか。

しかし,オースティンはロマンスというパターンそのものを捨て去ったわけではなかった。「真の愛情による結婚」[27]はオースティンの作品を貫く中心的主題だが,彼女はその主題を「変わらない愛情」というロマンチックなパターンと,「誤解から真の愛への覚醒」という喜劇的パターンにのっとって書き分けたのである。海老根宏氏は,喜劇的パターンの小説を「明」の作品とし,ロマンチックなパターンの小説を「暗」の作品と呼んで,オースティンの作品系列において,これら二つの異なるパターンの作品が規則的に交代していることを指摘している[28]。思うに,オースティンがロマンスと喜劇とを交互に書いたのは,おそらく,男女の愛というものは男性と女性のいずれかの側からの能動的働きかけを契機として成りたつものと考えていたためではあるまいか。そして,真の愛情を結婚という社会的枠組みの中で追求したところにオースティンの小説の現実性と独自の倫理性が存在しているのである。

確かに,「真の愛情による結婚」という主題は,陳腐といえば陳腐きわまりない。しかし,オースティンにとっては,それは切実な主題であったことを知らねばならない。というのも,この主題は,作者自身をも含む,イギリス18世紀末から19世紀初頭にかけての紳士階級の子女が置かれていた状況と深くかかわっていたからである。ダグラス・ブッシュの指摘によれば,「大方の紳士階級生まれの若い女性にとっては,三つの前途が存するのみであった。すなわち,結婚するか,老嬢として家に留まるか,または家庭教師か学校教師となるかの

いずれかであった」[29]。また，R. W. チャップマンは，「家庭教師となることは，ジェイン・エアとジェイン・フェアファックスが，この場合には声を揃えて，奴隷状態と見なす職業」[30]であった，といっている。したがって，当時の紳士階層の子女にとって，結婚こそは自己実現の最大の可能性を含む途であった。このころには女性も自我に目覚めるようになり，以前のように父親の一存で結婚させられるというようなことは少なくなり，「真の愛情による結婚」を理想とするようになっていた。そこで，愛の充足という個人的心情の要請と，結婚に伴う社会的・経済的要請とのバランスをいかによく取るかは，彼女らの最大の関心事であった。そして，老嬢として家に留まる途を選んだジェイン・オースティンにとっても，理想の結婚はゆるがせにできない問題であって，それをみずからの課題としてあくまで問い続けたところに作家オースティンの存立基盤があった。一般にオースティンはリアリズムの代表的作家と見なされているが——そして事実そうであるに違いないが——しかし彼女はまた，ワーズワスやコウルリッジらロマン派の詩人たちの同時代人であって，近代人の自我の問題と無縁ではありえなかった。だがオースティンは，あくまでそれをみずからが身を置いていた社会の現実に引き寄せて考察する姿勢を崩さなかった。いうところのオースティンのリアリズムは，単に題材や技法のレヴェルにとどまるものではなくて，現実への彼女の問いかけと深くかかわっていたのである。そして，オースティンは，『高慢と偏見』において早くも，彼女が最も得意とした喜劇の手法を発見し，魅力的で賢いエリザベス・ベネットと申し分ない紳士フィッツウィリアム・ダーシィとを創造することによって，理想の結婚という現実的課題に一つの解答を提示することに見事に成功したのである。

6 結び——オースティンと教育

上にみたように，ジェイン・オースティンの小説は，いずれも，それぞれの女主人公や主人公が，彼らが直面する社会・経済・倫理の諸問題を契機として，自他をよりよく知り，自己を形成してゆく物語である点で共通性を持っている。この点からすれば，オースティンの小説は，経験から学ぶという一点で，広い

意味における教育の問題を扱ったものと見なすこともできよう。そして，喜劇的作品群は女主人公の自己発見が中心的テーマであるので，概して女主人公たちの「教育」が主となる。ロマンスのパターンにのっとった作品群では女主人公は一貫して恋人を思い続けることからして，逆に主人公たちの「教育」が中心となる。思うに，『高慢と偏見』が一般の読者に最も愛読される理由の一つは，当初は互いに高慢と偏見を抱き合った男女が，物語の発展につれて相手に対する誤解を解き，その真価を認め合う，というプロットに由来する。つまり，この小説では，女主人公も主人公もともに，経験によって教育される，という点にあるのではなかろうか。

　ところで，D. D. デヴリンという研究家は，*Jane Austen and Education*（1975）という本において，オースティンが経験論哲学者ジョン・ロックの教育論[31]の影響を受けたと示唆している。確かに，オースティンは，『分別と多感』においても，「教育」という語を一度ならず用いてはいる。例えば，エリナーは，初対面のルーシィが能力に恵まれてはいるが，惜しむらくは「その能力は教育によって醸成されてはいない」（127）と感じる。しかし，「田舎の村の家族の三つ四つが小説の題材にうってつけのものです」[32]と姪の一人に書き送ったジェインが，ウィッグ派の哲学者の論述にのっとって創作したとは考えにくい。デヴリンによれば，ロックは学校教育よりも私教師(テューター)と弟子(ピュービル)とのつながりをよしとした由である[33]。そして，デヴリンは，『分別と多感』に関連して，「エドワード・フェラーズと彼の弟ロバートのさまざまな相違点を説明しうる理由はいろいろあるが，一つの説明は，ロバートがパブリック・スクール，すなわちウェストミンスター校に送られたのに，エドワードはそうではなかったことである」[34]と述べている。確かに，ロバートは鼻もちならないキザな男であり，それはパブリック・スクールで「紳士」教育を受けたためかも知れない。しかし，プリマス近くの私教師プラット氏のもとに送られたエドワードが，その姪の一人ルーシィ・スティールのような不誠実な野心家にとっつかまって秘密の婚約をしたことを思えば，私塾に伴う危険もまた相当なものであることを認めないわけにはいくまい。この一事に照らしても，オースティンが哲学者などの

論述に依拠して創作しはしなかったのは確実である。また,彼女は,ロックらとは異なり,J. E. オースティン＝リーが示唆しているように[35]),おそらく政治的には保守主義者であっただろう。彼女は,周知のように,その小説の中でも手紙においても,フランス革命について何一つ言及してはいない。しかし,従姉妹の一人の夫がギロチンにかけられたという事実もよく知られている。おそらく,彼女は,革命の時代に生きた一人として,ウォレン・ロバーツが主張しているように[36]),革命のゆくえに深い関心を抱いていたに相違ない。

　そのことを考え合わせるとき,環境さえ改善すれば人間は限りなく向上するのであり,従来の制度や慣習や習慣をすべからく打破すべし,と唱えたフランス哲学者（フィロゾーフ）たちの「進歩的」見解（もとはといえばロックの経験論的認識論の流れを汲む見解）にオースティンが共鳴したとはとうてい考えられない。自由主義者のJ. S. ミルでさえ,フランス哲学者たちの急進性を批判してこういっている。すなわち,一方で社会への服従の習慣が確立されていながら,他方で活力が何らかの程度残されている社会にはどこにも,ある要件が存在してきた,とミルは言い,その主要なものは次のようなものだ,と述べている。すなわち,

　　……市民と見なされたすべての人びとに対して……幼年時代に始まり終生継続される一つの教育制度がずっと存在していた。そしてこの組織は,そのほかにどのような要素を含んでいたにせよ,その組織の一つの主要で絶えることのない構成要素は,自制的訓練であった。個人的な衝動と目的とを社会の目的と考えられたものに従属させる習慣を持つに至るように,そしてさらには,同様な能力を持つに至るように訓練すること[37])

であった,としている。オースティンの小説における「教育」も,おそらくミルの述べているものに通うものだったと思われる。一言でいえば,それは情念の社会化ということであるだろう。オースティンが,その出発点である処女作『分別と多感』において,自制心の強いエリナーという女主人公を描いたのも,彼女が広い意味における教育の不可欠性を本能的に悟っていた証左であろ

う。

『分別と多感』は，確かにいまだ未熟な面を持ち，失敗作とさえいえようが，大作家の第一作にふさわしい野心的試みであり，注意深く読まれるに値する作品といえよう。

1) ジェイン・オースティンの小説執筆年代については，ジェインの姉カサンドラが残したメモが決定的資料である。そのメモのファクシミリは，R. W. Chapman (ed.)：The Novels of Jane Austen, vol. 6 (Oxford U. P., 1954) の242ページと向かい合っているイラストレーションとして掲げられている。
2) 一例を挙げれば，ジェインは姉カサンドラに宛てた1813年1月29日付けの手紙で，『高慢と偏見』に関して，原形を「かなり上手にちょんぎったり，刈り込んだりした」と述べている。See Deirdre Le Faye (ed.)：*Jane Austen's Letters* — New Edition — (Oxford U. P., 1995), p. 202.
3) 注1) 参照。
4) James Edward Austen = Leigh (R. W. Chapman ed.)：*Memoir of Jane Austen* (Oxford U. P., 1926), p. 49. See also p. 103. また，ジェインの姪のキャロライン・オースティンは，『分別と多感』は初めは書簡形式で書かれたものだった，と語っている。See R. W. Chapman：*Jane Austen : Facts and Problems* (Oxford U. P., 1948), p. 42.
5) *Sense and Sensibility* (R. W. Chapman's "The Novels of Jane Austen" edition, vol. 1 (Oxford U. P., 1923)), pp. 6-7. 以下この作品からの引用は，すべてこの版に拠る。
6) Basil Willey：*The Eighteenth Century Background* (Chatto & Windus, 1957), p. 108.
7) 出淵敬子「*Sense and Sensibility* と "the Picturesque"」，『日本女子大学紀要』，第23号，7ページ。
8) オースティンは姉カサンドラ宛ての1811年4月25日付けの手紙で，『分別と多感』に関連して，「ナイト夫人が私の作品に興味を抱いている由，私はとても満足しています。……きっと，私のエリナーが気に入って下さるものと思いますが，そのほかのことを当てにして下さっては困ります」と書いている。Deirdre Le Faye (ed.)：*op. cit.*, pp. 182-3.
9) 「自制心」の原語は 'self-command'。この小説のキーワードの一つで，いく度も繰り返し用いられている。なお，本文中のこの小説からの部分的引用には，引用符の直後のカッコ内の数字によって，R. W. Chapman 編の Oxford 版におけるページ数を示しておいた。

10) R. W. Chapman (ed.) : *Sense and Sensibility,* p. 122.
11) 時と場合を考えず，「あらゆる場合に自分の思ったことを言いすぎる」性癖を有するウィロビィも，メアリアン同様批判の対象とされていることは，いうまでもなかろう。*Ibid.*, pp. 48-9.
12) *Ibid.*, p. 94.
13) エリナーは，ルーシィとエドワードの婚約の秘密を守ることを「義務」と考え，エドワードはルーシィとの婚約の約束を守ることを「義務」と考えるのであり，こうした誠実さがエリナーとエドワードの共通点であることに注意すべきであろう。*Ibid.*, p. 346 & p. 367.
14) J. E. Austen = Leigh : *op. cit.*, pp. 16-7.
15) 近藤いね子『英国小説と女流文学—オースティンとウルフ』（研究社，1955），13-4ページ参照。
16) ウィロビィがブランドン大佐の庇護下にあったイライザという少女を誘惑して堕落させたことが露見して，ウィロビィがその遺産を当てにしていたミセス・スミスなる，彼の親戚がウィロビィを見限ったのである。（チャップマン編の第2巻9章のブランドン大佐のエリナーへの告白と，第3巻8章のウィロビィのエリナーへの告白を参照されたい。）
17) Jane Austen : *op. cit.*, p. 363.
18) *Ibid.*, p. 94. エドワードを弁護するとすれば，母親や姉の，長男たる彼に対する期待が過大であったことが挙げられよう。しかし，もっと根本的には，エドワードが主体性に富んだ人間だとすれば，この小説のプロットそのものが成りたたない，ということであろう。
19) See Lord David Cecil : "Jane Austen" in *Poets and Story-Tellers* (Constable, 1949), pp. 97-122.
20) Jane Austen : *op. cit.*, p. 369.
21) *Ibid.*, pp. 345-6.
22) *Ibid.*, p. 347.
23) *Ibid.*, p. 378.
24) J. E. Austen = Leigh : *op. cit.*, p. 93.
25) Jane Austen : *op. cit.* p. 333.
26) 1813年1月29日付けの姉カサンドラへの手紙の中の表現。See Deirdre Le Faye (ed.) : *op. cit.*, p. 202.
27) *Pride and Prejudice* in R. W. Chapman's edition (Oxford U. P., 1923), p. 98.
28) 海老根宏「*Mansfield Park* の位置」，『英国小説研究第12冊』（篠崎書林，1987），77-81ページ参照。
29) Douglas Bush : *Jane Austen* (Macmillan Publishing Co., 1975), p. 7.

30) R. W. Chapman : *op. cit.*, p. 191.
31) *Some Thoughts Concerning Education* (1693) というのがその題名。See D. D. Devlin : *Jane Austen and Education* (Macmillan Press, 1975), pp. 7 ff.
32) 1814年9月に姪のアナ・オースティンに送った書簡中の一文。See Deirdre Le Faye (ed.) : *op. cit.*, pp. 274-6.
33) D. D. Devlin, *op. cit.*, pp. 9-14.
34) *Ibid.*, p. 11.
35) J. E. Austen = Leigh : *op. cit.*, p. 89.
36) See Warren Roberts : *Jane Austen & the French Revolution* (Macmillan Press, 1979).
37) J. S. Mill : *Bentham and Coleridge*, (ed.) F. R. Leavis (Chatto and Windus, 1950), p. 121.

第8章 ジェイン・オースティンと「神慮」
――『マンスフィールド荘園』と『説得』をめぐって――

1 はじめに――「神慮」の成りたち

　わたくしの記憶に誤りがなければ，ジェイン・オースティン (1775-1817) は，その完成作六篇のうち，後期の作品『マンスフィールド荘園』(1814) と『説得』(1818) においてのみ，「神慮」('Providence') という語を用いている。この章は，このことが何を意味するのかを考察しようとするものである。

　それに先だって，まず 'Providence' が「神慮」（普通は「摂理」という訳語が当てられることが多い）という意味に用いられるに至った経緯を，簡単に振り返っておこう。

　大文字で始まる Providence が神もしくは神慮の意味に用いられ始めたのは17世紀後半においてである。*OED* (Second Edition, 1948) は，God の同意語として Providence が用いられている用例として，ジョン・ミルトン (1608-74) の『失楽園』(1667) 第1巻25行の 'eternal Providence' を挙げている[1]。

　小説の分野に目を転じれば，イギリス小説成立期の作家ダニエル・デフォー (?1660-1731) やサミュエル・リチャードソン (1689-1761) といった作家たちが，この語を多用している。まず思い起こされるのは，孤島のロビンソン・クルーソーが，大麦がまばらに生えているのを目にしたときの驚嘆の念を描いた一節であろう。

　　そのときのわたしの心に起こった驚嘆と混乱は，今でもなんと表現してよいか分からないほどであった。わたしはそれまで，宗教的な信念に基づいて行動したなどということはなかった。宗教がどういうものであるかを少しも

わきまえない人間であった。自分の身に起こったどんなことも，単なる偶然としか，あるいはわれわれがよく気軽にいう神の思し召しとしか，感じたことのない人間であった。そしてまた，そういう事柄に示される神慮の目的とか，世界のもろもろの出来事を支配する神の秩序だとかを詮索するなど思いもよらぬことと決めていた人間であった。ところが，穀物が明らかに育ちそうにない風土に，しかもどういう径路でそうなったかも分からないままに，大麦が生えたのを見たときには，まったく異様な感銘を受けざるをえなかった。神は，種もまかないのに，奇跡的に穀物を生ぜしめたのだ，それもただ，このような絶海の孤島で自分を生かしてやろうというお計らいのしからしめるものだ，と思った[2]。(傍点引用者)

初期イギリス小説に頻出する「神慮」の意味合いをここで詳細に検討する暇はない。ただ，そこでは，「神慮」という観念は，「あの世」の絶対的権威によって「この世」の個人的利益を正当化しようとするものであったことを指摘しておくにとどめたい[3]。

2 『マンスフィールド荘園』と「神慮」

　ジェイン・オースティンの小説は，総じて，若い女主人公や主人公が，結婚問題を契機として，「われわれ誰しもが獲得できる，最も貴重な知識——おのれ自身とおのれの義務についての知識」[4]を学んでゆく物語である。したがって，オースティンは終始一貫して「この世」のことのみを扱った作家と見なされている。この見解は当を得たものであり，わたくしとしても異を唱えるつもりはない。ただ，先述のように，オースティンは『マンスフィールド荘園』と『説得』とにおいて Providence という語を用いているので，この章では，この語を手がかりとして，オースティンの置かれていた歴史的位置について一考してみたい。

　周知のように，ジェイン・オースティンは，バースやサウサンプトンを転々としたのち，親戚の地主の養子となっていた，兄の一人のエドワードの好意に

より，チョートン村のチョートン・コティジに落ち着くことができた。そして，安住の地を得たジェインは，若き日の作品に手を加え，それぞれ『分別と多感』(1811)と『高慢と偏見』(1813)として，世に問うた。それと同時に，1811年には，前作『高慢と偏見』とはまったく色調を異にする新作にとりかかっていた。姉カサンドラに宛てた手紙の中で，『高慢と偏見』を「何よりもいとしい私の子供」[5]と呼びながらも，「あの作品は少しばかり明るすぎ，軽快すぎ，眩しすぎます。陰翳が必要なの。あちこちにずっしりした分別を入れて引きのばす必要があります。もしそういうものが書ければの話だけど」[6]，と語っている。そして，「いまわたしは，何かこれ [『高慢と偏見』] とはまったく別のものを書こうとしていますが，それはまったく別の主題になるでしょう——聖職叙任がそれです」[7]と述べている。この何か「まったく別のもの」とは，いうまでもなく『マンスフィールド荘園』であり，これらの手紙が書かれた1813年1月から2月にかけての時点では，この新作の執筆はかなり進捗していたと思われる。

　ところで，『マンスフィールド荘園』の主題は「聖職叙任」であるというこのオースティンの発言を真に受けるとすれば，それはどのようなものであり，またどのように提示されているのであろうか。一言でいえば，それは田舎（マンスフィールド）の都会（ロンドン）に対する優越性の主張である。もちろん，田舎対都会の対比で田舎に軍配を上げるこの考えは，目新しいものではなく，18世紀を代表する，ヘンリー・フィールディング（1707-54）の傑作『トム・ジョウンズ』(1749)をその一例として挙げることもできよう。しかし，のちにみるように，オースティンは，田舎の教区社会において牧師が道徳の維持に大きな役割を果たしていることを指摘していることは注目に値しよう。このことは，彼女の生きた激動の時代と彼女自身の家族背景からすれば，当然のことであったといえよう。

　もとより，オースティンはあくまで物語作家であり，自分の見解を生の形で示すことはなかった。したがって，この小説においても，聖職叙任の主題は，若い男女の恋と結婚という形で，具体的に提示されているのである。中心とな

る人物は，準男爵で国会議員のサー・トマス・バートラムの次男で誠実なエドマンド・バートラム。バートラム令夫人の妹の長女で，子沢山のプライス家から，8歳のときに口べらしにバートラム家に引き取られた，内気で控え目なファニー・プライス。庇護者を失って，異母姉の牧師グラント博士の夫人を頼ってマンスフィールド牧師館に転がり込んできた，ロンドン育ちで才気煥発な美人メアリー・クローフォド。その兄で，妹をマンスフィールドまで送り届け，そのままそこに居ついた浮気者で，これまたロンドン育ちの財産家ヘンリー・クローフォド。以上の四人である。

　エドマンドは，都会者で洗練されたメアリーの魅力に捕らえられ，メアリーもまんざらでもなかったが，彼女はエドマンドが牧師になることになっていることを聞くと失望し，次のようにこきおろす。

　「男のかたって，名を挙げることがお好きなんでしょう。ほかの方面なら，どれだって名声は得られますけど，教会ではだめですわ。牧師さんなんて，ゼロですもの。」[8]

　これに反論して，エドマンドは，牧師こそ「個人として，また全体としての人類にとって，現世の面でも永遠の面からも，いちばん大切なことすべてを預っている」[9]と力説し，こう語る。

　「最もすぐれた生活は，大都市には求められません。宗派は問わず，素行正しい人びとがいちばん世の役に立つのは，都会じゃあありません。そしてまた，確かに，牧師の影響力がいちばん感じられるのも都会ではありません。立派な説教師は手本とされ崇拝されます。でも，よい牧師が自分の教区や近在で役に立つのは，なにも立派な説教によるばかりじゃあありません。その教区や近在では，その大きさからいって，牧師の私的な人柄が分かり，その行動全体を観察できるのですが，ロンドンだと，そういうことはめったにないでしょう。」[10]

第 8 章　ジェイン・オースティンと「神慮」　155

　確かに，今日では，エドマンドのこの主張は当時におけるほど説得力を持ちえないのは事実である。しかし，この小説にみられる田舎の都会に対する道徳的優位性というテーゼは，必ずしも時代遅れのものとして一概にしりぞけられるべきものではあるまい。例えばマーヴィン・マドリックは，このテーゼが露出しているとして『マンスフィールド荘園』をおとしめているのだが，ライオネル・トリリングは，この小説に描かれている「教区」社会は，現代の個人主義社会が失ったものを指し示しているとして評価している[11]。

　この小説の中でも，牧師の存在価値について，エドマンドとは違った考えも示されている。ロンドン育ちで演技者のヘンリー・クローフォドは，そのシェイクスピア朗読によってバートラム令夫人をすら感動させるのだが，説教について次のように語る。

　「話術たくみな説教というのは，朗誦上手なお祈りよりも，なおさら珍しいものですよ。……上出来の説教が上出来の話術で，となると，こりゃ聞いていて，まったく楽しいものです。そういうときにはね，必ずこの上ない賛嘆，尊敬の念を覚えて，自分でも聖職に入って，説教をしてみたいなって感じるんです。説教壇上の雄弁は，それが真の雄弁である場合，最高の賞賛と名誉に値するのです。」[12]

説教を雄弁発揮の場としか考えないヘンリーは，次のように続ける。

　「ぼくの場合，聴衆はロンドンの人でなければだめです。ぼくが説教できるのは，教育のある人に対してだけ，ぼくの文章を評価できる人に対してだけです。それに，説教の回数が多いってのも，果たして好きになれるかどうか，あやしいものです。ときどきなら，まあ大丈夫でしょうがね。春に一度か二度，日曜日6回ほども首を長くして待ってもらった後などならね。でも，ずっと続けてということになると，だめですよ。」[13]

断るまでもなく,ヘンリーは本気で聖職に入ろうなどという気は毛頭なく,ただ座談として語っているにすぎない。しかし,その背後には,産業革命以後の都市の発生という事実があり,道徳の指標としての聖職者の居る教区というものを持たない大都市では,ジョン・ウェズリー (1703-91) のように,多数の聴衆を前にして説教するという現象が生じつつあり,そこでは説教の占める比重が大きくなりつつあったことを忘れてはなるまい。

話が少々横道にそれたが,再び『マンスフィールド荘園』に立ち返って,女主人公ファニー・プライスについて触れておこう。3巻から成るこの小説では,女主人公ファニーの占める比重が異なっている。第1巻では,親類の家に8歳で引き取られ,サー・トマスの恐い顔と,ガミガミ叱りつけるノリス伯母のお小言。フランス語を学んだこともなければお稽古ごとにも関心がないといって馬鹿にするいとこのマライアとジューリア姉妹。そうしたものに耐えながら,万事控え目にふるまうファニーは,居候という地位に甘んじる。なにくれとなく親切にしてくれるのはエドマンドただ一人で,ファニーは彼を慕うようになるが,エドマンドはそれに気づかず,ファニーはメアリーとの恋の相談相手にされ,せつない思いをさせられる。幸い,バートラム令夫人はおっとりした性格で,ファニーは令夫人の相手として,マンスフィールドに居場所を得るようになる。

第2巻になると,マライアはラッシュワスと結婚し,ブライトンで新婚生活を送り,次いでにロンドンに居を構える。ジューリアも姉と同行したため,ファニーはマンスフィールドではただ一人の若い娘となる。西インド諸島から帰国したサー・トマスにも大層きれいになったと褒められ,牧師グラント夫妻からマンスフィールド牧師館での食事に初めて招かれ,さらにサー・トマスは彼女のためにマンスフィールド館で舞踏会を開く。こうして,俄然注目を集めるようになったファニーは,ヘンリー・クローフォドに求愛され,結婚の申し込みを受ける。だが,ヘンリーがマライアとジューリアの女心をもてあそんだことを許せないファニーは,この結婚申し込みを拒む。第2巻になって初めて,ファニーは物語の女主人公にふさわしい役所を与えられることになる。

第3巻では，ヘンリーの申し込みを断ったことがサー・トマスの不興をかい，ファニーは10年ぶりに2カ月の予定でポーツマスの実家へ帰されることになる。初め，久しぶりに家に帰れると喜んだファニーも，実家が「騒音と乱雑と無作法の巣窟」[14]であることに辟易し，彼女にとっては，マンスフィールドのほかに「家」はないことを思い知る。

　伯父さまの家では，時期，時節の考慮，話題の制限，礼儀作法，みんなに対する心くばりというものがあるのに，ここにはそれがない[15]。

　他方，ヘンリーはポーツマスにまで現われ，熱心に求愛するが，生来の浮気者の彼は，ロンドンでマライアと再会するやよりを戻し，マライアと駆け落ちする。また，いったんはエドマンドの求婚をしりぞけながら，トム・バートラムが重病になったためにエドマンドが相続人になる可能性が出てきたと思ったメアリーは，再びエドマンドに近づこうとする。こうしたクローフォド兄妹の不誠実にやっと目を開かされたエドマンドは，ファニーの真価を認め，ファニーの長年にわたるエドマンドへの愛は報われるのである。こうして，マンスフィールドの牧師となったエドマンドの妻となることで，ファニーはジェントリーの価値観とマナーとを受け継ぐことになる。この小説の題名が『マンスフィールド荘園』たるゆえんである。
　以上みたように，『マンスフィールド荘園』は単なる恋物語ではなく，教区社会の存在価値を提示しようとした大作であるが，聖職叙任という主題にしばられて，恋の物語としては，やや自然さを欠くことになったのは否定しがたいところであろう。エドマンドが洗練された都会人メアリーの魅力に捕らえれるのはまだしも，ようやく彼がファニーに目を向けるときにも，エドマンドには愛の自覚のドラマ性が欠落している。

　メアリー・クローフォドへの未練を断ち切り，ファニーに向かって，またもう一人あんな女性に会うことなんて不可能だ，といったそのすぐあとから，

こう思いつき始めていたのです。まったく別の種類の女性とだって，けっこう——あるいは，ずっとうまく，いけるのではないか。ファニーその人が，その微笑のすべて，その物腰のすべてにおいて，かつてのメアリー・クローフォドと同じくらい，自分にとっていとしく，大事な人になっているのではないか。そしてまた，彼女の彼に対する，温かな，妹としての心遣いは，夫婦の愛の十分な土台になるということを，彼女に納得させるのは，可能な，有望な仕事ではなかろうか，と[16]。

エドマンドのこの愛の自覚は，いかにも微温的である。メアリーではだめでファニーでなければならない，ということが明確に打ち出されていないからである。ファニーが，当初からエドマンドにいじらしい恋心を抱いていて，誘惑者ヘンリーの求愛をしりぞけたのを知っているわれわれ読者としては，メアリーに振り回されるエドマンドを何とも歯がゆいと思うのは避けられまい。

妹マライアとヘンリーとが駆け落ちしたのを知ったとき，エドマンドは，ファニーがヘンリーの求婚をしりぞけたのは正しかったのだ，と語る。

「誰もが［ファニーがクローフォドの求婚をしりぞけたことを］不可解だと思っていたんですよ。でも，神様のお情け深いご配慮だったように思われますね，たくらみというものに無縁であった心が苦しまずに済むということはね。」[17]（傍点引用者）

もとより，ファニーがヘンリーの愛に応じなかったのは，「神様のお情け深いご配慮」などによるものではなく，彼女がヘンリーの才気と財力とに惑わされず，彼の不誠実を見抜いていたためである。それもこれも，ファニーがエドマンドを一貫して愛していればこそである。これに反して，聖職叙任とメアリーとの間を揺れ動くエドマンドは一貫性に欠けていて，万事を「神様のお情け深いご配慮」によって合理化するほかないのであろう。「神様のお情け深いご配慮」の原語は 'the merciful appointment of Providence' であり，この表現は，

ただちに，デフォーの小説『モル・フランダーズ』(1722) の 'the merciful Providence'[18] という一句を想起させる。

以上みたように，ジェイン・オースティンの小説，しかも後期の小説の中に「神慮」への言及が見出されるのは，興味深いことである。そこで，同じくProvidence という語が用いられている『説得』を取り上げ，オースティンのこの小説の中でこの語の示唆する意味合いについて考察することにしたい。

3 『説得』と「神慮」

『マンスフィールド荘園』と『説得』は，「真の愛情と変わらざる愛」[19] という主題を共有している。両者とも，女主人公が，自分の想う人が自分に目を向けてくれるまで待ち続けるからである。しかし，オースティンは決して二番煎じに甘んじる作家ではなかった。したがって，これら二作品では，「変わらざる愛」の主題も異なる角度から捉えられている。その異同について詳しく述べることは紙幅の関係上できない。ただ，すでにみたように，前者は単にファニーの恋の物語であるばかりでなく，マンスフィールドという「教区」全体を視野に入れた野心的大作であるのに対して，後者は女主人公アン・エリオットが，8年前にいったん破れた恋を復活させるという恋の物語が中心となっていることを指摘するにとどめたい。

ところで，前述のように，『説得』においても「神慮」という語が用いられている[20]。そこで，以下においては，『説得』の具体的分析を通して[21]，この語が用いられている文脈を比較検討することにしたい。

亡き母親に似て，心優しく，聡明な女主人公アン・エリオットは，準男爵という己の地位と美貌とをこよないものと思いなしている，虚栄家の父親と，すべての点で父親似の姉エリザベスとに，不当に軽んじられている。近在の地主の長男に嫁している妹メアリーも，自己中心的で，自分の都合のみを言いたてる愚かな女である。アンの真価を認め，彼女を心から愛してくれるのは，亡き母の親友ラッセル令夫人ただ一人である。だが，その令夫人も，誠実で善良な人ではあるが，みずからの社会的地位に発する偏見から，必ずしも自由ではな

い。

　物語が始まる8年前に，アンは近隣の副牧師ウェントワスの弟ウェントワス大佐──男前で，豊かな知性と勇気と才能とを具えた海軍軍人──と知り合い，互いに深く愛し合うようになり，婚約した。しかし，アンにとって不幸なことに，彼女の唯一の理解者であるラッセル令夫人までが，この身分違いの結婚に強く反対した。無財産で不確実な職業に加えて，大佐のみずからの才能と将来の好運を確信する楽天的な気質や，無鉄砲とも思える勇気などがこの結婚の先行きの危険を予示するものと令夫人は受け取り，あらゆる点でこの婚約を非難し，それが無分別で，成功のおぼつかない，誤ったものと信じるようにアンを説き伏せてしまったのであった。

　しかし，アンは27歳にもなって，19歳の折に説得されたときとはだいぶ違った考えを持つようになった。──ラッセル令夫人を責めはしなかった。また，令夫人の指導に従ったことで自分を責めはしなかった。しかし，もし誰か同じような境遇にいる若い人から意見を求められるようなことがあれば，あのような不確かな未来の利益を良しとして，あのような目前のみじめさをもたらす助言を与えるようなことは，決してしないだろうと感じた。家族の者たちの不賛成からくる不利益のすべてと，彼の職業につきものの懸念のすべて，予想される遅滞，失望のすべてのもとにあっても，この婚約を保持したほうが，それを犠牲にするよりは幸福であったろう，と確信していた。また，すべてそのような不安や心配の当然の負担以上のものを二人が持ったとしても，彼女はこのことを確信していた。ところが，彼らの場合には，実際に起こったことは，当然予期できたよりも早く，ものごとが実際にうまく運び，繁栄がもたらされたであろうことを考慮に入れるとすれば，なおさらのことであった。彼の元気いっぱいの期待，自信のすべては，正当化された。彼の才能と熱意は，そのめざましい経歴を予示していたし，それを統御しているように思われた。二人の婚約が破棄されてまもなく，彼は任務を得，みずからそうなるだろうと語ったことがすべて実現された。戦功をたて，たち

まち一階級昇進し，次々の占領によって相当な財産を作ったのだ。……
　アン・エリオットは，いかに雄弁になりえたことだったろうか！　少なくとも，あの取り越し苦労——人間の努力を低くみ，「神慮」を信じない，あまりにも用心深い取り越し苦労に反抗して，若き日の熱烈な愛と，未来に対する明るい自信とに組みしたいという彼女の願望は，いかに雄弁なものだったことか！　若き日に，アンは周囲から強いられて慎重な進路をとったが，年をとるにつれて，ロマンスを学んだのだ。これは不自然な始まりが行き着いた自然な成り行きであった[22]。（傍点引用者）

　上の引用文における「神慮」の原語は，いうまでもなく 'Providence' であり，ここでは，アンは，取り越し苦労のために，人間の努力をよみしたもう神慮を信じなかったことを悔いている。一見すると，ここでは，「神慮」は，かつての18世紀の小説家たちの場合と同じように，人間の行動に絶対的認可を与えるものとして言及されているかにみえる。しかし，ことはそれほど単純ではあるまい。なぜなら，この物語の結末において，アンはラッセル令夫人の説得をも肯定しているからである。そこで，性急な結論を下すことは差し控えて，しばらく，物語の展開を跡づけることにしたい。
　ラッセル令夫人の助言は，社会的地位に価値を置きすぎ，階級とマナーを異にするウェントワス大佐の人物と才能を正当に評価しえなかった点で，根本的に誤ったものであった。しかしながら，少なくとも，その説得がなされた時点においては，それは全的に誤りとも言いがたいものだったことを想起すべきである。なぜなら，二人の婚約は，経済的自立の欠除という一点において，社会的是認を欠くものだったからである。しかも，若々しい自信と自負を抱く大佐は，そうした慎慮の介入を頑として認めようとしなかった。こうして，互いに自己を主張して譲らないラッセル令夫人とウェントワス大佐との間で板挟みになった年若いアンが，恋よりも義務を選んだのは，一概に責められるべきことではなかったのである。
　ところで，見栄をはりすぎて経済的破綻を招いたサー・ウォルター・エリオ

ットが自分の館をウェントワス大佐の義兄クロフト海軍少将に貸すことになったという皮肉なめぐり合わせから，アンはウェントワス大佐と8年ぶりに再会することになる。

　自分との再会に対して彼がどんなふうに感じているかを知りたいものだ，とアンは思った。あのような事情のもとで，もし冷淡ということが存在しうるとすれば，おそらく彼は冷淡な気持ちであるだろう。冷淡か，または気が進まないのに違いない。もし自分にもう一度会いたいと思ったのであったら，今まで待たなくてもよかったのだ。今よりずっと以前に，事態が好転して，当時たった一つ欠けていた経済的自立をいち早く獲得したそのときに，彼女自身もし彼の立場にあったとしたならば，なしたに違いないこと——アンとの交際の復活——を試みたことだったろう[23]。

　しかし，アンは，みずから婚約を解消してしまったため，彼女の側から積極的に働きかけることはできない。アンは，ひたすら大佐の出方を待つしかない。こうして，8年前に一度は破局を迎えた恋を設定することで，オースティンの小説としては最も鋭敏な心理描写が可能となったのである。
　ところで，アンの前に再び姿を現わしたウェントワス大佐は，以前にもまして男らしく，立派になっていたが，アンに対してはよそよそしい礼儀正しさを示すのみであった。そして，アンの妹メアリーの義理の妹ヘンリエッタとルイーザのマズグローヴ姉妹は，たちまち大佐に夢中になる。やがて，彼のほうも，決断力と確固たる性格の持ち主とみえたルイーザに関心を抱き始め，周囲の人びとも両人の結婚を期待するようになる。しかし，断固たる性格の持ち主とみえたルイーザは，単に元気旺盛で向こうみずな娘にすぎなかった。一同打ち揃って出かけたライムへの旅行の折に，ルイーザは名所コブの絶壁沿いの段々を飛び下りねば承知せず，しかも大佐の制止を振り切って二度まで飛び下りようとし，下の舗道に落ち，頭を打って気絶する。茫然としてなす術を知らない一同にあって，一人アンだけが冷静沈着に，皆を励まし，ことの処理に当たらせ

アンは，確固たる性格が持つ普遍的な美点と利点についての彼［ウェントワス大佐］自身の以前の考えかたの妥当性に対する疑念が，一体，今や彼の心に生じているかどうか，また，他のすべての資質と同じように，これもその釣り合いと限度とを持つべきであると考えついたかどうか，と思った。説得されやすい気質が，ときには非常に断固たる性格と同じだけ，幸福を享受しうるのだということを，彼が感じないことはおそらくあるまい，とアンは思った[24]。

　このようにして物語は転回点を迎え，舞台はバースに移るのであるが，読者はもはや，アンとウェントワス大佐との愛の復活について疑うことはないであろう。
　バースに来てひと月ほどして，アンは妹メアリーから意外な知らせを受け取る。向こうみずなほど活発な娘であったはずのルイーザが，大佐の友人のベンウィック艦長——最近婚約者を失ったばかりで，しかもバイロンやスコットの詩を愛読するロマンチックな青年——と婚約したというのである。こうして，かつての恋人同士の接近を阻む唯一の実質的障害が取り除かれた今，自分の大佐への変わらざる愛の前途にようやく燭光を見出すに至ったアンは，これまでの受け身の姿勢から一転する。ラッセル令夫人をも含めて，もはや誰はばかることなく，アンは8年来胸に抱き続けてきた大佐への愛を，彼への打ち解けた態度のうちに，当の相手にはっきりと示すようになる。
　かくして，アンと大佐とは，その長い愛の試練の果てに，まことに幸運にも，互いに対する真の，変わらざる愛情を確かめ合うことができたのであった。過ぐる一日，美しい晩秋の散策の折に，ルイーザを前にしてウェントワス大佐が口にした隠喩は，まさしく全篇を象徴するものであり，アンの変わらざる愛情にこそふさわしいものなのである。

「幸福でありたい人は，しっかりしていなくてはいけません。例えばここにはしばみの実がある」，と彼は一つの実を頭上の枝からもぎとっていった。「美しい，光沢のある実で，生まれながらの強靱さに恵まれ，秋の嵐に耐えてきたのです。裂け目もないし，どこにも弱いところがない。この実は」，と彼は冗談まじりのおごそかな調子で続けた，「仲間の多くが落ちて，人の足に踏まれても，なおも享受しうる限りのあらゆる幸福を持っているのですよ。」[25]

ところで，愛の至福のうちにあって，アンは越しかたを振り返って，大佐に次のように語る。

「わたしは過去のことを考え，正しいこと，まちがったこと——わたしに関してですが——を公平に判断しようと努めていました。そして，そのことでずいぶん苦しみましたけれども，あのお友だち——あなたもいずれ現在よりはずっと好きになられるでしょうお友だち——に導かれたという点で，わたしは正しかった，完全に正しかった，と信じざるをえません。わたしにとって，あのかたは親がわりでした。ですけれども，誤解なさらないでください。あの助言がまちがっていなかったといっているのではありません。おそらく，その助言が正しいか誤りかは，結果自体によって定まるといったケースの一つでした。わたしだったら，事情が一応似かよっている場合，あのような助言は，確かに決してしはしないでしょう。ですが，わたしのいわんとするところは，おばさまに従ったという点でわたしは正しかった，ということです。もし従わなかったとすれば，婚約を維持したことに対して，それを破棄した場合より，一層苦しんだろうと思います。なぜなら，良心の苛責を受けたに違いありませんから。そのような感情が人間に許される限りにおいて，今わたしは良心の苛責を少しも感じずに済みます。また，もしわたしがまちがっていませんのなら，強い義務感は女の持参金として，決して悪いものではありませんのよ。」[26]

アンが認めているように，ラッセル令夫人の助言の当否は結果それ自体によって定まるという，きわどいものであった。確かに，この小説の結末からのみいえば，アンの良心と義務への忠誠はそれなりに肯定されてしかるべきではあろう。しかし，社会的義務は必要条件ではあっても，十分条件ではない。アンがラッセル令夫人の説得を受け入れたことは，アンの容色の衰えに象徴される，アンの愛と個性との窒息状態をもたらしたからである。

『説得』では，ヴァージニア・ウルフが鋭く指摘しているように，「ロマンス」が肯定されている[27]。しかし，それは，「神慮」の名のもとに無制限に認可されてはいないことに着目すべきである。物語の結末におけるアンの義務の弁護は，単なる自己弁護ではない。社会の中に生きる個々人はお互いに対して義務を負っている，とアンは考えるのである。つまり，恋と義務との両立こそはアンの求めるものであり，そのために，アンは8年の歳月，待ち続けなければならなかったのである。

4 おわりに──「神慮」のゆくえ

上にみたように，ジェイン・オースティンは，『マンスフィールド荘園』と『説得』とにおいて，実にさりげなく，「神慮」という語を用いている。確かに，これら二作品において，この語自体は同じ意味で用いられているが，それらが用いられている文脈は異なっている。『マンスフィールド荘園』では，エドマンドが物語の最後で口にする「神慮」という語は，この物語の結末を正当化するためのものであり，その限りにおいては，『マンスフィールド荘園』においては，「神慮」という語は，18世紀の作家たちのそれの延長線上にあるとみても誤りではなかろう。これに対して，『説得』においては，一度は「神慮」を信じて運を天に任せればよかった，と後悔したアンだが，最後には一転して，義務の重要性を主張している。このことは，『説得』においては，超自然的な「神慮」に全面的に寄りかかることは否定されていることを意味しよう。この点では，個々人は己の判断によって行動しなければならないことになる。この意味で，『説得』は，近代小説の方向に一歩踏み出しているといえよう。しか

し，この小説においても，義務の重要性が主張されていることは，いかにもオースティンらしい。国教会中心の「教区」社会に生きたオースティンは，「神慮」を真っこうから否定するには至らなかったのである。そのためには，ダーウィン (1809-82) の時代に生き，福音主義派のキリスト教から出発し，懐疑を経て人間教へと進んだジョージ・エリオット (1819-80) を待たなければならなかったのである[28]。

1) この意味での Providence を *OED* は以下のように定義している。Providence 3. In full, *providence of God* (etc.), *divine Providence* : The foreknowing and beneficent care and government of God (or of nature, etc.) ; divine direction. 4. Hence applied to Deity as exercising prescient and beneficient power and direction.
2) *The Life and Strange Surprising Adventures of Robinson Crusoe* (1719 ; Collins edition, 1953), p. 74.
3) デフォーとピューリタニズムの関連については G. A. Star : *Defoe and Spiritual Autobiography* (Princeton U. P., 1965) や J. Paul Hunter : *The Reluctant Pilgrim* (The Johns Hopkins Pressn 1966) などを参照されたい。
4) *Mansfield Park* (R. W. Chapman's "The Novels of Jane Austen" edition, Oxf. Univ. P.), p. 459. 以下この作品からの引用はすべてこの版に拠る。
5) Deidre Le Faye (ed.) : *Jane Austen's Letters* — New Edition (Oxf. Univ. P., 1995), p. 201.
6) *Ibid.*, p. 203.
7) *Ibid.*, p. 202.
8) *Ibid.*, p. 92.
9) ——, *loc. cit.*
10) *Ibid.*, p. 93.
11) See Marvin Mudrick : *Jane Austen : Irony as Defence and Discovery* (Princeton Univ. P., 1952), chap. vi & Lionel Trilling : "Mansfield Park" in *The Opposing Self* (New York, 1955).
12) *Mansfield Park, op. cit.*, p. 341.
13) ——, *loc. cit.*
14) *Ibid.*, p. 388.
15) *Ibid.*, p. 383.
16) *Ibid.*, p. 470.
17) *Ibid.*, p. 455.

18) Daniel Defoe : *Moll Flanders* (The World's Classics, Oxf. Univ. P., 1961), p. 336.
19) 原語は 'true attachment and constancy'. See *Persuasion* in R. W. Chapman's "The Novels of Jane Austen" edition (Oxf. Univ. P., 1923), p. 235 & p. 237.
20) See *ibid.*, p. 30 & p. 106.
21) 以下の『説得』論では，作品の筋を述べた部分は，拙論「ロマンスと現実—『説得』の場合」(『イギリス小説とその周辺—米田一彦教授退官記念』所収，英宝社，昭和52年) から転載したことをお断りします。
22) *Persuasion, op. cit.*, pp. 29-30. 以下この作品からの引用は，上記の R. W. Chapman 編の Oxford 版に拠る。
23) *Ibid.*, p. 58. この一節は，『説得』をめぐる問題の所在と解決を示唆するものであり，同時に物語の巧みな伏線を成すものでもある。
24) *Ibid.*, p. 116.
25) *Ibid.*, p. 88.
26) *Ibid.*, p. 246.
27) See Virginia Woolf : "Jane Austen" in *The Common Reader : First Series* (Hogarth Press, 1925), p. 181.
28) 例えば，G. エリオットの代表作『ミドルマーチ』では，宗教の陰に隠れる二重人格者バルストロードにおいて「神慮」は明らかに否定的意味で用いられている。とりわけ，もっぱらバルストロードの描写に費やされている『ミドルマーチ』第61章だけでも，'Providence' という語は4回も用いられているのは注目に値しよう。

第9章　慈悲深き神
―― 薄幸の少女ネルの場合 ――

1　はじめに ――『骨董屋』の成りたち

　周知の通り，『骨董屋』(1840-41) という小説は，あらかじめ入念な構想をめぐらした上で書かれたものではない[1]。チャールズ・ディケンズ (1812-70) は，出世作『ピクウィック・ペイパーズ』(1836-7) の大成功によって，一躍文壇の寵児となり，引き続いて傑作『オリヴァー・トゥイスト』(1837-8) の執筆にとりかかり，それが完結しないうちに，長編小説『ニコラス・ニックルビー』(1838-9) を息つく間もなく書き上げた。しかし，さすがのディケンズも，4年間のうちに3編の長編小説を書き上げたことで疲労を感じた。そこで，ディケンズは一計を案じて，その文名を利して，雑多な内容から成る文芸週刊誌の創刊を思いたち，その企画をチャップマン・アンド・ホールズ社が受け入れた。そして，毎号ディケンズは50ポンド受け取り，さらに利益は折半ということで，この週刊誌は1840年4月4日にその第1号が発刊された。ディケンズは，この雑誌を『ハンフリー老人の時計』と名づけ，ロンドンの一軒家に住むハンフリーという老人が，その古風な置時計の分銅が入っている箱の中に収められている古い原稿を取り出しては，彼の仲間たちに読んで聞かせる，という趣向を編み出したのである。

　しかし，毎週雑多な記事を締め切りに追われながら書かねばならないということは，楽なことではなかった。それに，第1号こそ7万部を売りつくしたものの，この雑誌が雑多な記事の寄せ集めであることが判明するや，第2号，第3号と，号を重ねるにつれて，目に見えて売れゆきが落ちていった。そこで，ディケンズは，1840年4月25日に発刊された第4号から，新しい長編小説を掲

載することにした。そして，その最初のものが『骨董屋』だったのである[2]。

ジョン・フォースターによれば，ディケンズが彼とともに，1840年2月に，老詩人ウォルター・サヴィッジ・ランドー (1775-1864) をバースの宿に訪ねたが，その折に，三人で『ハンフリー老人の時計』について語りあったときに，ディケンズはネルの物語の着想を得たとされている。そして，もともと，ネルの話はほんの数章の短い物語として構想されたものであったが，好評に応えて，ディケンズはそれを長編小説に仕立てあげ，満天下の読者の紅涙をしぼったのである。

エリザベス・ブレナンの指摘によれば[3]，ネルの話は，老人ハンフリー自身の老醜と子どもの美しさとのコントラストの意識に由来するものであったということである。しかし，小松原茂雄氏は，「老人と孫娘」というモチーフは，すでに『ピクウィック・ペイパーズ』の中にその萌芽を認めることができると指摘しており，それは『骨董屋』における保護者と被保護者との役割の転倒を暗示するものであるとして，それを裏づけるべく次のような一節を引用している[4]。それは，ピクウィック氏が，債務者監獄で，その中でも最もみじめな人びとが収容されている「貧乏人の側」で，目撃した情景なのである。

　部屋の反対側には，老人が一人小さな木の箱に坐っていて，その目は床に釘づけで，その顔は深刻で，どうにもならない絶望の動かぬ表情を示していた。小さな娘——彼の幼い孫娘——が，彼の回りにまといつき，子どもらしいいろいろの工夫をめぐらして，彼の注意を引こうとしていたが，老人は孫娘の姿を見もせず，その言葉を聞こうともしなかった。彼にとって音楽であったあの声，光であったあの目は，彼の感覚を呼びさますものになってはいなかった。彼の手足は病気で震え，彼の心は麻痺状態に陥っていた。(『ピクウィック・ペイパーズ』，第42章)

この小松原氏の指摘が正しいとすれば，『骨董屋』はきわめて即興性の強い作品ではあるが，「老人と孫娘」というモチーフは，ディケンズがかねてから

温めていたものであったということができよう。

2 『骨董屋』——対比の技法

　『骨董屋』には，即興的な作品だけあって，ネルとトレント老人のほかにも，多種多様な人物が登場し，脇筋も展開され，そのことがこの作品を豊かなものにしている。中でも，ネルの行く末を案じるあまり賭博に手を出した老人に金を貸し，彼を追及するダニエル・クウィルプは，強欲でグロテスクな小人だが生彩に富む人物である。例えば，第4章で，彼の留守中に茶を飲みながら，婿の棚おろしを近所のおかみさんとやっていた義母のジニウィン夫人をへこまし，若くて従順なクウィルプ夫人をどやしつける場面など，アイロニーとユーモアにあふれた喜劇的な一場面である。そのほかにも，クウィルプの顧問の悪徳弁護士のブラースとその妹サリー。ブラースの事務所で働いている善人のスウィヴェラー氏。サリーにこき使われているがスウィヴェラーに救い出されてトランプ遊びを教えられる「侯爵夫人」。トレント老人の店で働いていてネリーを崇拝している少年キット（クリストファー・ナッブズ）。キットに目をかけるガーランド氏。蠟人形の見世物の女主人ジャーリー夫人。トレント老人の弟で，老人とネリーとを救い出そうと骨を折る「独身者」。これらの人物たちが善悪とり乱れて活躍する。確かに，これらの脇役たちは，週刊誌の連載物だった『骨董屋』の埋め草でもあっただろうが，忘れがたい印象を残すのである。

　しかし，やはり，この小説の中心を成しているのは，薄幸の少女ネルとその祖父の物語であるのは，異論のないところであろう。トレント老人は，孤児のネルに十分な遺産を残してやりたい一心から賭博に手を出し，強欲な事業家で金貸しのクウィルプから借金を重ねた上に骨董屋の店をまきあげられてしまう。祖父とネルとは，クウィルプの厳しい取り立てから逃れるため，ロンドンを脱出し，あてどない放浪の旅に出る。そして，金持ちになって帰国したトレント老人の弟が，八方手を尽くして二人の所在をつきとめ救出に駆けつけたときにはすでに遅く，ネルは苦難の旅路の果てに眠るように息を引き取ったあとであった。

このネルの悲劇は，広く一般の読者の同情を集めたばかりではなく，当時の識者の共感を呼んだ。ウイックロー卿によれば[5]，エドワード・フィッツジェラルド (1809-83) は，その姪の一人のために，ネルの登場する場面のみを抜き出して，『イリアッド』ならぬ『ネリアッド』を作ったということである。

しかし，こうした当時の人びとの過剰な反応は次代の人びとの反発を招くことになった。中でも，すぐれて知的な作家であったオールダス・ハックスリーは，その『文学における卑俗性』(1930) において，ディケンズのセンチメンタリズムを攻撃した。しかし，『骨董屋』という小説を公平に評するためには，単にその感傷的卑俗性をあげつらうだけでは十分ではなかろう。そのためには，その手法や構造を分析し，ディケンズの時代や伝記的事実なども考察し，この小説を多面的に捉える必要があるであろう。

まずは，この小説の技法からみてゆきたい。前記の小松原茂雄氏は，ディケンズが，この物語を効果的に語るために対比(コントラスト)を多用していることを指摘し，次のように述べている。

　それはまず，うすぐらい部屋のなかで無意味な甲冑や古ぼけた像など，おぞましくグロテスクな骨董品にとりかこまれて，純情無垢な少女ネルがひとりで小さいベッドにねむっているという構図に示されている。この対立は美と醜，生命と死，青春と老醜，光と暗黒，自由と束縛，幻想と現実など，さまざまな変奏をかなでながら，欲望，暴力，憎悪といった悪の原理と，愛，寛容，慈悲といった善の原理との対立，軋礫となりながら，ダイナミックに発展し，この小説の最後まで一貫してつづけられている[6]。

小松原氏のこの指摘は，この小説の基本的構図を言い当てている。しかし，このようにコントラストを活用しているのは，一人ディケンズばかりではないのである。それというのも，近代イギリス思想研究の大家バジル・ウィリは，ジョージ・エリオットとの関連において，対比的な思考のパターンは，19世紀イギリスの「意識全体の中に深くはめ込まれていた本能」，すなわち「あらゆ

る問題の両面をみようとする本能」[7]に由来するものだった,と述べているからである。そして,ディケンズの上述のコントラストも,ウィリが指摘している19世紀的な対比という思考のパターンが顕在化したものとみることができよう。

　しかし,さすがディケンズだけあって,『骨董屋』における対比は,善と悪,愛と憎,といった単純なコントラストばかりではない。そのことは,この小説の主要人物ネルとその祖父との組み合わせを考えてみれば明らかである。ここには,老と若,醜と美が対比されている。しかし,彼らはお互い深く愛し合ってはいるものの,孫への愛が逆に作用してトレント老人を賭博狂にしてしまう。そして,彼が賭博の魔力に捕らえられてしまっている以上,ロンドンから抜け出しても,彼が再び賭博に手を出さないという保障はないのである。果たせるかな,トレント老人は,旅の途中でトランプ賭博師たちの仲間に出会い,ネルから盗み出した有り金を残らずまきあげられるのである。

　……賭博の勝負に夢中になり,自分の部屋にひそみ,チラチラする灯りで金を勘定している,その夜見た男は,おじいちゃんの形をとったべつの男,彼の像をおそろしくひきゆがめた者,その者からふるえあがって飛びさがるべき者であり,彼に似ていながら,ああして自分につきまとっているだけに,なおおそろしい者だった[8]。

　あまつさえ,賭博師たちは,ネルたちが世話になっている蠟人形の見世物の女主人ジャーリー夫人から金を盗み出すよう老人をそそのかす。それを知ったネルは,老人の手を引いて逃げ出す。こうして,保護者と被保護者との地位は,完全に逆転するに至るのである。かくして,トレント老人が孫娘ネルを深く愛しながらも,二重人格的賭博狂であることが,ネルの悲劇を抜きさしならないものにしているのである。トレント老人においては愛の原理が悪の原理へと逆転する。

　このことは,この小説の冒頭の部分で暗示されている。ハンフリー老人は,

習性として，ロンドンのまだ明けきらぬ朝に散歩するのだが，あるとき，道に迷った少女ネルと出会い，彼女の祖父が経営する骨董屋の近くまで案内してやる。実は，ネルは金貸しクウィルプのもとに賭博の軍資金を借り受けるため使いに出され，帰路，大都会ロンドンで道に迷ったのであった。この設定は，孤児ネルの来たるべき運命を予示していて，はなはだ印象的である。

3 『骨董屋』の構造——巡礼の旅

前述のように，『骨董屋』はロンドンの場面から始まるが，賭博にとりつかれたネルの祖父が完全に破産してしまったために，彼とネルはロンドンに居られなくなり，二人はあてどない放浪の旅に出る。彼らの出発の朝の情景は，次のように描かれている。

ロンドンの町は，朝の光の中で，うきうきしていた。夜の間ずっと醜悪で不信感のたたずまいを示していた場所は，いま，微笑をたたえていた。部屋の窓の上で踊り，また陽よけとカーテンとを通して眠っている人の目の前でチラチラしながらキラキラと輝く太陽の光は，夢の中にまで光を投げ，夜の影を追い払っていた。ピッタリと暗くおおわれたむし暑い部屋の中の鳥は，朝が来たのを感じとり，小さな籠の獄舎で落ち着かず，イライラしていた。目を輝かせているネズミは小さな巣にはいもどり，ビクビクしながら体をすりよせて固まっていた。つやつやした家猫はその餌を忘れ，ドアのカギ穴と隙間とを通して差し込んでくる陽光にまばたきしながら坐り，待ち望んでいた，外を音もたてずに走ったり，温かくつやつやして日光浴することを。おりに閉じこめられたもっと崇高なけだものたちは，桟の背後で身じろぎもせずに立ちつくし，ハタハタと動く枝や，小さな窓を通して差し込んでくる陽光などを，ジッと見つめていた，かつての森の光を宿している両の目でもって。ついで，捕らわれの身となった己の足がすりへらした場所をジリジリして歩み，さらに足を止めてはまたジッと目をこらした。土牢の中の人たちは，きゅうくつな冷えきった手足を伸ばし，どんな輝く太陽も温めることのでき

ない石を呪っていた。夜眠っていた花は，優しい目を開き，それを陽の光のほうに向けた。被造物の中心となっている光は，どこへも行き渡り，万物は光の力を認めていた。

　二人の巡礼は，ときどき，たがいに手を握りしめ，微笑と明るい顔とを交わしあって，だまったまま，道をズンズン進んでいった[9]。

　このように，二人の「巡礼」の朝の旅だちの情景を長々と引用したのは，一つには，ここに，当時の明けそめてゆくロンドンの光と暗の交錯する光景が，豊かな想像力でもって活写されているからであり，こうした一見何でもない細部の描写にディケンズの小説の魅力があると思うからである。さらに，よく見ると，老人とネルにとっては希望の朝であるにもかかわらず，ここには籠の小鳥から土牢の囚人に至るまで，囚われのものたちが描かれていて，二人の旅だちの前途が必ずしも楽観を許さないものであることが暗示されてもいるからである。また，この第15章は，この作品の構成の上で最初の大きな節目を成していて，ここからネルたちのあてどない巡礼の旅が始まるのである。よく指摘されるように，『骨董屋』はジョン・バニヤン（1628-88）の『天路歴程』（1678）を下敷きにしているのであり，実際，この第15章には『天路歴程』への言及がある。ディケンズは，ネルの遍歴を書くに当たって，聖書に次いで広く人びとに読まれていた『天路歴程』という国民的寓話を下敷きにすることで，『天路歴程』の19世紀版を書こうとしたのかも知れない。もとより，『骨董屋』はあくまで小説であり寓話ではないが，ディケンズは，この小説の主要人物を固有名詞で呼ぶよりも，普通名詞を繰り返し用いている。例えば，ネルを「子供」と，トレントを「老人」と呼び，クウィルプを「小人」と呼ぶなどがそれである。このことは，明らかに，この小説に寓意性を持たせようとしていることの一つの表われである。

　以下第43章までは，二人の「巡礼」が旅芸人たちと一緒に田舎を旅して回る場面が描かれている。そして，先に触れたように，トレント老人がまたぞろトランプ賭博に手を出したために，ネルは，老人を救い出すために，必死になっ

て老人の手を引っぱって逃げ出すのである。

　……子供は，そのときまで自分を支えてきた決意を取りもどし，自分たちが屈辱と犯罪から逃げ出そうとしているのだが，祖父の保護は，一言の助言も手助けも借りずに，自分がただしっかりとして，やりとげなければならないという考えを忘れまいとして，彼をズンズンと前に引っぱって進み，それ以上あとを振り返ろうとはしなかった。
　……二人の生活の重荷はすべて彼女の肩にかかり，これからは，彼女は二人のために考え行動しなければならなくなった。「わたくしはおじいちゃんを救ったのだわ」，と彼女は考えた。「すべての危険と苦しみの中で，このことを忘れないようにしなければならないのだわ。」

・・・・

　青白い月の光は，思いに沈む心配が，もう若さの持つ魅力的な愛嬌と美しさにまじりこんできている繊細な顔に，月独特の青白さを与えていたが，そうした青白い月の光の中で，キラキラと美しく輝きすぎるほどの目，気高い感じのする頭，しっかりした心の断乎たる決意と勇気でひき結ばれた唇，キリッとした態度は示しているものの，きわめて弱々しいほっそりとして可憐な姿は，その無言の話を物語っていた[10]。

この夜の逃走は，前に触れた第15章の希望に満ちた朝の旅だちと対比を成していて，ネルの悲劇的末路を予示するものである。
これに続く第44章と第45章では，ネルと老人とは大工業地帯に迷いこむ。

　人の群れが，ふたつの反対の流れになって，あわただしく動き，停止や疲労のようすはいささかもみせずに，それぞれの仕事に夢中だった。ぶつかり合う荷物を積んだ二輪荷馬車や四輪大型荷馬車の立てるごう音，ぬれて油だらけの舗道での馬ていのすべる音，窓や傘に打ちつける雨の音，ジリジリとせいている通行人のおし合いへし合い，盛りどきの雑踏する街路の騒音，な

どを仕事にかまけて彼らは気にもしていなかった。一方，まったくよそ者ののあわれなネルと老人とは，自分たちがそれに合流もせず，ただ眺めているだけのこのあわただしさに，呆然とし，とまどい，物悲しげにそれを眺めていただけだった[11]。

孤独なネルは，この騒々しい町にあって財布も底をつき，飢えと寒さとで次第に弱ってゆく。

　ふたりの旅すべてを通して，このときほど清らかな空気と開けた田舎を熱烈に望んだことはなかった。それをあこがれ求めたことはなかった。そう，あの記念すべき朝，彼らのなつかしい家を捨てて，見知らぬ世界の慈悲に身を託し，彼らが知り愛していた，物いわず感覚を持たないすべての物を放棄したあの朝——あのときですら，このいまほどに，森，小高い丘，朝の新鮮な孤独をこうまで強く求めてはいなかった。いまは，大きな工業都市の騒音，よごれと蒸気とが，やせ細ったみじめさと飢えた物悲しさの臭気を放って，彼らを四方八方とりかこみ，希望を閉めだし，逃亡を不可能にしているような感じだった。
　……「ああ，生き続けて，もう一度田舎にいけたら，こうした恐ろしい場所からのがれられたら，たとえ行った先で倒れて死んでしまっても，どんなに感謝にあふれた心で，そうした大きな慈悲に対して，神さまに感謝することでしょう！」，と子供は考えた[12]。（傍点引用者）

そして，ネルは先をゆく旅人に物を乞おうと足を速めたために，失神してその人の足もとに倒れてしまう。その人は，ほかでもない，顔みしりの親切な「先生」で，彼は遠くの村の教会の書記として赴任する途中であった。そして，ネルと老人は「先生」に連れられてその村に赴き，古い教会に属する半ば廃墟と化した小屋に住むことを許される。しかし，そこはネルの旅路の果てであった。第47章以下は，もっぱら脇筋であり，主として，「独身男」（実はトレント

老人の弟）がネルたちの居所を探し当てるまでの話である。そして，「独身男」とキットとがネルの小屋に駆けつけたときには，ネルはすでに眠るように息を引き取ってしまっていたのである。

4　『骨董屋』とその時代

　ディケンズが活躍したヴィクトリア時代は，1760年ごろから始まった産業革命が一段と進展した時期であった。この革命を推進したのは，鉄と石炭の二大基幹産業の発達であった。ちなみに，詩人であり評論家でもあったマシュー・アーノルドは，イギリス19世紀を「懐疑と論争と狂気と不安に満ちた鉄の時代」[13]と呼んでいる。なかんずく，鉄道の発達には目をみはるものがあった。『骨董屋』が書かれるほぼ15年前の1825年には，ストックトンとダーリントンの間に初の蒸気鉄道が開通した。その5年後の1830年には，全列車蒸気動力による最初の鉄道営業がリヴァプールとマンチェスター間で開業された。

　他方，政治の面では，1832年に第一次選挙法改正案が成立して，ミドル・クラスは体制の中に組み込まれたが，労働者階級は排除されたままであった。そこで，労働者たちは，1838年に，男子普通選挙権の獲得など6項目から成る「人民憲章」（People's Charter）を掲げてチャーティスト運動を展開し，特に1830，42，48の各年には多数の署名を集めて，国会に請願を提出したが，拒否された。

　『骨董屋』が書かれた前後は，このように激動の時代であった。好奇心の旺盛なディケンズは，当然のことながら，こうした変化に敏感であった。上に触れた『骨董屋』の第44章と第45章に描かれている大工業地帯のモデルは，バーミンガムであった。バーミンガムは，中世から市場町として発達し，金属加工などの手工業が興っていた。そして，18世紀後半，ワットが改良した蒸気機関の製造を受け持ったボールトンがここに工場を設置したことから，機械産業が急速に発展し，近くに大炭田地帯があったことから，ロンドンに次ぐ大都市に発展した。この大工業地域に迷いこんだネルと老人は，親切な一工員によって一夜の宿を与えられるのだが，彼が働いている工場の溶鉱炉は，次のように描

かれている。

　大きな高い建物は鉄の柱で支えられ，上の壁には大きな黒々とした穴があき，外の大気と通じていた。水のなかに投げ込まれるしゃく熱した金属の立てるシューシューという音と，ほかの場所では聞いたこともないさまざまなこの世のものならぬ奇妙な物音にまじって，ハンマーで打つ音と溶鉱炉のうなりが，屋根にこだましていた。この陰気な場所で，炎と煙のなかの悪魔のように動き，ときどき発作的に漠然とした姿を現わしつつ，燃えたつ火で赤らみ苦しめられながら，大きな武器をふるって——まちがってそれをふるったら，その打撃はだれか作業員の頭蓋骨を押しつぶしてしまったことだろうが——たくさんの男たちが巨人のように立ち働いていた。ほかの連中は，石炭か灰の山の上で身を休め，顔を上の黒いアーチ形の天井に向けて，眠るか，仕事からの息ぬきをしていた。さらにほかの連中は，白熱した溶鉱炉の戸口を開け，炎の食料補給を行っていたが，炎はそれを捕らえようとうなって，そこから飛び出し，まるで油のようにそれをひとなめにしていた。ほかの一団は，ガンガンという音をたてて，地面の上にがまんならぬほどの熱を発散させている白熱した鉄鋼の大きな板を引き出していたが，その鋼板の発する鈍く深い光は，野獣の目のなかで赤らんでいる光に似ていた[14]。

　また，第45章で描かれている失業者の群れの示威運動は，上述のチャーティスト運動とおそらく無縁ではあるまい。そして，群集の渦の外側に立ちつくすネルと老人の孤独感は，工業化によって疎外される古くて滅びゆく者への挽歌である。それは，この小説の題名が『骨董屋』であることによって暗に示されている。こうした観点からすれば，『骨董屋』は，産業化がもたらす破壊的要素をいち早く予見した小説とも読めないこともあるまい。しかし，ことはそれほど簡単ではあるまい。ネルは，再び田舎に戻ることを希求しているのだが，18世紀のイギリス小説のあるものに認められる，田舎と都会の対比における田舎の優位性を，そのままディケンズのこの小説に当てはめることはできないと

思われる。ネルのロンドンから田舎への脱出は，必ずしも生命に向かっての脱出とはならず，結果的には死出の旅に終わってしまうからである。ディケンズがこの小説で提示している都会と田舎の対比の問題は，近代化に伴う複雑なもので，今なお解決をみるに至っていないものなのである。

5 『骨董屋』とモデル

　ところで，ネルの運命が当時の読者たちを一喜一憂させたのは，古く美しいものへの挽歌という時代的要因ばかりではなかった。少なくとも，ネルの死の場面の描写には，ディケンズの伝記的事実がかかわっていることは，ジョン・フォースターが指摘する通りである。ディケンズは，まだ駆けだしのころ，先輩ジャーナリストのジョージ・ホガースと知り合い，1836年にその長女キャサリンと結婚した。キャサリンのすぐ下の妹メアリー・ホガースは，ディケンズ夫妻の新婚当初から彼らと同居していたが，1837年に急死した。ディケンズは，その死を悼み，連載物の一部を一時中断したほどであった。フォースターによれば，メアリーは「容姿のうるわしさ以上に，心根の優しさによって彼の生活の理想となっていたので，彼女の急逝は，当座はまったく彼をめいらせてしまった」[15]。ときに，メアリーはまさに芳紀17歳であった。ディケンズは，ケンサル・グリーンの墓地の彼女の墓の墓碑銘をみずから書いて，それを刻ませた。それは，「若く美しく善良な彼女を，17歳の若さで，神は天使の列に加えたもうた」[16]というものであった。ディケンズは，悲しみのあまり，自分が死んだらメアリーの墓に一緒に葬ってほしいとさえいっていた[17]。そして，フォースターは，ディケンズはメアリーの死後26年も生きたが，生涯メアリーのことを忘れなかっただろう，といっている[18]。ディケンズが誰を念頭に置いてネルを造形したのかは不明であるが，ネルを葬送する巻末の第71章と第72章とは，メアリーの死のインパクトのもとで書かれたものであった[19]。そして，ネルを悼んで，第72章で，「ああも若く，ああも美しく，ああも善良だった」と形容しているが，これはメアリーの墓碑銘とほぼ重なっていることから推しても，ネルの死にメアリーのそれを重ね合わせていたことはほぼまちがいないところ

である。

　ところで，伝記的事実といえば，メアリー・ホガースの場合ほど直接的なものとはいえないが，チャールズの父ジョン・ディケンズの影響を指摘する向きもある。ジョンは浪費家であって，ディケンズ一家は債務者監獄に入れられていたこともあった。長男であったチャールズは，若いときから父の不始末を弁済して回らなければならなかった。こうした体験は，保護者と被保護者の関連の逆転として『骨董屋』に反映されていることは，十分考えられることではある。

6　おわりに——『骨董屋』の位置

　前述のように，ディケンズは，『骨董屋』におけるネルの遍歴を描くに当たって，バニヤンの『天路歴程』を念頭に置いていた。ネルと祖父はロンドンを脱出したとき，丘の上に坐ってロンドンを振り返るが，ネルはそのとき，次のようにいう。「わたしたち二人はクリスチアンになり，わたしたちのもってきた心配と苦しみをみんな草の上におろし，それをもう二度と取り上げることがないような気がするわ」，と[20]。しかし，『天路歴程』の主人公クリスチアンは，その名の通り強固なキリスト教徒で，さまざまな苦難に打ち克って，ついには天上の都に到達するのに対して，旅路の果てにネルを待ち受けていたのは，ほかならぬ死であった。そして，先に触れたように，『骨董屋』の第72章はネルの葬送の場面である。同時に，それはメアリー・ホガースのためのレクイエムでもあった。

　そしていま，鐘——彼女が夜となく昼となく実にしばしば耳にし，生きた声と同じように厳粛な喜びを感じながら聞いてきたあの鐘——が，ああも若く，ああも美しく，ああも善良だった彼女のために，その無情の弔鐘をゆるやかに鳴らしていた。よぼよぼの老人，たくましい壮年の男女，若い盛りの者，自分では動けない赤ん坊が，彼女の墓の周りに集まろうと——松葉づえを突き，力と健康の絶頂で，将来の見込みの豊かなつぼみのまま，人生のま

だ夜明けの状態で——流れ出してきた。目がかすみ感覚もおぼつかなくなった老人——10年前に死んだとしてもやはり老人と呼ばれたであろう老婆——体の不自由な人びと，手足のしびれた者，さまざまな姿をした生けるしかばねが，この幼い者の墓が閉じられるのを眺めようとして，そこに集ってきた。まだ地上をはって歩ける者に比べたら，その墓が閉じ込めることになるであろう死者は，なんといとけないことか！

　いま，人のたてこんでいる小道ぞいに，人びとは彼女を運んでいった。彼女は，道をおおっている新しく降りつもった雪のように清らかで，その地上での期間は，雪のようにはかないものであった。慈悲深い神がこの安らかな場所に彼女をお導きくださったそのとき，彼女がよく坐っていた教会の玄関の下を，彼女は再び通っていった。そして，古い教会は，その静かな陰に彼女を受け入れた[21]。（傍点引用者）

　ここで注目しておきたいのは，上の引用文中の「慈悲深き神」の原語は'Heaven in its mercy' であることである。ディケンズは，『骨董屋』において神を表わす語としては，主に God を用いている。しかし，10回前後，Heaven をも用いている。OED は，この語の5番目の定義として，5. The celestial abode of immortal beings ; the habitation of God and angels and of beautified spirits, usually placed in the realms beyond the sky ; the state of the blessed hereafter. と記している。つまり，「天国」のイメージである。さらに，6. The power or majesty ; He who dwells above ; Providence, God (with capital H). と定義されている。つまり（大文字では）「神」のイメージであることが分かる。先の引用中でディケンズがこの語を用いたのは，5.の意味を念頭に置いて，ネルの昇天のイメージを打ち出すためであったことは疑いない。ディケンズは，この小説で，前述のように10回前後 Heaven という語を用いているが，場合によって 5.の定義の意にも 6.の定義の意にも用いている。ここで見落としてならないことは，OED の 6.の定義の一つとして挙げられている Providence という語は，この小説ではただ1回しか用いられておらず，しかも，その語は悪徳弁護士ブ

ラースが口にしている,ということである[22]。神を表わすものとしての Providence が,ピューリタン的なコノテイションを持つことは周知の事実である。このことから推察されるのは,熱心なピューリタンのバニヤンのような固い信仰は持っていなかったにもかかわらず,ディケンズは,おそらく,良き国教徒であった,ということである。ディケンズは,そして当時の読者の多くは,神とその摂理とを信じていた（あるいは信じるふりをしていた）のである。『骨董屋』が書かれた時点では,産業化・近代化とキリスト教信仰とは,なおもきわどい均衡を保っていた。それゆえに,ディケンズは,安心してネルを神の手にゆだねることができたのであろう。

　彼女は死亡し,すべての救助のかなたにあり,助けの必要のないものになっていた。彼女自身の生命が急速に終わりに近づいているときでさえ,彼女が生命でもってそれを満たしているように思われたあの古い部屋——彼女が世話をみていた庭——彼女が喜ばせてきた人の目——物思いに沈むながい時間を過ごしていた静まりかえった場所——まるできのうのことのように思われるのだが,彼女の歩いていた小道——それらのものは,もう二度と彼女の姿を見ることはできなくなった。
　「いいや」,身をかがめて彼女のほおにキスし,涙をとめどなく流しながら,先生はいった。「神さまの正義は,この地上で終わるものではありません。彼女の若々しい魂がまだ幼いのに飛んでいったあの世界に比べて,この地上がどんなものかを,考えてもごらんなさい。この寝台の上で厳粛な言葉で語られる重々しい願いだけで,彼女を生命に呼び戻すことができるとしても,われわれのうちのだれが,それを口にするでしょう！」[23]（傍点引用者）。

しかし,『骨董屋』にみられるきわどい均衡は,長くは続かないものであった。ディケンズとほぼ同世代の女流作家ジョージ・エリオット (1819-80) の知的遍歴がそのことを証明している。彼女は,「福音主義派のキリスト教から出発して,その曲線は懐疑を経て,……人間教へと進んだ」[24]。『骨董屋』と

『ミドルマーチ』(1871-72) には，わずか30年の隔たりがあるにすぎないが，両者の間には，チャールズ・ダーウィンの『種の起原』(1859) が介在していることを，われわれは忘れてはならないであろう。

1) 以下の『骨董屋』誕生についての経緯については，ディケンズの友であり，ディケンズに関する標準的伝記を著わした John Forster の *The Life of Charles Dickens,* in two volumes (revised with new material by A. J. Hoppé Dent, 1966) に拠るところが大きい。
2) 『ハンフリー老人の時計』の各号の内容については，エリザベス・ブレナン編の Clarendon Dikens 中の *The Old Curiosity Shop* (1997) への Introduction に詳述されている。
3) See "Introduction" by Elizabeth Brennan to the "Clarendon Dickens", *The Old Curiosity Shop* (1997), p. xxv.
4) 小松原茂雄，『骨董屋』（北川悌二訳，三笠書房，1974) への「解説」参照。
5) See "Introduction" by the Earl of Wicklow to *The Old Curiosity Shop* in The Oxford Illustratecl Dickens (1951).
6) 小松原　前掲書，544頁。
7) Basil Willey : *Nineteenth Century Studies* (Chatto & Windus, 1949), p. 205.
8) Charles Dickens : *The Old Curiosity Shop* (The Oxford Illustrated Dickens, Oxford U. P., 1951), p. 230. この作品からの以下の引用は，すべてこの版に拠っている。なお訳文は，北川悌三氏の訳（三笠書房，1974) を参照させていただいた。
9) *Ibid.*, pp. 113-4.
10) *Ibid.*, p. 320.
11) *Ibid.*, p. 326.
12) *Ibid.*, p. 334. ちなみに，この「神さま」の原語は 'God' である。
13) マシュー・アーノルド，「哀悼詩篇」(Memorial Verses)，43-4 行。
14) Charles Dickens : *op. cit.*, pp. 329-30.
15) John Forster : *op. cit.*, vol. i, p. 66.
16) Sec *ibid.*, vol. i, note to p. 66.
17) See *ibid.*, vol. i, p. 174.
18) See *ibid.*, vol. ii, p. 402.
19) *Ibid.*, vol. i, pp. 122-3. See also *ibid.*, vol. i, p. 470.
20) Charles Dickcns : *op. cit.*, p. 117.
21) *Ibid.*, pp. 542-3.
22) See *ibid.*, p. 465.

23) *Ibid.*, p. 539. ちなみに,「神さまの」の原語は 'Heaven's' である。
24) Basil Willey : *op. cit.*, p. 205.

第10章　理想と現実の狭間
―― 『ミドルマーチ』をめぐって ――

1　はじめに――ジョージ・エリオットの知的背景

イギリス思想研究の大家バジル・ウィリは，その著『19世紀研究』[1]の中のジョージ・エリオット論の冒頭の部分で，次のように述べている。

　この本では，19世紀イギリスの思想や信仰の主潮のいくつかを辿ろうと試みるのであるが，ジョージ・エリオットは，中心的な位置を占めざるをえない。おそらく，その時代のどのような著作者も，そして確かに，どのような小説家も，彼女ほど十分にこの世紀を典型的に示している者はいない。彼女の発展，彼女の知的生涯は，その最もきわだった傾向の範例であり，図表なのである。福音主義派のキリスト教から出発して，その曲線は懐疑を経て，再解釈されたキリストと人間教へと進むのであり，〈神〉から始まって〈義務〉に終わるのである。ジョージ・エリオットの代表的特質は，文学者の中にあって，その時代において，またその母国においてばかりでなく，ヨーロッパにおいても，現に口にされ考えられていた最善のもの[2]（それに最悪のもの）を集める焦点としての，彼女の独自の位置に，もっぱら由来する。誰も彼女ほど完全に，最も新しい思想，最新のフランスやドイツの理論，最近の教義解釈，人類学・医学・生物学・社会学の最新の成果に，遅れずについていった者はいなかった。最初にシュトラウスの『イエス伝』とフォイエルバッハの『キリスト教の本質』を英訳するのは彼女であり，マケイといった人が『知性の進歩』(1850)を書くと，『ウェストミンスター・レヴュー』誌[3]にその書評を寄せなければならないのは，エヴァンズ嬢［ジョージ・エリオ

ット〕なのである。彼女は，それだけの力量の知性を小説を書くのに役立てた最初のイギリス作家であったが，驚嘆すべきことは，おそらく，この並はずれた頭脳作用が，彼女の創作力を，実際そうであった以上に，もっと完全に飲み込んでしまいはしなかったことである[4]。

ジョージ・エリオットという，男性のペンネームを名乗ったメアリー・アン・エヴァンズ (1819-80) は，中部イングランドのウォリック州の農場に生まれた[5]。彼女の父ロバート・エヴァンズは，土地差配人で，トーリー党に属する国教徒であった。したがって，メアリー・エヴァンズが福音主義的な自己放棄によって精神的な偉大さに憧れるようになったのは，1828年に，ナニートンのウォリントン夫人の寄宿学校に入学してのちのことである。この学校の女教師マライア・ルーイスは熱心な福音主義者で，幼いメアリー・エヴァンズに強い影響を及ぼした。そして，ルーイスとの親交は，こののち14年以上にわたって続いた。1832年には，コヴェントリー[6]のフランクリン姉妹の経営する，より大きな学校に移った。この姉妹の父フランシス・フランクリンはバプティスト派の牧師で，彼らの影響で，メアリー・アンの宗教的傾向は一段と強められた。この学校には海外から来て学んでいる生徒もあり，メアリー・アンの視界は広げられ，彼女の知力の基礎が築かれた。しかし，1835年に，彼女は母親の看病のため，やむなくこの学校を去ったが，看護の甲斐なく，翌年母は亡くなった。

1841年父とともにコヴェントリーの郊外に移り住んだメアリー・アンに，精神的転機が訪れた。同年末に，彼女は進歩的思想家チャールズ・ブレイ夫妻を知る。彼らの邸宅ローズヒルもコヴェントリーの郊外にあり，そこに多くの知識人が集まった。メアリー・アンは，ブレイ夫妻を介して，当時の内外の知的エリートたちと相識るようになる。これと前後して，彼女がチャールズ・クリスチアン・ヘネルの『キリスト教の起源についての研究』(1838) を読んだことが，彼女の見解を決定的に変えた。ヘネルは，マンチェスターのユニテリアン派に属する実業家の息子で，みずからもロンドンのいろいろな商社で働いた。

第10章 理想と現実の狭間　189

彼の妹の一人キャロラインはチャールズ・ブレイと結婚したが，結婚当初から，夫の無神論を押しつけられ続けたのに当惑して，兄のチャールズ・ヘネルに信仰の土台である聖書を再検討することを求めた。ヘネルは，妹夫婦のしつこい依頼に負けて，福音書における真実と仮構，歴史と奇跡，を引き離す試みに乗り出すことになった。

　ヘネルは，当時ドイツで盛んに行われていた「高等批評」——近代科学の成果を利用して，聖書などを客観的かつ合理的に解釈しようとする立場——に通じてはいなかったが，独自の方法で福音書を歴史的に検討した結果，奇跡というものを否定するに至った。もっとも，ウィリによれば，ヘネルは，「福音書は，歴史としてのその位置がどのようなものであれ，初期のキリスト教徒たちの真心からの信仰を述べたものであり，そうしたものとして最高の価値がある」[7]と認識していたのではあったが。ウィリは，ヘネルの本がメアリー・アンに与えたであろう影響を次のように述べている。

　それは，禁断の木の実を食べたあとのイヴのそれに似た，恐怖に満ちた高揚の気持ちだといえよう。高揚したのは，ここに，とうとう，人を自由にする〈真理〉——自明で，強制的で，権威ある〈真理〉——が見つかったからであり，恐怖したのは，父のこと，家族たち，教会，ルーイス嬢のことを考えたからである[8]。

　中でも，最も彼女を苦しめたのは父との不和で，宗教的懐疑に陥ったメアリー・アンは，国教会の礼拝式に出ることを拒んで父を怒らせ，二人は一時別居した。

　ブレイ夫妻を介して，メアリー・アンはヘネル家の人びととも親交を結ぶようになり，その関係で一つ知的仕事を引き受けることになった。チャールズ・ヘネルは，1843年に，医師でドイツ学者のロバート・ブラバントの娘エリザベスと結婚することになったため，エリザベスが着手していたダヴィト・フリードリヒ・シュトラウスの『イエス伝』(1835)の英訳を引き継ぐよう，ヘネル

はメアリー・アンを説得したからである。

　この章は、『イエス伝』（英訳1846）について述べるべきものではなく、またわたくしにはその力量もないのだが、ウィリによれば、この大著は、「聖書の奇跡は、意識的な仮構ではなく、現実の出来事の誇張でもなくて、神話、すなわち、想像力が作り上げた象徴、であって──事実の事柄ではなく、精神の事実、経験、感情の状態を表わすものである」[9]ことを説いたものである。そしてやがて、そこから、「人間こそ真の『肉化』なのであり、人間において世界は和解して神へ戻るのであること、そしてキリスト、唯一者、独特の神人の代わりに〈人間〉を置くならば偉大な神話の究極的な意味が得られる」[10]こと、を説くに至るのである。いわゆる〈人間教〉の思想である。

　『イエス伝』の英訳を終えたメアリー・アンは、これまたドイツの大著であるフォイエルバッハの『キリスト教の本質』（1841）の翻訳に取りかかり、1854年6月に出版にこぎつけた。

　ウィリによれば、「フォイエルバッハのこの大著は、ヘーゲルからマルクスへと流れ、人びとをますます深く自分たちへと追い込み、彼らに個人としての、しかしとりわけ人間社会の成員としての、自分たちの必要や願望のうちに、思想や信仰という概念的世界の根源と、そして実にその現実性のすべてを、発見することを教える、あの力強い潮流に属している」[11]。フォイエルバッハの言説は、〈人間教〉の一つの変形であったが、人間の有する〈愛〉を強調するものであった。

　　……誰がわれわれの救い主、またはあがない主、なのか。神なのか、〈愛〉なのか。〈愛〉である。というのは、神としての神はわれわれを救ってはくれず、神格と人格の違いを超越する〈愛〉がそうしてくれた。神が、愛からみずからを捨てたもうたように、われわれも、愛から神を捨てるべきである。それというのも、もしわれわれが愛のために神を犠牲にしないなら、われわれは神のために愛を犠牲にしてしまい、愛という属性があるにもかかわらず、宗教的狂信の神──悪しき存在──を持つことになるからである[12]。

そして，メアリー・アン・エヴァンズは，フォイエルバッハの英訳を通じて，「以前よりは少しばかり多く，他の人びとの欲求や悲しみに同感し始め」るようになり，ブレイ夫妻に宛てて，次のように書き送った。

　神よ，われらを助けたまえ，と古い宗教は申しました。新しい宗教は，かの信仰をわれわれは欠いているというまさにその理由からして，われわれに，それだけ一層お互いを助け合うことを教えるでしょう[13]。

周知のように，『キリスト教の本質』の英訳が出版された1854年6月に，メアリー・アン・エヴァンズは，結婚という手続きを踏まないまま，G. H. ルイスと手を携えてイギリスから出国したのだが，この思い切った手段は，彼女が，みずから信じるに至ったことを行動に表わしたという点で，単なる口舌のともがらでなかったことを例証するものであった。

それからしばらくして，彼女は，ルイスの助言もあって，小説の分野に転身し，一連の田園小説[14]を発表した。その際にも，彼女は単に面白い娯楽小説を書こうとしたのではなく，人びとの道徳的進歩を促すという目標を抱いていた。彼女は，次のように書いている。

　もし芸術が人びとの同情心を拡大しないなら，それは道徳的に何もしないのです。意見などは人間の魂と魂との間の貧弱な接合剤だという，胸のはり裂けるような経験をわたくしはしてきました。そして，わたくしの著作によって生み出そうとわたくしが熱心に望んでいる効果とは，それら著作を読む人びとが，同じく苦闘し過誤を犯しつつある人間であるという広汎な事実以外のすべての点で，自分たちとは異なっている人びとの苦痛と喜びとを，一層よく想像したり感じたりすることができるようにすることだけです[15]。

そこで，以下において，ジョージ・エリオットの最大傑作とされる『ミドルマーチ』(1871-2)に即して，そこに登場する多種多様な群像のうち，主要人物

のいくたりかを取り上げて，彼女の掲げている目標がどのように具体化されているかをみてみることにしたい。

2 理想を追う人——ブルック嬢とリドゲイト

周知のように，『ミドルマーチ』には「地方生活の研究」[16]という副題がついている。ミドルマーチとは，ジョージ・エリオットが生をうけた，イングランド中部のウォリック州の町の一つコヴェントリー（現在はウェスト・ミドランズ州に所属）をモデルとしたものである。また，時は，ほぼ，第一次選挙法改正案の成立に先だつ1830年から32年にかけてに設定されている[17]。このように，この小説は，空間的にも時間的にも限定されている。その上，この小説では，上は準男爵，地主，実業家といった上層中流階層の人びとから，医師，牧師，法律家といった専門職業の人びとや，さらには馬喰，競売人，小作人に至るまで，各階層の多様な人物が描かれている。したがって，『ミドルマーチ』は，リアリズムの手法にのっとった一種の社会小説であるともいえよう。しかし，この小説は単に一地方の社会を客観的に描出しようとしたものではない。作者の目は，そこに生きる個々の人びと，とりわけブルック嬢，の内面にも注がれていることに着目しなければならない。この点からすれば，『ミドルマーチ』は心理小説とみることもできよう。

8部86章（それに「序曲」と「終曲」）から成るこの大長篇小説は，ストーリーが多岐にわたり，したがって単一の主人公ないしは女主人公，そして単一の物語，から成るものではなく，いくつかの物語が組み合わされてできている。注目すべきなのは，それぞれの物語の中心人物たちが互いに複雑な姻戚関係にあることが，この小説にまとまりを与える要素の一つとなっていることである。もとより，一地方都市やその近在に定住している人びとが相互に姻戚関係にあるのは間々あることである。そして，確かに，こうした姻戚関係から生じるつながりがこの小説のストーリーの展開をドラマチックに盛り上げるのにあずかって力がある。しかし，この複雑な関係があまりにも暗合的で，やや不自然な感じを与える場合もあることは否めない[18]。

第10章 理想と現実の狭間

　ところで,前述のように,この長篇はいくつかの物語の複合体といえようが,中でも最も主要な物語は,地主ブルック氏の姪の一人ブルック嬢(ドロシア・ブルック)を軸とするものである。そのことは,8部から成るこの小説の第1部(1章から12章)は「ブルック嬢」と題されていることからも推し測ることができよう。第1部は,次のような書き出しで始まっている。

　ブルック家の長女には,粗末な装いのため一段と引きたってみえる,といった美しさがあった。その手や手首の形はまことに見事なので,イタリアの画家たちが想像した聖処女マリアの装いのように,古風で質素な袖でも着こなせた。また,その横顔は,背の高さや身のこなしと相まって,簡素な衣装のために,ひときわ品位を増すかに思われた[19]。

　この引用文で着目すべき点は,ドロシアは「簡素な衣装」のために,かえってその美しさと品位とが増している,とされていることである。また,ドロシアの描写に,聖処女マリアが言及されていることも,また見逃してはなるまい。「人類の運命をキリスト教的観点から眺める」[20]ドロシアは,理想家であり,「この世界を高貴な生活の場」[21]と考える傾きがあった。

　彼女は,強烈なものや偉大なものに心を奪われるので,そのような性質を備えたものとみれば,何ごとによらず受け入れようとする,向こうみずなところがあった[22]。

　この「向こうみずなところ」は,彼女が配偶者を選ぶ際に発揮される。20歳に満たないドロシアは,近隣の牧師カソーボン氏に関心を寄せる。カソーボンは50歳に手の届きそうな初老の男だが,長らく神話学の研究に没頭していて,『世界神話学全解』[23]という大著の執筆に取り組んでいるとのことであった。カソーボン氏から彼の目指す著書のことを聞かされたドロシアは,彼を「偉大な精神」[24]の持ち主と思い込む。「自分の生涯を有効な生涯にしたいと願いな

がらも，どうすればよいか分からな」[25]かった彼女は，次のように思うのである。

　大切な研究にたずさわっていらっしゃるあの方のお手伝いが一層よくできるように勉強するのが，これからの私の務めになるだろう。わたしたちの生活には，取るに足らないものなどなくなってしまうだろう。……そして，私は，年をとるにつれて，自分のしなければならないことが分かるようになるだろう。ここで，現在――つまりこのイギリスで――どうしたら崇高な生活が送れるか，それが分かるようになるのだ。今はどんな仕方ででも善をなす自信がない。何もかもが，まるで言葉の分からない国へ使命を帯びて出かけてゆくような感じがする[26]。

このように，ひたすら精神的向上を目指すドロシアは，妹のシーリアが指摘する，カソーボンの顔の，醜い「毛の生えた白いあざ」[27]も一向に気にならない。

　利発であるという評判にもかかわらず，ブルック嬢の考え方は，確かに子どもじみていた。たいして思考力があると思われていないシーリアのほうが，見せかけだけで内容のない人の胸のうちをすばやく見抜いた。あまり感情的でないことが，ある特殊な場合に，あまりに感情的になることを阻む唯一の安全弁であるらしい[28]。

ところで，このように，ブルック姉妹は，理想に傾きやすい感情家の姉と，現実家で冷静な妹，というふうに対照的に描かれていることに注目すべきである。人物を対照的に提示するのは，この小説におけるエリオットの際だった手法の一つだからである。おそらく，この手法は，ウィリが鋭く指摘しているように[29]，ジョージ・エリオットの「あらゆる問題の両面を見ようとする本能」，19世紀の「意識全体の中に深くはめ込まれていた本能」，に由来するものと思

われる。

　他方，カソーボン氏も，「眼前の損得についても，遠い未来の決算についても，ひそかに胸算用をするなどということをまったくしない」[30]ドロシアに引かれていくのである。そして，ドロシアが彼に「素直で激しい愛情」[31]を示すのをみて，「女性の伴侶の持つ魅力で生活を飾り，骨の折れる研究の合い間合い間に垂れこめがちな憂鬱の雲」[32]を晴らすよすがとなり，「やがて老いらくの年月の慰めともなる女性の愛情を確保するには，今こそそのときである」[33]，と思い定める。こうして，二人は婚約する。婚約したブルック嬢は，伯父と妹と三人で婚約者カソーボン氏の住むロウィック屋敷を訪ねるが，そのときの邸の描写は，来たるべきカソーボン氏との陰気な暮らしを予示しているといえよう。

　緑がかった石造りの建物は，古いイギリスふうの建築で，見苦しいことはないが，窓が小さくて，陰気な感じである。子供たち，たくさんの花々，開けはなたれた窓々，あちらにもこちらにも明るいものの見通し——こうしたものが備わって，初めて家は楽しいわが家にみえるのである。陽の光も差さず，森閑としずまりかえった中に，まばらに残るわくら葉が，黒々とした常磐樹にはすかいに散りかかる，秋も終わりに近いこの季節には，建物までが凋落の秋といった風情で，そこに姿を現わしたカソーボン氏にも，この背景のため，引きたってみえるはずの健康の輝きといったものはみあたらなかった[34]。

　それもそのはずで，もともと浅い感情しか持ち合わせていないカソーボンは，快々として楽しまないのである。

　正直なところ，婚礼の日取りが決まってその日が近づいても，カソーボン氏は意気軒昂といった気持ちにはならないのである。また，……道の両側は花々で飾られた庭園を妻とともに歩むさまを思い描いても，彼がろうそくを

手にして歩く，住みなれた陰気な部屋べやよりも魅力あるものには，どうしても思われないのである。みめうるわしく気高いおとめを見事手に入れはしたものの，喜びは……ついに得られなかった。この驚きを，もちろん彼は自分自身にも白状しないくらいだから，まして，他人にそんな感情はそぶりにもみせられるものではなかった[35]。

そもそも，カソーボンの憂鬱は自己不信から生じていて，「いつ果てるともない著述の泥沼にもがいて，おりおり絶望におびやかされる時の孤立感」[36]に根ざすもので容易に解消しえないものであった。上に述べたように，ドロシアとカソーボンとは，互いに相手に対して幻想を抱いたゆえに結婚したのであるからして，この結婚のゆく末は，危ういものであることはいうまでもなかろう。

結婚したのち，「残り少ない晩年の飾りにするため」[37]に妻をめとったカソーボンは，彼自身もその成就を危うんでいる大著の執筆にいつ着手するのかを妻に問われて，苦い思いを禁じえない。

　　この外部からの非難者は，妻，それも若い花嫁として，そこにいるのだ。そして，この花嫁は，おびただしい走り書きや，書類の山を，……ただ畏れて眺めるのではなく，あらゆるものを，推理力という忌まわしい能力を働かせて監視するスパイになったかと思われた[38]。

上に述べたように，この結婚の破綻の大きな原因は，もちろんカソーボンの側にあるのだが，その一端はドロシアの側にもあるといえよう。高貴なものに憧れるドロシアは，いわば「信念」の人であり，その信念に殉じたのだからである。ドロシアの「信念」とは，

　　完全な善とはどういうものかは分からないにしても，それでもなお完全な善を求めるならば，悪をしりぞける聖なる力の一部になれるということ——

光の届く範囲を拡げて，暗黒との戦いを狭めることができる[39]ということである。カソーボン氏と結婚することでドロシアが目指したものも，この「信念」を具体化することであったといえよう。こうして不幸な結婚にはまり込んだドロシアの運命をさらに辿ることはひとまず措いて，いったんドロシアに別れを告げて，ドロシアと同じく「信念」を持ち理想を抱きながらも，結婚の現実に足をとられて，不幸に陥ってゆく，もう一人の重要人物について述べることにしたい。

その人物とは，青年医師ターシアス・リドゲイトである。彼は，イングランド北部の由緒ある家に連なっていて，パリで修業した。そして，単なる一開業医に終わることなく，人間の「生ける組織のより内密な関係を論証することによって」[40]，医学の進歩に寄与したいという大望を抱いている。したがって，リドゲイトは，医者たちが開業医として成功することに汲々としているロンドンを避けて，研究のための余暇が得られる見込みのある，ミドルマーチという田舎町にやって来たのである。「ミドルマーチのためにはささやかな良き仕事を，より広い世界のためには偉大な仕事を」[41]成したいというのが，リドゲイトがみずからの「未来に対して立てた計画」[42]であった。

ところが，リドゲイトの行く手に，躓きの石が現出する。工場主でミドルマーチ市長のヴィンシー氏の娘ロザモンドという美人がそれである。ロザモンドは，「衣裳の好みがすぐれていたし，布地のなだらかな線や，色合いのどれを選んでも，それが似合うニンフさながらの容姿や，純粋な金髪に恵まれ」[43]ていた。その上，州きっての花嫁学校レモン女子塾の模範生でもあった。ここで注目すべきことは，同じく美人であっても，精神性の勝った理想家ドロシアは，聖処女マリアに通うところがあるとされているのに，他方のロザモンドはニンフにたとえられていて，異性にとって魅力的な官能性を与えられていることである。つまり，この二人の美人もまた，対照的人物として描かれている。

フランス留学中にある女優に恋をして，女性というものの測りがたさを知っていたはずのリドゲイトではあったが[44]，ロザモンドに次第に引かれて，恋

のたわむれに溺れてゆく。しかし，不幸にも，「二人は，それぞれ相手のあずかり知らぬ世界に生きていた」[45]。リドゲイトは，深遠な科学的研究に専念しており，他方ロザモンドは次のような夢想にふけっていたからである。

　ロザモンドが夢想するロマンスでは，主人公の精神生活や，彼が世の中でどのような仕事に励むかといったことは，たいして考える必要はなかった。もちろん，彼は知的職業に従事しているし，申し分ない男ぶりであると同時に，腕も確かであった。しかし，リドゲイトの最大の魅力は，彼が名門の出であることで，……彼と結婚すれば，彼女の身分が高くなり，地上の天国ともいえる境涯に少しでも近づくことになることであった[46]。

リドゲイトは，当分結婚しないつもりであったが，二人の仲がミドルマーチの町でしきりに取り沙汰されているのに，彼の正式の結婚申し込みがいまだないのを苦にしてロザモンドが流す涙の雫にほだされて，彼はロザモンドに求婚する。ついに，リドゲイトは，

　申し分のない若い女性を見つけることができた，と考えた――たしなみのある女性を妻にして初めて与えられる，こまやかな夫婦の愛情の息吹きを，早くも身に感じる思いであった。彼の高遠な思索や重要な仕事を尊敬して，決してこれを妨げない人，ひっそりと魔術のように，家庭と家計に，秩序を作り出す一方，いつ何どきでも，竪琴に指を触れて，生活をロマンスに変える心組みでいる人，教育を受けても真の女らしさの限度を守り，決してそれを超えようとしない人，だから，素直で，その限界の彼岸からくる命令を進んで実行しようとする人，それが彼がいうところのたしなみのある女性であった[47]。

しかし，ロザモンドは，すでにみたように，夫の仕事の価値など念頭にないばかりでなく，放漫な財政の家庭で育ったために上手に家計を切り盛りするこ

となどできはしない。彼女の未来図には「一家の経済は含まれていなかった。まして，浅ましい金銭上の問題などは思いもつかなかった」[48]。また，ロザモンドは，無言のうちに己の我を押し通す強情な女であることが，やがて判明する。

そして，ドロシアと同じく，「信念」を抱いて門出したリドゲイトも，やはり結婚という現実にからめとられていく。

　「よい教育を受けた相当数の医師が，自分の観察や研究は医学の原理と実地との改良に寄与することができる，という信念をもって仕事に取りかかるならば，ほどなく事態は改善されてゆくはずです。」[49]

こうした当初の「信念」にもかかわらず，リドゲイトは借金の泥沼にはまり込む。その上，やがてみるように，彼の協力者とみられていたバルストロードの没落によって，社会的にも窮地に追い込まれる。そして，ロザモンドが望むままにミドルマーチを離れ，ロンドンと大陸の海水浴場とを往復して稼ぎまくる，単なる一開業医としての生活に甘んじざるをえなくなるのである。

これら二組の夫婦は，それぞれ，相手に対して過大な幻想を抱いていたことから，挫折する。作者エリオットにいわせれば，「人間はみな道徳的に愚鈍に生まれついていて，この世界はわれわれのこの上なく貴重な自己を養ってくれる乳房だと考える」[50]のである。こうした幻想の上に成立した結婚が幻滅に終わるのもやむをえぬ仕儀であろう。

　……ひとたび結婚の敷居をまたいでしまえば，期待はひたすら現在に向けられる。ひとたび夫婦の船旅に旅立ってしまえば，二人の乗る船が少しも進まず，海は視界に現われないことに——つまり，ほんとうは陸地に囲まれた湾を探険しているにすぎないことに——気づかないわけにはゆかないのである[51]。

しかし，幸いなことに，結婚というものについてのこの悲観的見解は，必ずしも作者エリオットの最終的結論ではないことは，やがて明らかとなるのである。

3　地を這う者——ガース家の人たち

ところで，『ミドルマーチ』には，ドロシアやリドゲイトとは異なって，いたずらに高遠な理想を追うのではなくて，与えられた「仕事」を誠実に果たしつつ生きる人たちも描かれている。ガース家の人たちがそれである。ガース一家は，ミドルマーチの町を「ちょっと出はずれた」[52]，質素で古めかしい家に住んでいる。当主のケイレブは，「測量師，価格査定人，差配」[53]で，かつては裕福であったのに，「運わるくも建築業に手を出したばかりに破産してしまい」[54]，「借金をきれいさっぱりと片づけるために，暮らしを切りつめ，精根をつくして働いたのであった」[55]。彼は，無類の「仕事」好きで，少年のころから，「仕事」は彼の想像力を捕らえてしまっていたのである。

　……「仕事」という言葉が彼の口から出るのを聞いたことのない人に，彼がこれをいうときの熱烈な尊敬，宗教的敬意をさえこめた特別な響き，を伝えることは難しい。……
　社会という体の衣，食，住を賄うための，あの無数の頭と，無数の手とによる労働の価値，つまり，社会が成りたつうえに必要欠くべからざる労働，の力をつくづく考えながら，ケイレブ・ガースはしばしば頭をふった。……少年のころの大望は，この崇高な労働——彼はこれを「仕事」の名で呼んで，独特な威厳を持たせたのであるが——に，あたう限り有効に参加することであった[56]。

しかし，同じく「大望」を抱いたといっても，ガースの場合には，前節で取り上げた人びととは異なり，それなくしては社会が成りたちえない，日々の労働に参加したい，ということであり，一時貧しい生活をしいられたときにも，

ガースはその志を失うことはなかった。そして，若いころ教師だった，ガースのしっかり者の妻スーザンは夫を支え，六人の子供を育てているのである。ここでは，地に足をつけて，互いに助け合って生きる夫婦の姿が描かれている。

ガース家の人たちのうち，特に重要な人物は，長女メアリー・ガースである。彼女は，ドロシアやロザモンドとは違って，決して美人ではない。「色は浅ぐろく，くろい縮れ毛は剛くて思うままにならない。背は低い。」[57]それでも，

　おとなになるにつれて，彼女の不器量さは緩和された。一口に不器量といっても，彼女のそれは，世の母親たちが，地球上いずれの土地においても，多少は似あう家庭婦人のかぶりものの下に，共通に持っている，あのいかにも人間的な表情なのである。レンブラントなら，喜んでメアリーを描いて，聡明な誠実さの現われた，そのおおらかな顔を，画布から覗かせたことだろう。なぜなら，誠実さ，真実を語る公正さ，それがメアリーの第一の美徳だったからである。彼女は，決して自分についてあらぬ幻影を人に与えようとはしなかったし，自分もそのような幻想にひたろうとはしなかった。そして，機嫌のよいときには，われとわが身を笑うゆとりもあった[58]。

　ガース家の人たちは，エリオットの初期の田園小説に登場する人びとに似通っていて，大地に足をつけて生きている人間たちであり，ミドルマーチの上層中流階層の人びととは対照的な人物である。そして，エリオットは，どちらかといえば，ミドルマーチの町のお歴々よりも，ガース家の人たちに，より肩入れしているやにみえる。そのことは，メアリーとヴィンシー家の長男フレッドとの交渉を跡づけることによって立証することができよう。

　メアリーは，住み込みで，親戚の病身で気むずかしい老人ピーター・フェザストーンの家事手伝いをしている。老人の先妻は，ほかならぬケイレブ・ガース氏の姉であったし，老人の二度目の妻はヴィンシー夫人の姉であった。そこで，かつては，ガース家とヴィンシー家との間にはちょっとしたつながりがあって，両家の子供たち——とりわけフレッドとメアリー——は，親しい遊び仲

間であった。そして，大学生になっても，フレッドはガース家を「もう一つのわが家」[59]としておりおり訪ねていた。そして，ガース家の人たちもフレッドを親しく迎えた。しかし，この親交を妨げる一大事が出来した。怠け者の大学生フレッドは，伯父のフェザストーン老人の遺産を当てに借金をし，苦しまぎれに，手形書き換えに際して，ケイレブに手形の裏書きを頼み込む。そして，金策のつかなくなったフレッドは，ガース家の人たちに多大な迷惑をかけてしまう。不足金を補うため，スーザンは息子の一人を専門学校へやるために溜めていた金をはたき，メアリーも貯金の大半を拠出することになる。当然，ガース家の人たちの間ではフレッドへの信用はがた落ちで，フレッドは彼らに見限られても仕方のないところであった。けれども，そんなフレッドをもメアリーは決して見捨てはしなかった。「6歳のフレッドが彼女を世界一のすてきな娘と思い，雨傘から切りとった真鍮の環を指環にして，彼女をお嫁さんにした」[60]のであったし，彼が今なおメアリーを一途に想っていたからである。メアリーは幼いころからのフレッドへの愛情に殉じ，彼女も崇拝していた，中年の魅力的牧師フェアブラザー師のそれとない愛の告白をもしりぞけ，フレッドへの愛を貫くのである。

　ところで，フレッドは，やっとのことで卒業試験に受かり，牧師になる資格を得る。しかしメアリーは，彼の資質からしてフレッドは牧師には向いていないことを見越して，もし彼が牧師になるとしたなら，彼の求愛をとうてい受け入れるわけにはゆかない，という。フレッド自身も牧師になることを好まず，もっと実際的な仕事につくことを望む。そしてフレッドは，メアリーの父ケイレブの指導のもとに実務を学び，ついには農業経営者となることができ，愛するメアリーと結ばれ，仕合わせな家庭を築くに至るのである。この幸福な結婚は，明らかに，前節で扱ったドロシアとカソーボン，そしてリドゲイトとロザモンド，の不仕合わせな結婚と対置させられているのはいうまでもない。

4　バルストロードと「神慮」

　貧しくとも誠実に生きるガース家の人たちとは対照的な存在は，宗教の陰に

隠れている二重人格の銀行家ニコラス・バルストロードである。彼は，リドゲイトと同様によそ者で，ミドルマーチの町に定住する以前の経歴は定かではないが，今では市長ヴィンシー氏の妹ハリエットを妻として，ミドルマーチの町の有力者の一人におさまっている。しかし，彼の隠された暗い過去は，この小説のストーリーのドラマチックな展開とともに，あばかれてゆくのである。

　バルストロードは，つねづね自分は「神の道具」であると語っているが，それを実証するための一手段として，ミドルマーチの旧病院に，新たに伝染性熱病患者用に特別病棟を設ける計画を立て，研究に熱心なリドゲイトはそこで働くことになる。バルストロードがリドゲイトに語るところでは，この新病院は，「肉体の治療」[61]のためばかりのものではなく，真理の体現を目指すものなのである。

　ところで，成功者バルストロードは，かねて郊外に隠居所として適当な物件を物色していたのだが，フェザストーン老人の隠し子で，大方の予想を裏切って老人の遺産を継いだリッグから，ストーンコート屋敷とそれに付属する土地とを買い取ることになる。

　　彼がこのすばらしい農場つきの見事な家屋敷を買い取ったのは，ただ隠居所としてであって，地所はおいおい拡張して，住居は次第に美しく手入れして，やがてそこを本邸として乗り込み，現在尽力している仕事の一部から身をひき，福音書の真理に味方して，地方の地主として睨みをきかせ，これから先，いつとは分からないが，地所を買い広げるならば，神慮によって彼の地位も強固になるわけで，つまりは神の栄光をあらわすことにもなるはずであった[62]。(傍点引用者)

　しかし，「神慮」は，そうバルストロードの思う通りには，ことを運んではくれなかった。というのも，義理の息子リッグを訪ねてストーンコートにやって来たラッフルズ——バルストロードのかつての同僚で，道楽者——の出現が，バルストロードの老後設計を狂わせていくからである。

ところで，ここに用いられている「神慮」('Providence')〔通常は「摂理」と訳される〕という語は，周知のように，18世紀のピューリタン系の作者たち（例えば，デフォーやリチャードソン）に多用されている。彼らの小説において，この「神慮」は，神を信じる主人公や女主人公を窮地から救い出す「慈悲深い」神の働きである。この「神慮」という語が，バルストロードについて述べられている第61章だけでも，4回も用いられているのは，決して単なる偶然ではあるまい。信仰を隠れミノとするバルストロードの破滅を物語る作者エリオットはキリスト教福音主義から脱け出た人であったことを思い合わせるとき，モルやパミラのいわば変種といえるバルストロードが断罪されていることに時代思潮の変化の表われを読み取ることができよう。

バルストロードは，若いころはロンドンで暮らしていて，熱心な非国教徒として，ひそかに牧師を志していた。しかし，彼の属する会衆のうちの有力者の商人ダンカーク氏に見込まれ，ダンカークが経営する質屋で働くことになる。そして，ダンカーク氏が亡くなったあとで，その未亡人と結婚する。ところで，この質屋は盗品の故買をして大きくなったものであった。そして，ダンカーク夫妻の一人娘セアラは，この秘密を知って深く恥じて家出をし，行き方知れずになっていた。未亡人はしきりに娘の消息を知りたがっていた。そこで，バルストロードは八方手を尽くしてセアラのゆくえをたずねたが，彼女を探し出すことができなかった。その結果，未亡人はバルストロードと再婚し，全財産を彼に残したのである。ところが，のちになって，娘の消息がつかめた。彼女は，ポーランド人のラディスローという男と結婚していて，一人の息子をもうけていることが判明する。しかし，バルストロードは，「神慮の道を踏みはずしているような人たちに財産を分けることが，果たして神のお役に立つであろうか」[63]，と手前勝手な疑問を投げかけて，義理の娘と孫とに財産を分与することをしなかった。そして，彼のほかにこの秘密を知っていた唯一の人間である同僚のラッフルズに相当な金を与えて，彼をアメリカに移住させたのであった。ところが，今や，厄介ばらいしたはずのラッフルズが立ち現われ，バルストロードの弱みにつけこんでたびたび金をせびった上に，バルストロードの良心を

切り刻み，懊悩させるに至ったのである。

　そうこうするうちに，ラッフルズはアルコール中毒に陥り，ケイレブによってストーンコートにかつぎ込まれる。ラッフルズの口から秘密のもれるのを恐れたバルストロードは，彼を看病しながら，「彼が望んでやまない出来事」[64]の幻が心に浮かび，そこに「ラッフルズの死を見，その中に自分自身の救いを見ないわけにはいかなかった。」[65]

　バルストロードの心のなかに起こった矛盾葛藤ほど，不思議にも憐れなものはなかった。この不幸な男は，長年にわたって，よりよい人間になろうと努め，利己的な欲望を鍛練して，これに厳格な衣をまとわせ，あたかも敬虔な聖歌隊のように，それを引き連れて世間を渡ってきた。ところが今，その聖歌隊自身が恐怖を感じ，もはや神の讃め歌をうたうことができないばかりか，みな一様に安全を求めて叫びたてるのである[66]。

　バルストロードは，彼と交代でラッフルズの看病に当たるストーンコートの家政婦に，病人に絶対にアルコール類を与えてはならない，というリドゲイトの指示を伝えずじまいになり，間接的にだが，ラッフルズの死をもたらすことになる。しかし，ラッフルズは，すでにあちこちで，自分はかつてはバルストロードの同僚であったこと，また彼の秘密を知っていること，を仄めかしていたために，バルストロードがラッフルズの死を早めたのではないか，という憶測がミドルマーチの町中に広まり，バルストロードは窮地に立たされる。また，リドゲイトが，ラッフルズの死の直前に，バルストロードから千ポンドもの大金を用立ててもらっていたことも知れ渡ったため，リドゲイトもあらぬ疑いをかけられることになる。結局のところ，「神慮」はバルストロードの思惑に反して，偽善者の彼を救うように働きはしなかったのである。バルストロードは，コレラが町で発生したことに伴う衛生問題を審議する委員会の一員だったが，この公開の委員会の席上で，委員を辞退することを求められる。信用失墜したバルストロードは，しおしおと退席し，ミドルマーチの町を退去する羽目に陥

しかしながら，ここで見落としてはならないのは，作者エリオットは，この偽善者バルストロードでさえ，これを一方的に断罪してこと足れりとはしていないことである。バルストロードが愛している，優しい妻ハリエットは，夫の秘密を知って大きな衝撃を受けるが，「彼女のほとんど半生にわたって，幸運を共有させてくれた人，変わることなく大切にいたわってくれた人」[67] を見捨てることなく，夫とともに屈辱を受け入れ，新しい生活を始める決意を固める。バルストロードは，

> ……自分が誰からも同情されない不幸のままで，徐々に死んでゆくような気がした。優しい妻の顔は二度と見られないだろう。神に訴えても答えてはいただけず，罪の報いに苦しむほかないのではないか。
> 　その夜，8時が過ぎると，戸が開いて，妻が入ってきた。彼は，顔を上げて妻を見る勇気がなかったので，目を伏せたまま坐っていた。彼女は，夫に近づいたとき，彼が小さくなったような気がした——とてもしおれ，しなびてしまったようにみえた。はじめて知った憐憫と，長い年月の愛情が大きな波のように，彼女の中を過ぎた。……
> 　「あなた，顔をお上げになって。」
> 　彼はびくっとして目を上げ，一瞬，驚いたように妻を見た。彼女の青ざめた顔，喪服に着がえた姿，口のまわりの小刻みなふるえ，どれもみな，「分かっています」といっていた。そして，妻の手が，また目が，やさしく彼の上にあった。彼はふいに泣き出した。妻もまた，夫のそばに坐って，ともに泣いた。夫とともに耐えようとする屈辱について，またその屈辱をもたらした原因について，二人はまだ何もいうことはできなかった。無言のうちに夫は告白した。そして，無言のうちに，妻は変わらぬ心を約束した[68]。

屈辱にまみれた夫の上に注ぐ妻ハリエットの「憐憫」の眼差しを描いたこの場面は，この小説の最も印象的な情景の一つである。そして，先にみたように，

作者エリオットがその著作によって生み出そうと努めた「熱烈な効果」は，読者に，「同じく苦闘し過誤を犯しつつある人間である」という事実以外のすべての点で，「自分たちとは異なっている人びとの苦痛と喜びとを一層よく想像したり感じたりする」ように仕向けることだ，と述べているのだが，さしずめ，この場面などは，上述のエリオットの抱負を裏書きするものの一つではあるまいか。

5　ウィル・ラディスローと「教養」

　以上において，『ミドルマーチ』の主要人物のいくたりかを取り上げて，この小説のジョージ・エリオット的特徴のいくつかを手短に眺めたのであるが，最後に，ドロシアと関連の深いウィル・ラディスロー青年に触れることにしたい。

　先にバルストロードの話を述べた際に，のちに彼の妻となったダンカーク未亡人にセアラという家出した一人娘がいて，その娘の夫の名がラディスローだったことに言及した。ところが，驚くべき暗合によって，このセアラの夫ラディスロー氏は，「ジューリア伯母」の息子であった。したがってウィルは，カソーボン氏のまたいとこに当たり，ジューリア伯母がその不幸な結婚によって勘当され，相続すべき財産を失ってしまっていたため，カソーボンがウィルの面倒をみてやっていたのであった。このウィル青年は，有名なパブリック・スクールの一つラグビー校を出たが，国内の大学には進まず，ハイデルベルク大学に学んだ。しかし，ウィルは定職につくことをせず，今また大陸へ行くことを希望していた。この「ペガサス」[69)]ウィルは，気の向くままに自由に暮らすことを望んでいる（ウィルは，早くも第1部9章に登場するが，重要人物として描かれるのは第2部以下においてである）。

　天才は必然的に拘束に耐えられない，というのが彼の持論であった。つまり，天才は一方では最大限に自発性を発揮しなければならないが，もう一方では，天才独自の働きをさせようとして，これを呼び出す天地万有の声を確

信をもって待ちうけながら，すべての崇高な機会に対して受容の態度を整えていればよい，と考えるのであった[70]。

ウィル青年が果たして天才であるか否かは措くとして，彼のこうした考えの背後には，当時広く受け入れられていた「教養」主義の思想が，おそらく影を落としていると思われる。ちなみに，当時知識人の間でもてはやされていた，マシュー・アーノルドの『教養と無秩序』(1869) が公刊されたのは[71]，『ミドルマーチ』が完結する3年前のことであった。おそらく，ジョージ・エリオットは，かつて信奉していた福音主義に代わりうるものの一つとして，「教養」主義に関心を抱いたと思われる（もっとも，楯の両面を見ようとするエリオットは，他方でたしなみとしての「教養」を揶揄していることも事実である。例えば，ロザモンドのレモン塾での花嫁修業のための「教育は，たしなみのある婦人に必要とされるあらゆる科目を網羅していた」[72]，と述べるときのように）。

ところで，ウィルの援助者のカソーボン氏はウィルの「いわゆる『教養』」[73]を追求する生き方に批判的である。学問を生活の方便と考えるカソーボンは，「それ自体一つの目的と考えられる仕事を成就するためには，それに先だって，多くの精力や，後天的に得た二義的な技能を忍耐強く働かせなければならない」[74]と考えているからである。ウィルはウィルで，ドイツの学者たちの「高等批評」が進んでいる今，カソーボン氏が試みているような，重箱の隅をつつくような学問には批判的である。

そして，もしカソーボン氏に恩義を感じていなかったなら，カソーボン氏がこつこつと勉強し，覚え書きを山と書き溜め，覚つかない理論の光りを頼りに世界の廃墟を探索するのをみて，嘲笑したことであろう[75]。

そして，またいとこカソーボン氏の，崇高なものを目指すうら若い婚約者ドロシア・ブルックの「気高い魂」に強く引きつけられる。同じく，ドロシアも，超俗的なウィル青年に好感を抱く。

ところで，ウィルは，新婚旅行でローマを訪れていたカソーボン夫妻とめぐりあい，羨望のあまり，思わずカソーボン氏の研究の無意味さをドロシアに指摘し，彼女の心を痛ましめる。それというのも，

　手の届かぬあたりにおわします女性に遙かに捧げる敬意というものは，男性の生活に重要な役割を果たすものだが，たいていの場合，崇拝者は，自分の想いを知ってもらい，彼の心を統べたもうその女王が，よしんばその王座を降りてくださらないまでも，彼の想いをよみしたもう印を与えて，彼を勇気づけてくれることを切望するものなのである。ウィルが求めていたものも，まさにそれだった。……妻らしい気遣いと懇願とをこめて，カソーボン氏に目を向けるドロシアは，見るも美しかった。あのように妻としての務めに心を奪われていなかったなら，彼女を取りまく光輝は，いくぶん失われたであろう。そう思いながらも，次の瞬間には，彼女の夫が，このような芳酒を，砂地が水を吸い込むように，味わいもせずに飲みほすのが，たまらなかった[76]。

ここで注目したいのは，ウィルとカソーボン氏とが，際だって対照的人物として描かれていることである。留守中に訪ねて来ていたウィルとカソーボン氏とが鉢合わせする，次の描写などは，その一例である。

　カソーボン氏は……驚いたが，愉快な気持ちは少しもなかった。しかし，ウィルが立ち上がって，訪ねてきたわけを話すと，彼はいつもながらの丁重さで，挨拶をした。カソーボン氏は，今日はいっそう面白くなさそうだったので，それが彼の顔を一段とつやのない，色褪せたものにみせたのであろう。そうでなくとも，このような効果は，このいとこの青年の容貌との対照によって，たちまち生じたであろう。ウィルを見てまず心を打たれるのは，明るい日の光のような晴れやかさであって，そのために，よく変わる彼の表情がまたいつ変わるかわからないという気持ちを起こさせた。確かに，彼の目鼻

だちまでが形を変えるのである。あごはあるときは大きく，あるときは小さくみえた。鼻にしわがよるのは，変貌への準備運動であった。彼がすばやく顔をふり向けると，髪の毛が光をまき散らすように思われた。だから，このきらめく光は，彼に天賦の才のあることを示している，と考える人もあった。それにひきかえ，カソーボン氏からは，ひと筋の光もさしてこなかった[77]。

　上の引用は，ドロシアを中に挟んでのカソーボンとウィルの関係がどのようなものになるかを予示するものといえよう。
　ところで，物欲を超越しているドロシアは，ロウイック邸の自室に掛けられている微細画の一つである，カソーボン氏の勘当されたジューリア伯母の面ざしに，どことなくウィルに似通ったところを見出す。そして，ウィルに財産の一部を分与してはどうか，と夫に進言する。ドロシアのうちに，期待していた老いの慰め手ではなくて，みずからの遅々として進まない著作活動への督促者を見出して苛だっていたカソーボンは，この他意ないドロシアの提案にいたく刺激され，ウィル青年に烈しく嫉妬する。
　筋を述べるのがこの小論の目的ではないので，ウィルとドロシアの天翔ける恋の詳しい経緯は省略に従うが，カソーボン氏は，その死に先だって，ドロシアとの婚姻に際して結んでいた財産譲渡の契約に付帯条項を付け加えた。もしドロシアがウィルと再婚するようなことがあれば，彼の遺産は一切ドロシアには渡さない，というのであった。だが，事を成すに当たって打算というものを交じえないドロシアをば，こうした姑息な手段によって束縛することはできない。彼女は，自分自身の財産からあがる，七百ポンドの年収で満足しているからである。そして，やがて，バルストロードの暗い過去が明るみに出るようになったとき，ウィル青年は，従来のポーランド人の血が混ざっているという噂に加えて，「ユダヤ人の泥棒質屋の孫」[78]と陰口をたたかれることになる。しかし，

　　……人を信じて，その人びとに一つの理想を掲げてみせる単純さが彼女

［ドロシア］の女としての大きな力の一つであった。そして，最初から，ウィルに強い影響を与えたのは，彼女のこの単純さであった。……

　……彼らが別れていく月かがたつうちに，ドロシアは，二人のつながりは，内面的には完全で，一つの汚点もないものとして，悲しい中にも甘美なやすらぎを覚えていた。彼女のうちには，一種の敵愾心がひそんでいて，それが彼女の信じる計画や人の弁護に向けられると，積極的な力を発揮した。だから，ウィルが夫から受けたと思われる不当な取り扱いや，第三者にとってウィルを軽蔑する根拠となった外面的な条件は，かえって彼への彼女の愛情や称讃に，ねばり強さを与えた[79]。

そしてまた，超俗的自由人ウィルも，追いつめられたバルストロードからのウィルへの財産分与の申し出をはねつける。

こうして，ドロシアとウィルの「高貴な魂」は相寄る。「年七百ポンドの収入で暮らすということは，どんなに大変なことか」[80]という伯父ブルック氏の忠言を押し切り，物質的障害を飛び越えて，ドロシアとウィルは，ついに結ばれるのである。

6　結び──19世紀の聖テレサ

以上，主要人物の幾人かを取り上げることで，ごくかいつまんで，この大作の特徴を考察した。おそらく，この小説で最も主眼となっているのは，ドロシアの「内面の完全さ」への憧れであるだろう。そこで，最後に，再び，この小説の女主人公ともいうべきドロシア・ブルックを取り上げることによって，この章を結ぶことにしたい。ドロシアのこの憧れは，もはや「神慮」の働きを信じえなくなって，キリスト教福音派から脱脚した作者エリオットのそれでもあったといえよう。つまり，それは「19世紀の聖テレサ」たちの，理想への熱情的な憧れだったのである。「今日までにあまたの聖テレサは生まれてきたが」[81]，彼女たちは「ある高貴な精神を持ちながら，それを発揮する機会が与えられなかったために生じた，まちがいだらけの生活」[82]を送らざるをえなか

った。

　ここかしこに聖テレサは生まれるが，何も作り出せずに終わってしまう。到達しがたい善を求める，慈悲にみちた胸の鼓動も，むせび泣きも，長く歴史に残るほどの行為に集中することもなく，もろもろの障害にあって，力つき，消え失せてしまうのである[83]。

　すでにみたように，「19世紀の聖テレサ」ドロシアは，カソーボンとの結婚によって傷つきながらも，「自由人」のウィル・ラディスローと結ばれる。そして，ドロシアは元祖の聖テレサのように「長く歴史に残るほどの行為」はなしえないものの，崇高なるものを目指して力を尽くそうとする。確かに，人間教や教養主義というものが色褪せてしまった今日，この結末は十分な説得力を持ちえないかもしれない。しかし，ドロシアの生みの親ジョージ・エリオットはもう一人の「19世紀の聖テレサ」であったが，彼女は決して「何も作り出せずに終わって」しまったわけではない。『ミドルマーチ』は，作者エリオットの高貴な魂の発露であったばかりではなく，19世紀イギリス写実小説の記念碑でもあるからである。

　イギリス思想史におけるジョージ・エリオットの位置がいかなるものであるにせよ，『ミドルマーチ』では，中部イングランドの地方都市を舞台として，第一次選挙法改正案の前後の変化の時代にあって，「人間という不可思議な善悪の混合物」[84]が，理想と現実との狭間で揺れ動くありさまが，リアルに描き出されている。この小説には，実に多種多様な人物が登場し，脇役はもとより，ほんの端役に至るまで，名前と個性とを与えられている。とりわけ，ドロシアの婚約披露パーティー（第10章）や競売人トラブルの開く売り立て（第60章）などに集まる人びとの生態が活写されていて，ジョージ・エリオットの写実作家としての並なみならぬ手腕を立証している。

　そればかりでなく，この小説では作者エリオットの目は，単に人物たちの外面にばかりでなく，彼らの内面にも向けられている。とりわけ，主要人物たち

の心理は，鋭い洞察力と深い同情とでもって，浮き彫りにされている。ここからして，『ミドルマーチ』は写実小説の極致であるとともに，次代の心理小説を先取りした，19世紀イギリス小説の歴史の上に聳え立つ巨峰の一つなのである。

1) Basil Willey : *Nineteenth Century Studies* (Chatto & Windus, 1949).
2) Matthew Arnold (1822-88) は，教養を定義して，「現にこの世で口にされ考えられてきた最善のものを知ること」としている。
3) *Westminster Review* は，1823年にジェレミー・ベンサムが創刊した急進派の雑誌。1851年にジョージ・エリオットはその副主筆となった。
4) Willey : *op. cit.*, pp. 204-5.
5) 以下の伝記的記述については，標準的伝記 G. S. Haight : *George Eliot—A biography* に拠るところが大きい。
6) Coventry は，ジョージ・エリオットの故郷ウォリック州の町の一つ。ミドルマーチのモデルになったことで有名。現在は，ウェスト・ミドランズ州に帰属している。
7) Willey : *op. cit.*, p. 215.
8) *Ibid.*, p. 217.
9) *Ibid.*, p. 224.
10) *Ibid.*, p. 226.
11) *Ibid.*, p. 231.
12) Feuerbach : *Essence of Christianity* (1845), p. 52.
13) G. S. Haight (ed.) : *The George Eliot Letters* (1954-78), Vol. II, p. 82.
14) *Scenes of Clerical Life* (1858), *Adam Bede* (1859), *The Mill on the Floss* (1860), *Silas Marner* (1861) など。
15) G. S. Haight (ed.) : *op. cit.*, Vol. III, p. 113.
16) A Study of Provincial Life というのが原語である。
17) 第5部51章の，議会の解散を目前にしての，ブルック氏の演説の場面などが一例である。
18) 例えば，フェザストーン老人にリッグという隠し子があったのはよいとして，リッグの義理の父親がラッフルズであるのは，あまりにも不自然である。それが，いかに物語の展開に必要不可欠であったにしても。
19) George Eliot : *Middlemarch* (The World's Classics), p. 1. 以下のこの小説からの引用は，すべてこの版に拠る。訳文については，工藤，淀川訳『ミドルマーチ』

ⅠおよびⅡ〔講談社＝世界文学全集〕を参照した。
20) *Ibid.*, p. 2.
21) ―――, *loc. cit.*
22) ―――, *loc. cit.*
23) *Ibid.*, p. 61.
24) *Ibid.*, p. 15.
25) *Ibid.*, p. 24.
26) *Ibid.*, p. 25.
27) *Ibid.*, p. 15.
28) *Ibid.*, p. 63.
29) Willey : *op. cit.*, p. 205.
30) G. Eliot : *op. cit.*, p. 48.
31) *Ibid.*, p. 62.
32) ―――, *loc. cit.*
33) ―――, *loc. cit.*
34) *Ibid.*, p. 73.
35) *Ibid.*, p. 86.
36) ―――, *loc. cit.*
37) *Ibid.*, p. 97.
38) *Ibid.*, p. 214.
39) *Ibid.*, p. 419.
40) *Ibid.*, p. 156.
41) ―――, *loc. cit.*
42) ―――, *loc. cit.*
43) *Ibid.*, p. 98.
44) リドゲイトは，パリに留学中にプロヴァンス出身のある女優に恋をしたが，彼女が相手役を勤めていた夫を，あきあきしたという理由で，過ちを装って刺し殺したということを知って，女性の恐ろしさを思い知ったのであった。
45) G. Eliot : *op. cit.*, p. 175.
46) *Ibid.*, pp. 175-6.
47) *Ibid.*, p. 376.
48) *Ibid.*, p. 124.
49) *Ibid.*, pp. 467-9.
50) *Ibid.*, p. 225.
51) *Ibid.*, p. 209.
52) *Ibid.*, p. 257.

53) *Ibid.*, p. 245.
54) ———, *loc. cit.*
55) ———, *loc. cit.*
56) *Ibid.*, pp. 266-7.
57) *Ibid.*, p. 117.
58) ———, *loc. cit.*
59) *Ibid.*, p. 245.
60) ———, *loc. cit.*
61) *Ibid.*, p. 131.
62) *Ibid.*, p. 556.
63) *Ibid.*, p. 662.
64) *Ibid.*, p. 756.
65) ———, *loc. cit.*
66) *Ibid.*, p. 757.
67) *Ibid.*, p. 805.
68) *Ibid.*, pp. 806-7.
69) *Ibid.*, p. 82.
70) *Ibid.*, p. 83.
71) 『教養と無秩序』の第一論文が雑誌に発表されたのは1867年であった。
72) G. Eliot: *op. cit.*, p. 98.
73) *Ibid.*, p. 81.
74) *Ibid.*, p. 82.
75) *Ibid.*, p. 84.
76) *Ibid.*, p. 233.
77) *Ibid.*, p. 223.
78) *Ibid.*, p. 829.
79) *Ibid.*, pp. 828-9.
80) *Ibid.*, p. 874.
81) *Ibid.*, p. xv.
82) ———, *loc. cit.*
83) *Ibid.*, p. xvi.
84) *Ibid.*, p. xv.

第11章　ハーディの初期の小説

1　『女相続人の生涯における無分別』

　いやしくもすぐれたという形容を冠するに足るほどの作家ならば，遅かれ早かれ彼独自の主題なり方法なりを見出しているはずである。しかし，大家として名を成した作家でも，必ずしも第一作にしてそれを完全に獲得しているとは限らず，模索の一時期を経てそれに到達することも珍しいことではない。トマス・ハーディ (1840-1928) の場合もそうであって，彼の初期の作品，すなわち『女相続人の生涯における無分別』，『非常手段』，『緑樹の陰で』は，彼独自の主題と方法の模索の陣痛から生み出されたものといってよかろう。そこで，以下，これら三つの作品に即して，ハーディの模索を跡づけてみることにする。

　『女相続人の生涯における無分別』は，1878年6月から7月にかけて，相前後してアメリカの『ハーパーズ・ウィークリ』誌とイギリスの『ニュー・クォータリ・マガジーン』誌とに発表された中篇小説である。発表年代からいえば中期に属するが，周知のように，この作品は，公刊されぬまま廃棄された処女作『貧乏人と淑女』の一部に手を加えたものであり，処女作の姿をある程度うかがうに足るものとされている。何分にも処女作の草稿はハーディ自身の手で葬り去られてしまった以上，この第一作の内容についてはこの原稿に目を通した少数の人びとの所感や評言，さらにハーディ自身から直接この作品のことを聞いてそれを書き残した人びとの文章にまつほかはない。この第一作と『女相続人の生涯における無分別』との異同の詳細については，後者の編者カール・J.ウェーバーの研究に譲るが[1]，『女相続人の生涯における無分別』として発表された部分については，両者は内容的にはほとんど重なり合うもののようである。また，『貧乏人と淑女』にあって『女相続人の生涯における無分別』に

おいて削除されたのは，主として地主階級や上流階級への諷刺や批評を含む部分であったようである。さらには，ジョン・モーリが褒めた[2]，冒頭のクリスマス・イヴにおける運送屋の場面といった，田園生活の写実的描写も省かれている。つまり，『貧乏人と淑女』は，その表題からもある程度察せられるように，主として，19世紀半ばにおけるイギリス小説の二つの大きな流れであった社会小説と，いわゆるビルドゥングスロマンと称される教養小説[3]との特色を合わせ持った小説で，これにハーディ独自の，田園の農民や労働者の描写を点綴したものであったと推定される。そして，前述のように，社会小説的側面と農村下層階級の生活描写とを除いた上で，ビルドゥングスロマン的な部分に手を加えて発表されたのが『女相続人の生涯における無分別』であったと考えて大過なかろうと思われる。そこでまず，ビルドゥングスロマンという観点からこの作品を眺めてみることにしよう。

　ビルドゥングスロマン的特徴としては，第一に，この作品がかなり自伝的要素を含んでいることが挙げられよう。特に重要な点は，主人公エグバート・メインがいわゆる「地方出の青年」[4]であり，ロンドンに出て作家として成功する（『貧乏人と淑女』の主人公ウィル・ストロングは建築家として成功する）[5]ことで，これはハーディ自身の経歴と符合することはいうまでもない。第二に，エグバートは芸術家的資質を具えた感受性の鋭い青年として設定されているが，これもビルドゥングスロマンに共通する特徴であり，またハーディ自身の特性に通うものであったといえよう。第三には，エグバートは社会的身分こそ低いが，「教養あるジェントルマン」たることを目指し[6]，理想の女性と結ばれるべく，試練に耐えて自己の実現（彼の場合にはみずからの資質を生かして作家たらんとすること）に向かって努力する若者である点で，ビルドゥングスロマンの主人公たちの系譜に属している。

　以上のように，この作品はビルドゥングスロマンの基本的特徴のいくつかを具えてはいるが，同時に従来の教養小説とは異なる側面を持っていることも事実である。一般的にいって，従来の教養小説の主人公たちは，自分に対して無理解な故郷を去って都市に出，そこに最適の自己実現の場を見出し，人生経験

を経ることで自己成長を遂げ，同時に社会的にも何らかの上昇を達成し最終的には社会の一隅にそれなりの自己の居場所を得るに至るのが通例であった。ところで，エグバート・メインは確かに「地方出の青年」であって，都市において作家として一応の成功を得はするものの，都市は必ずしも彼に解放をもたらさず，最適の自己実現の場とは映らない。エグバートは，都市において「教養あるジェントルマン」たらんとする自己の野心的努力の空しさを意識しており[7]，むしろ本質的にはみずからの故郷とその自然への復帰を志向する人物として描かれている[8]ことは注目すべき点であろう。「帰郷した青年」は，やがてハーディの主要主題の一つとなるわけであるが[9]，この作品においてもすでにその萌芽を認めることができるのは興味深い。第二に，エグバートは芸術的資質を具えた青年であるばかりでなく，芸術家そのものであり，鋭敏な感受性によって郷里において階級的劣等感[10]に苦しめられるばかりでなく，都市にあっても疎外感を抱かざるをえない，孤立した芸術家として設定されている。第三に，彼の都市における自己実現の努力は十分なる成功を収めはせず，挫折とまではいかないが，その努力は半ばにして中断されてしまう。ジェラルディーンとの結婚にしても，エグバートの努力の結果に対する報酬としてもたらされるのではなく，きわめてロマンチックで反社会的な形において実現されるのであり，しかもそれは，週日を経ずして，ジェラルディーンの死によってあえなく終わりを告げるのである。以上から明らかなように，この作品においては，従来のビルドゥングスロマンの中心主題である，主人公の自己実現が主要テーマとはなっていず，女主人公の突然の死という悲劇に終わる身分違いのロマンチックな恋愛が中心テーマをなしている点で，従来の教養小説とはかなり趣を異にする側面を持っているといえよう。『女相続人の生涯における無分別』は，ハーディの野心的処女作の面影を伝えるものとして，またすでに後年の小説の諸特徴も認められる点で，それなりの興味を引く作品ではあるが，一個の独立した小説としてみるときには，ジョン・モーリの「賢い青年の夢」でも読んでいるような感じのするもの[11]という評言の妥当性は否定すべくもないのである。

2 『非常手段』

　ジョージ・メレディスらの提言を入れて処女作の出版を断念するに至ったハーディは[12]，当時の文壇と出版界の趨勢に沿った作品を書くことで，何とか作家として世に出ようとした。彼は，「わたくしにもっとも向いているとお考えの種類の物語，ないしはわたくしがとりかかったらよい何らかの文学作品」[13]についてアレグザンダー・マックミランの助言を求めている。第二作『非常手段』は，社会小説ではなくもっと「純粋に芸術的意図」と「もっと複雑なプロット」とを持つ小説を書くべきだという，ジョージ・メレディスの忠言の線に沿って書かれたものであることは周知の通りである[14]。『非常手段』は，その梗概から明らかなように，また多くの批評家が指摘しているように，俗受けのする扇情(センセイション)小説とゴシック小説との要素に色濃く染められている小説である。殺人事件を含むセンセイショナルなプロット，孤児の女主人公および彼女を脅かす，秘密のヴェールに包まれた人物たち（オールドクリフ嬢やマンストン），人物相互間にみられる秘められた関係，舞台としての陰鬱な屋敷などの道具立てが，そのことを能弁に物語っている。

　ところで，ハーディは後年，扇情(センセイション)小説について次のような所感を書き記している。

　センセイショナリズムが偶発事そのものではなく一つの発展であり，またそれが物理的なものでなく心理的なものであるような，そうした「扇情(センセイション)小説」というものは可能である。……後者の類いの小説と物理的センセイショナリズム——つまり個人的冒険，などなど——を主とする小説との相違点は次のようなものである。すなわち，物理的センセイショナリズムにおいては冒険それ自体が興味の的であって，心理的諸結果はありふれたものとして看過されてしまうのに対して，心理的センセイショナリズムにおいては，偶発事ないしは冒険は本質的な関心事ではないとされ，人間の諸能力に及ぼすその影響が描写の重要な対象なのである[15]。

こうしたハーディ自身の定義が『非常手段』についてどの程度当てはまるかは別として，この後年の所感は，作家として立つために余儀ない妥協を強いられながらも，単なる娯楽作品を越える小説を書こうとしてその方法を模索していたに相違ない当時のハーディの体験と何らかの意味でかかわりのあるものと思われる。この種の小説の例にもれず，プロットの要請が先行する結果として，物語が進行するにつれてメロドラマ的不自然さがみられることは否めないが，女主人公シシリアの心理描写やウォーター屋敷とその雰囲気描写にはみるべき点がある。また随所にハーディ特有のアフォリズム的表現を伴う人間と人生の観察や詩からの引用がちりばめられていて，これが単なる娯楽小説にとどまらない文学性をこの作品に賦与していることも見逃せない。さらに，シシリアとオールドクリフ嬢の関係，シシリアとマンストンの関係などにみられるように，異性間ないし同性間の関係に存在する性の要素を描写している点も，従来のイギリス小説には珍しい，目新しい特色の一つで，後年の小説，例えば『日陰者ジュード』，に通じるものであろう。自然描写と田園生活の描写がすぐれているのはもとよりである。

　以上みたように，『女相続人の生涯における無分別』と『非常手段』とは，それぞれ執筆事情を異にし，またそのタイプも異なる小説ではあるが，前者のエグバート・メインや後者のエドワード・スプリングローヴとシシリア・グレイといった主要人物の性格を通して，共通する一つの人物像が認められる。つまり，詩人的感受性と想像力とのゆえに社会的環境から孤立しがちな若者の姿である。エグバートについてはすでに述べたところであるが，エドワードも建築技師でありながら詩作を試みたこともある[16]芸術家的資質の持ち主として設定されており，芸術の愛好と世間的栄達とは二律背反的なものだとシシリアに語る[17]。シシリアの場合は，エグバートやエドワードのような，いわば作者の分身ともいうべき芸術家でこそないが，彼女もまた，マンストンとの結婚直後にエドワードのやつれ果てた姿を目にして彼への愛にすっかり心を占められた際，兄オウエンに妻としての義務，社会への義務を説かれると，社会なるものの虚妄性，人間の本質的個別性と孤独性についての次のような叫びでもっ

てそれに答えるのである。

　「ええ——社会に対するわたしの義務」，と彼女はつぶやいた。「でも，ああ，オウエン，あらゆる人にいささかも誠実さを欠くことなくわたしたちの外面生活と内面生活とを調和させることは難しいことですわ！　自分一個の，みだりな満足のことよりも多数者の利益のほうをより心にかけるのはおそらく正しいことかもしれないけど，多数者と彼らへの義務とは，己自身の生存を通してのみ自分にとってあるにすぎないことを思うとき，それ以上どういうことがいえまして？　わたしたちの知人はわたしたちのことをどれだけ心にかけているでしょうか？　大して心にかけていないと思うわ。わたしはわたしの知人たちのことを考えているんです。わたしの知人たちは（もしあの人たちがこの事柄での曲がった，わたしの心弱さをすっかり知ったなら）今やわたしを見やって，うんざりしたように笑いを浮かべ，わたしを非難することでしょう。そして，おそらくは，わたしが死んでもうこの世にはいない，ずっと先になって，ちょうど昔のわたしのそれとよく似た，誰かほかの人の口調とか，誰かほかの人の歌とか，考えとかに接して，かつてわたしがよくいっていたことを思い起こし，わたしのことをあんなに性急にとがめ立てしたことに少々心を傷めるでしょう。そして，あの人たちは，ほんの束のま粛として，わたしのために吐息をもらし，『あの娘もかわいそうにな！』と思い，そうすることでわたしの思い出を大いに懐かしんだと思い込むでしょう。あの人たちは，それがわたしの義務（そのわたしの義務なるものをあの人たちは大事なものに思っているわけだけど）を果たす唯一の機会だったばかりでなく，それがわたしの生存の唯一の機会だったことには決して，決して思い至らないでしょう。あの人たちにとっては一瞬の思いにすぎないもの，『あの娘もかわいそうにな！』というこの短い言葉の中に容易に含まれる思いにすぎないものが，わたしにとっては全人生だったこと，あの人たちの人生と同じだけの時間，瞬間，特別の瞬間に満ち，同じだけの希望と恐れ，微笑み，ささやき，涙に満ちた全人生だったこと，を実感すべくもないでしょう。それが

わたしの世界だったこと，つまり彼らにとって彼ら自身の世界がそうであるものに異ならなかったこと，さらにはわたしがどれだけあの人たちのことを心にかけていたにしても，あの人たちは，わたしのあの世界においては，わたしがあの人たちにとってそうであるとみえるような一瞬の思いに似たものにすぎなかったこと，こうしたことを実感すべくもないでしょう。誰一人として，本当には他人の本質の中には入り込めないのだし，このことこそは本当に歎かわしいことですわ。」[18]

また，こうした人物たちが展開する恋愛は，いきおいみずからの孤独な魂の分身を求める，プラトニックな側面を持つことにもなる[19]。そこで，ハーディのこれら初期の作品に描かれている恋愛は，従来の写実主義的小説，例えばジェイン・オースティンの小説におけるように自己認識の契機となることもなければ，ジョージ・エリオットの小説におけるように愛と義務との相克を惹起することもなく，むしろ社会とその道徳の枠を越えたところにおいてのみ成立する体のものであるのは注目に値しよう。そして，このことがこれら二作品にメロドラマ的傾斜と，はなはだロマンチックな色調とを与えることにもなっているのである。

3 『緑樹の陰で』

『非常手段』はさしたる反響を呼ぶこともなかったが，サイダー作りの場面を初めとする田園生活の描写に対しては，この作品を辛辣に攻撃した『スペクテイター』誌の批評子ですら好意的であった[20]。そこで，処女作に対するジョン・モーリの評言もあって，ハーディは次いで田園小説を試み[21]，1871年夏に『緑樹の陰で』を書き上げた。この作品においては，処女作における野心的な意図や第二作のような複雑なプロットを有する物語の構築から解き放されて，故郷の自然と人びととその実生活とに材をとることによって，ハーディは初めて，何らかの従来の小説の型に寄りかかることなく，彼独自の世界を展開することに成功している。オランダ派田園画という副題が示しているように，

単純な恋物語を縦糸としつつ郷里の農村下層階級の群像をリアリスチックに，しかも巧まざるユーモアを交えつつ活写しているこの小説は，ハーディの写実作家としての並なみならぬ技量をも立証するもので，大作ということはできないかも知れないが，最も破綻の少ない作品である。そのすぐれた自然描写と相まって，『緑樹の陰で』は発表当初から好評を博し，ハーディ初期の小さな傑作としてつとに定評あるところであるが，思うにこの作品の成功の主たる理由は，当時ハーディの心の中で十分に客観化されるに至っていなかった，みずからの内面に抱懐する諸問題からいったん離れて，故郷の自然とみずからの幼時以来の経験と記憶とへ回帰し，客観的観察を土台としつつ，次第に過去のものとなりつつあった懐かしい農村生活とその風習への挽歌を謳いあげたことにあった。またその意味では，『緑樹の陰で』は一度限りのもので，再び繰り返しては書かれえぬものであったともいえよう。全体としては牧歌的で明るい作品ではあるが，女主人公ファンシィの描写にみられるような醒めた女性観察および結末部分にうかがわれるように，ハーディ特有のアイロニカルな響きを潜ませていることも見落とすべきでなかろう。

　ともあれ，『緑樹の陰で』は，みずからの時代と生まれと資質とによって，出発当初は模索を経ねばならなかったハーディに，職業作家としての地歩を固める機会[22]をもたらした記念すべき作品である。この小説を機として，ロマン主義的想像力の持ち主のハーディは，故郷とその自然へ回帰することでみずからの描くべき真の対象を発見するに至ったのである。かくして，この発見の上に立って，『はるか群衆を離れて』以後の代表的作品において，ハーディは，自然に密着しながら彼独自の主題と方法を発展させつつ，かつてワーズワスが英詩にもたらしたものにも似た革新をイギリス小説の分野において試みるに至るのである。

1) Cf. Carl J. Weber : Hardy's Lost Novel in *An Indiscretion in the Life of an Heiress*, (ed.), by Carl J. Weber (1935, reissued 1965).
2) Cf. Florence E. Hardy : *The Life of Thomas Hardy,* Macmillan, 1928), p. 77.

3) 教養小説に関しては，川本静子『イギリス教養小説の系譜』（研究社，1973年）「序論」参照。
4) Cf. Lionel Trilling : "The Princess Casamassima" in *The Liberal Imagination* (1948).
5) Cf. Carl J. Weber : *op. cit.,* p. 7.
6) エグバートは自分の父親のことを「教育の点ではジェントルマン」(a gentleman by education) と述べている (Cf. *An Indiscretion in the Life of an Heiress,* p. 73)。また彼自身も，自分のもとに身を寄せたジェラルディーンに対して，「わたしは，あなたがその中で暮らして来た社会よりは風変わりで貴族的ではないかもしれないが，同じように知的な社会にあなたを引き合わせることができます。」と語っている (*Ibid.* p. 124)。
7) Cf. *An Indiscretion in the Life of an Heiress*, pp. 88-9.
8) Cf. *ibid.,* p. 110.
9) いうまでもなく『帰郷』の主人公クリム・ヨーブライトはその典型である。
10) この小説においては，エグバートの階級意識とそこから由来する劣等感とは，いちじるしい特色となっている。
11) Cf. F. E. Hardy : *op. cit.,* p. 77.
12) Cf. F. E. Hardy : *op. cit.,* pp. 80-1.
13) Charles Morgan : *The House of Macmillan* (1843-1943) (London, 1943), p. 92. Quoted by Michael Millgate Thomas Hardy : *His Career as a Novelist* (The Bodley Head, 1971), p. 22.
14) Cf. F. E. Hardy : *op. cit.,* pp. 82-3.
15) *Ibid.,* p. 268.
16) *Desperate Remedies* (Macmillan's Greenwood Edition), p. 48.
17) *Ibid,.* p, 47.
18) *Ibid.,* pp. 278-9.
19) Cf. *ibid.,* pp. 200-1, & *An Indiscretion in the Life of an Heiress,* pp. 64-5.
20) Cf. Michael Millgate : *op. cit.,* p. 42.
21) Cf. F. E. Hardy : *op. cit.,* p. 113.
22) Cf. *ibid.,* p. 125.

第12章　トマス・ハーディと「神慮」
──『はるか群衆を離れて』をめぐって──

1　はじめに

　周知のように，トマス・ハーディの出世作となった『はるか群衆を離れて』(1874) は，たまたま『緑樹の陰で』(1872) に目を留めた当時の文壇の大御所レズリー・スティーヴンからの執筆依頼に応じて書かれた[1]。そして，1874年1月から12月まで，スティーヴンが主筆を務める有名な月刊誌『コーンヒル・マガジーン』に連載された。執筆を依頼するに当たって，スティーヴンは次の二つの注文をつけた。一つは，『緑樹の陰で』にみられるような田園生活の描写を盛り込んで欲しい，ということであり，もう一つは，雑誌の読者たちを引きつけるに足るドラマチックなストーリーの展開を求めたこと[2]，であった。そして，しばしば指摘されるように，このスティーヴンの要望は，この作品の特質を規定することになった[3]。そこで，まず，スティーヴンのこの要請が，この作品においてどのような形をとっているかを検討することから始めることにしたい。

2　牧歌物語とメロドラマ

　ハーディは，スティーヴンに「牧歌的物語」(a pastral tale)[4]を書くと約束したのだが，その約束は，まず，この小説の主人公ゲイブリエル・オウクの性格づけによって果たされている。オウクは，最初は羊を飼う農場経営者(ファーマー)として登場する。つまり，オウクは「牧羊者」のハーディ版である。そのことは，開巻冒頭の，ユーモアを交えた，オウクの誠実なファーマーとしての巧みな提示に表わされている。

ファーマーのオウクが微笑むと，彼の口の両隅は耳から遠くないところまで広がり，またその両眼は割れ目のように細くなり，その目のところから放射している皺が現われ，ちょうどさし昇る朝日の粗描における陽の光のように，彼の顔にゆき渡るのだった。そして，労働する週日には，彼は健全な判断力，のびやかな身ごなし，適切な衣服，それに全般的に善い性格を兼ね具えていた。日曜には，彼はおぼろげな見解を抱いている人で，どちらかと言うと明言を先送りしたがった。また，晴れ着とコウモリ傘に妨げられて身動きがままならなかった。つまり，全体として，その教区の聖体拝受を進んで受ける人びとと飲んだくれの連中との間の，宗教熱のない中立層という，あの厖大な中間領域を道徳的には占めていると自分でも感じる人だった。言い換えれば，教会には行ったが，会衆がニカイア信経にさしかかるころまでには欠伸をした。そして，説教に耳を傾けるつもりでも，つい今日のご飯は何だろう，などと思ってしまうのだった。あるいはまた，村びとたちの評価のはかりで彼の人格がどう量られていたかといえば，彼の友人たちや判定者たちが苛々しているときには，彼はむしろ悪い奴と考えられ，また彼らが上機嫌のときには，むしろ善人と考えられた。彼らがそのどちらでもないときには，彼はその道徳的色合いが，ゴマ塩のように，入り交った人とされた[5]。

　上の描写で，オウクが宗教的にも道徳的にも「中間」に位置する人といわれているのは，のちに述べるように，この小説の特色と大きなかかわり合いがある。オウクは中庸をえた人であることを，ハーディは読者に印象づけようとしているのである。
　そして，牧歌的物語であるこの小説では，季節の移り変わりに即応する，羊毛刈り，穀物の取り入れ，収穫の祭り，干し草刈りなどなどの農事の描写が，縦糸を成している。そして，それらの農事の描写は見事な自然描写を伴って，きわめて印象深いものとなっている。例えば，第2章の，オウクの郷里のノークーム・ヒルの繊細な森のたたずまいの描写などがその一例である。

ノークーム・ヒルは，人里離れたトウラー・タウンからほど遠からぬ所に在ったが，通りすがりの者に，次のように感じさせる地点の一つだった。まずはこの地上のどんな場所にも劣らず，破壊することのできない地形を自分たちは眼前にしているのだ，と。それは，白亜質と土とから成るのっぺら坊の凸面体だった。つまり，はるかに壮大な山々や，目のくらむ花崗岩の断崖が転落する，混乱の大いなる日にも依然ゆるぎないままの，地球のそうしたすべすべした形の突起物の，一つのありふれた見本だった。
　この丘は，その北面は，ブナの古来の朽ちてゆく植林に覆われていて，その上辺は，山頂に一つの線を形作っていて，その線は，ちょうどたて髪のように，空を背景としてアーチ形の曲線の縁どりを成していた。今夜は，これらの木々は，南傾斜面を，この上なく激しい突風から護っていた。それらの一陣の風は，森を打ち，うなり声のような音を立てながら，その森の間をもがきながら通り抜けた。あるいはまた，弱まったうめき声となって，森の上部の大枝の上にふき出た。乾いた落ち葉は，溝の中で，同じ微風の中でカサコソ，ガサゴソと音を立てて，空気の舌が，ときおり，数枚の落ち葉をば探し出し，草を横切って，それらの落ち葉をくるくる回転させた。朽ちてしまった落ち葉の間に在る最も最近の落ち葉の一群れ，または二群れは，まさにこの真冬まで，それらが付着していた小枝に留まっていたのであり，落下する際に鋭いパタパタという音を立てながら，幹に打ち当たった[6]。

　このノークームの丘の描写は，『帰郷』(1878)の有名なエグドン・ヒースの描写にも匹敵するすぐれた自然描写である。
　さらにまた，牧人オウクが羊の出産の世話をしながら，見上げる美しい星空の圧倒的な描写がある。

　　空は晴れていた——きわめて晴れていた。そして，なべての星々のまたたきは，一つの共通の脈動によって律せられている一つの肉体の鼓動にすぎないかにみえた。北極星は風とまともに向かい合っていた。そして夕刻以

降，大熊座は，北極星を東に向かって外側に一回りしてしまっていた。また，ついに，今や子午線と直角になっていた。星々の色彩の違いは——イギリスでは現に見えるというよりは本で読まれることのほうが多いのだが——ここでは本当に見分けられるのだった。天狼星シリウスの無上の輝きは，はがねのようなきらめきで，見る者の眼を突き刺した。カペラと呼ばれる馭者座の星は黄色だった。牡牛座のアルデバランとオリオン座のベラリギウスは，燃えるような赤色で光っていた。

　この晩のような晴れた真夜中に，丘の上に一人立っている人びとにとっては，東の方向へのこの世界たる地球の回転は，ほとんどそれと感知できる運動であった[7]。

　そして，「一瞬，彼はその情景の感動的な孤独に印象を受けたかにみえた。いや，むしろ，四囲から人間の光景と物音とが完全に除かれているのに印象を受けたかにみえた。人間の姿，介入，悩み，それに喜びとが，いずれもまったく存在しないかにみえたし，この地球の陰に隠された半球には，彼以外の感覚ある存在は，無いかにみえた」[8]のである。オウクは，まさにこの瞬間，「はるか群衆を離れて」一人佇んでいるのである。この小説の成功は，かなりの部分，こうした田園の自然描写によっているといっても過言ではない。

　この小説のもう一つの要素であるメロドラマは，基本的には女主人公バスシバ・エヴァディーンをめぐる三人の男，すなわちオウク，農場主ボールドウッド，軍人トロイ，の恋のさや当てによって展開される。また，表舞台にはあまり登場しないが，トロイの愛人ファニー・ロビンも，ストーリーの進展に重要な役割を果たしている。そして，例えば，ボールドウッドによるトロイの射殺といった，数々のセンセイショナルな場面が盛り込まれていて[9]，読者を飽きさせない工夫がこらされている。確かに，偶然の要素が目立ちはするが[10]，物語の展開には，ストーリー・テラーとしてのハーディの並みならぬ手腕を認めることができよう。このメロドラマの要素が，この小説の横糸を成している。

これら二大要素，すなわち牧歌的物語とメロドラマとは，第1章にすでに現われている。オウクの牧人としてのユーモラスな提示についてはすでに触れたので，以下において，オウクとバスシバとの偶然の出会いに触れておこう。オウクが，ノークーム・ヒルで農作業に従っていた折にたまたま，引っ越し荷物を満載した荷馬車が通りかかり，その上部に，美しい娘が乗っていた。その娘バスシバは，馬車引きが，外れた車輪を取りに行っている隙に，手鏡を荷物の中から取り出して，自分をうっとりと眺める。

　彼女に鏡を覗き見るべき必要はまったくなかった。帽子をかぶり直しもしなければ，髪をなでつけもせず，えくぼを浮かべたりもしなかった。要するに，鏡を取り出したについては，それらに類した意図が動機としてあったことを示唆するものは，何一つとしてなかった。彼女は単に，女性としての，〈自然〉の美しい産物として，自分自身を打ち眺めたにすぎなかった。彼女の想いは，男どもがそれぞれ一役買うであろう，はるか先の，しかし大いにありそうなドラマ——可能な勝利の見通し——へと，自然に誘われているかのようであった。そして，彼女の浮かべた微笑は，失恋や得恋が想像されていることを，示唆しているかのようなものであった[11]。（傍点引用者）

　この小説を「大いにありそうなドラマ」だと思うかどうかは別にして，ハーディは，この書き出しの第1章において，牧歌物語の要素と波瀾万丈のドラマの端緒とを，巧みに織り込んでいるのである。

3　ウェザーベリーの群像

　ところで，『はるか群衆を離れて』を，その牧歌的側面に比重を置いてみるとき，その中核を成しているのは主人公オウクの魅力あふれる人物像であることは論をまたない。しかし，田園物語そのものといってよい『緑樹の陰で』を別にすれば，マイケル・ミルゲイトが指摘しているように，ハーディの小説でこの作品ほど田舎の男女が数多く登場し，方言丸出しで話す小説はほかにはな

い[12]）。そして，こうした田舎びとたちは，確かに，脇役に違いないが，彼らの存在が，この小説にリアリティーを与えていて，この作品を成功に導いた一因であることも否定しえないところである[13]）。そこで，以下において，これら村びとたちがこの小説において果たしている役割を考察することによって，いわば搦手から，この小説の特色の一端を明らかにすることにしたい。

まず最初に，村びとたちが純然たる脇役にとどまっている場面から眺めることにしよう。

ウェザーベリーの村びとたちのほとんどは，今やおじの遺産を相続してウェザーベリー農場の女あるじとなったバスシバのもとで働く農民たちである。したがって，彼らは，毛刈りに先だつ羊洗いを初めとする農事の場面に登場する。そして，のちにみるように，彼らは独自の存在意義をも持っているのだが，同時に脇役として，主要人物たちの人物像の形成やプロットの展開にも密接にかかわっている。

以下に，脇役としての役割を実例に即してみることにしたい。第一に，第10章「女主人と働き手たち」において，女主人公バスシバは，大麦をくすねていた農場管理人を首にしたこと，今後は管理人は置かず万事自分の裁量で農場を経営していくこと，を働き手たちを前にして宣言する。これは，バスシバが「新しい女」であることを証明する最初の場面であり，彼女は，手始めに，働き手たちの賃金をテキパキと決定していくことで，男まさりの性格の持ち主であることを示すのである。こうして，この場面においては，労働者たちは，女主人たるバスシバの人物証明の立ち合い人となるのである。

第二に，第36章「危険に瀕した富——宴会」では，バスシバをとりこにしてウェザーベリー農場のあるじに納まった，主要人物の一人トロイが，嵐が迫っているのも知らず，収穫祭の宴をはり，働き手たちに酒を無理強いして，彼らを酔い潰してしまう。そこで，嵐から貴重な麦の山を護るのは，オウクとその女主人バスシバのみとなる。自然界の働きについて疎いトロイは農場主として失格であることを露呈する。ここでもまた，働き手たちは，第一の場合と同様に，トロイの人物像の提示に，やはり間接的にではあるが，かかわっている。

のみならず，後者の場面では，働き手たちが酔い潰されたことで，協力して麦の山を嵐から護った，オウクとバスシバは，互いに信頼を取り戻すきっかけをつかむのである。

　それから，本当に，天が裂けた。閃光はほとんど経験したことのない新しいものだったので，そのいわく言い難いほど危険な性質をすぐに悟ることはできなかった。そして二人は，その壮麗な美しさのみを理解しえたにすぎなかった。閃光は東から，西から，北から，南から跳ねてきて，まさに死の舞踊だった。骸骨のもろもろの形が空中に現われ，それらの骨は青い火で形作られていた――踊ったり，跳ねたり，大股で歩いたり，走り回り，互いに完全に交り合い，類のないほどの混乱を呈していた。これらの骸骨とからみ合って，緑色のヘビどものくねりがあり，これらのうしろには，幅広の，より薄い光の塊があった。同時に，転げる空のあらゆる部分から，叫び声といってよいものが聞こえた。どんな叫び声にしろそれに匹敵するものはないけれども，それは，地上のほかのどんなものよりも叫び声に似たものだった。その間に，それらのゾッとする形のうちの一つが，ゲイブリエルの作っておいた避雷針の先端に舞い落ち，目には見えないが，その針を走り伝わり，鎖を経て地面に伝わった。ゲイブリエルは目もくらまんばかりだったが，彼の片手に握っていたバスシバの温かい片腕が震えるのを感じることができた。それは新鮮な感覚で，胸おどる感覚ではあった。しかし，恋も，人生も，人間にかかわるすべてのものは，怒り狂った宇宙とこのようにじかに向かいあったとき，ちっぽけでとるに足りないものに思えた[14]。

　上の引用でも，人事よりも大自然の営みが上位に置かれているのはいかにもハーディらしい。しかし，この場面はオウクとバスシバの恋のゆくえをも暗示しているのである。こうして，第36章は物語の重要な転回点となっているのだが，そこにも第10章と同じく，村びとたちがさりげなく介在しているのを見落としてはならない。

4　ウォレン麦芽酒醸造所での雑談

　前節で，ウェザーベリーで働く人たちが，純然たる端役としてこの小説を側面から支えているのをみたのだが，彼らは，脇役ながらそれぞれ個性ある存在として描かれている。例えば，第8章「麦芽酒醸造所——雑談——ニュース」は，その典型である。麦芽酒醸造所は，ウォレンの麦芽酒醸造所，もしくは単にウォレンの所，と呼ばれる。そこは，自分でも何歳なのか分からないほど齢を重ねてはいるものの，いまだ矍鑠たる老人ウォレン・スモールベリーの住処で，ウェザーベリー村の男たちが集い来たって，酒を汲み交わしながら雑談する所で，いわばウェザーベリーのクラブとでもいうべき場所である。事故で二百頭の羊を失ったオウクは，新しくウェザーベリーの羊飼いとして雇われることになったことから，オウクも，麦芽酒醸造所で温かい歓迎を受ける。ウォレン老人は，オウクの郷村ノークームに住んでいたこともある，またオウクの祖父母も知っていた，と語る。ウォレンの息子ジェイコブ，孫のウィリアムなどもその場に居合わせ，ウォレンを頭とするスモールベリー一族が顔を揃えている。そして，ウォレン老人は，ウェザーベリーでは，'God-forgive-me'と呼ばれる秘蔵の酒つぼを回し飲みさせることで，新参者オウクと村びとたちとの連帯を固めさせるのである。

　そこには，調子のいい，酒好きの若い顔役マーク・クラーク，いかにも一癖ありげなヘナリー・フレイ，クラークの親分ともいうべき，これまた大の酒好きの，村の世話役ジャン・コガン，ウェザーベリー農場で馬車引きをしている，大の恥ずかしがり屋で臆病者のジョウゼフ・プアグラスといった面々が連なっていて，彼らは方言丸出しで会話を交わすのである。これらの村びとについての描写には，巧まざるユーモアがみられ，写実作家としてのハーディの並なみならぬ技量が発揮されている。

　中でも，最も注目に値する人物は，ジョウゼフ・プアグラスである。ジョウゼフの羞恥心と臆病は，ウェザーベリー村では誰一人知らぬ者はない。そして，彼はオウクに続いて，雑談の格好な話題の対象となり，一同から揶揄されるの

である。ジョウゼフは，女主人バスシバの顔をまともに見ることができないほど恥ずかしがり屋であり，いわゆる世の中に出てさまざまな経験を経たにもかかわらず，羞恥心を克服しえないのである。

　……みんなは，わしをグリーンヒルでの大市に連れていってくれだし，華やかな大サーカスを見物させてもくれだよ。サーカスでは，シミーズのほがほとんど何も身にまとわぬ女だぢが，馬上に立ってぐるぐる回っだんだ。だどもよ，それを見でも，わしの恥ずがしがりの癖は一向に直らなんだ。それがら，わしは，カスターブリッジのはたご屋キングズ・アームズの裏手の，婦人九柱戯場の使い走りに雇われだんだ。そこはとっても罪深い所で，善良な人は滅多に出入りしねえ場所だ。わしは，朝から晩まで，みだらな男だぢと顔を突き合わせて立っとらにゃぁならながっだんだ。それでも一向に効き目なしだ──わしは，結局，前とまっだく同じく恥ずがしがり屋のままだったんだ。顔を赤らめるっちゅうのは，何代にもわだって，わしの一家の癖だっちゅうわけさ。だがらさ，わしがこの程度ですんでるっちゅうのは，神様のかだじけねえお計らいっちゅうもんだ[15]。

　上の引用の末尾の文中の「神様のかだじけねえお計らいっちゅうもんだ」の原文は 'tis a happy providence' である。これは，ジョウゼフという善人の口癖なのである。というのも，この「神慮」を意味する 'providence' という語は，この小説では 5 回用いられているが，そのうちの 4 回はすべてジョウゼフが口にしているからである[16]。したがって，男としては度のすぎたものとしてからかわれるジョウゼフの羞恥心は，弱点であるとともに彼の純心さの表われでもある。同じことが，彼のもう一つの弱点である臆病についてもいえよう。ジョウゼフは，かつて，真夜中に道に迷ったことがあり，ある門がどうしても開かなかったときに，祈りの文句を五種類唱えて，やっと窮地を脱したことがあった。この話もこの雑談で披露されているのだが，ジョウゼフの臆病は彼の信心深さと結びついているものなのである。

ジョウゼフ・プアグラスについての以上の簡単な分析からも明らかなように，ウォレン麦芽酒醸造所に集い談笑するウェザーベリーの村びとたちの描写は，単に主筋の運びを助ける埋め草なのではない。彼らは，神を信じる田舎びとから成る教区的共同社会の健全ぶりを示すものである。彼らは，いわば，この小説のドラマが展開される磁場を構成している。そして，ジョウゼフが口にする 'providence' という一語は，いうまでもなくその中核なのである。そこで，このことをさらに明白にするために，以下において，第42章を取り上げることにしたい。

5　雄ジカ頭亭での談論

　第42章は「ジョウゼフとその荷物——雄ジカ頭」と題されている。「ジョウゼフの荷物」というのは，ファニー・ロビンの遺体のことである。彼女はトロイに捨てられて窮したあげく，カスターブリッジの救貧院に，文字通り這うようにして辿りつき，みごもっていた胎児を死産したのちに，みずからも死んだのである。ジョウゼフは，その二体の遺体をカスターブリッジから運んでくる役目をバスシバから仰せつかっていたのだが，ウェザーベリーにほど近い小村ロイ・タウンまで到達したジョウゼフは，ほっとして，その村の雄ジカ頭亭に立ち寄って一杯ひっかけて喉を潤そうとする。ところが，そこには，先客として大酒飲みのジャン・コガンとマーク・クラークが陣どっていた。大事な役目があるから長居はできない，といって立ち去ろうとするジョウゼフを，二人は引き止める。マーク・クラークは，死んだ者は生き返ることはないのだからしばらく放っておいても大事ない，などと言い放つ。信心深いジョウゼフは，引き止められて大いに迷う。

　「そうさなあ，わしの行いに神様（Providence）が腹をたてらっしゃらねばええが」，と再び腰をおろしながらジョウゼフはいった。「ほんどに，このごろわしは誘惑の瞬間に悩まされできた。今月は，すでに酔っぱらっだことがあるし，日曜だっちゅうのに教会へ行かなんだ。昨日は，呪いの言葉を一，

二度うっかりもらしちまった。だが，わしは，自分の身の安全を危うぐしねえように，行きすぎだふるまいはしだくねえんだ。なにせ，来世は来世に違えねえから，そうそう粗略に扱うごともなんめえ。」[17]

これに対して，マーク・クラークは，ジョウゼフにお前さんは非国教徒だろう，とからかう。もちろん，ジョウゼフは言下に否定するのだが，彼がピューリタンの教えに関心を寄せているのは，来世を重んじるジョウゼフとしては当然のことといえよう。コガンは，自分は「確固たる国教徒」だ，と明言して，国教会の利点について，次のように語る。

「……おれは，一度たりとも宗旨を変えたりしたこたあないぜ。漆喰のように，生まれ落ちたときからの由緒ある信仰にへばりついてきたんだ。そうさ，国教会にはこんな長所がある。つまり，国教会に属しながらも，こうした楽しくも古いはたご屋に腰を据えて，宗旨のことなんぞについぞ心を悩ませたり，煩わせたりしないですむんだ。だが非国教徒になろうとすりゃあ，どんなに雨風がひどかろうと，教会(チャペル)に出かけていって，若駒のように荒れ狂わなくちゃあならねえ。非国教徒の連中が，それなりに利口な奴らでないこともないのは本当だ。自分たちの家族や，新聞に出た難破船などについて，奴らがその頭からきんきんと，美しいお祈りを声高に唱えることもできるんだからなあ。」[18]

そして，コガンは，彼ら非国教徒のほうが，自分たち国教徒より天国へいく可能性が高いことを認めつつも，「天国へいこうがために，古来の由緒ある宗旨を変えようなんぞとする奴らなど大嫌いだ」[19]，と断言する。そして，このコガンの意見は，この小説が発表された当時としては，少なくとも表向きは，国教徒のかなりの部分を代表するものだったであろう。

にもかかわらず，非国教主義とそれを奉じるピューリタンは無視しえない存在であったことも事実であり，それに対抗するため，国教会のほうも安閑とし

てはおられず，手綱を引き締めるようになっていた。そのことは，呑んべえのマーク・クラークが次のように嘆いていることからも，うかがうことができる。

　「……牧師さんや，教区委員やら，学校関係者やらが幅をきかせるようになってクソ真面目な茶会なんぞが催されるようになって，昔ながらの，楽しい，立派な暮らしかたは地に落ちちまった――まったくもって地に落ちちまった。」[20]

　ところで，ジョウゼフがぐずぐずとして杯を重ねているうちに，周りの物が二重にも三重にも見えるようになり，酔い潰れてしまう。そのため，日が暮れてしまい，当日のうちにファニーの埋葬を執り行うことができなくなり，その一夜，遺体はバスシバの屋敷に安置されることになる。そして，夜になって帰宅したトロイは，ファニーと赤子との遺体を目にして，後悔の念に襲われ，屋敷を飛び出していくという，重大な結果につながる。こうして，この章は，物語の大きな転換点を準備するのだが，同時にウェザーベリーの村びとたちの信仰の有りようについて語られているのを見逃してはなるまい。

6　「神慮」のゆくえ

　前節および前々節において，「神慮」（Providence）という語を手がかりにして，この小説の脇役のウェザーベリーの村びとたちの信仰とその意味するところを分析したのだが，本節においては，角度を変えて，主要人物たちと信仰とのかかわりについて検討することにしたい。主人公オウクと女主人公バスシバは後回しにして，まず，その描写にProvidenceという語が用いられているフランシス・トロイについてみてみよう。バスシバと結婚して，恋の勝利者となったかにみえたトロイも，先述のように，自分の捨てた女ファニーの遺体を見るに及んで，激しく後悔する。そのまま屋敷を飛び出したトロイは，カスターブリッジに赴き，有り金をはたいてファニーのために立派な墓を買い求め，ウ

ェザーベリーの教会墓地にそれを立てる。そればかりでなく，彼は種々の草花を買い込んで，ファニーの墓の周りに植えた。そして，疲れ果てたトロイが教会の北側のベランダにもたれて眠り込んでいた間に，雨は次第に降りつのり，教会の塔の水落としの樋の口からあふれた雨水はトロイの植えた草花を根こそぎ押し流してしまっていた。目覚めたトロイは，その光景を目にして，茫然自失する。

　一方向にむかって旅することに主力を費やしてきた者は，その進路を逆転させるための精力を大して持ち合わせていないのである。トロイは，昨日らい，己の進路をわずかに逆転させようとしてきた。しかし，わずかの反対でさえもが彼の気をくじいてしまったのだった。方向を転換することは，神の最も大いなる激励がある場合ですら，まったく困難なことだったろう。だが，神（Providence）が，彼が新しい進路を辿ることをよみし給うどころか，もしくは，彼が新しい進路をとることを喜ぶるしを示すどころか，彼のその種の最初の，おずおずした，いちかばちかの試みを現に嘲笑したのを知ることは，生身の人間にとってとうてい耐えがたいことであった[21]。

　バスシバとファニーの二股をかけたトロイを〈神〉が嘲笑するのは異とするに足りないかも知れない。しかし，すでにみたように，これ以前に4回用いられている 'Providence' という語は，いずれもジョウゼフ・プアグラスが口にするものであり，作者ハーディの見解を必ずしも表わすものではないのに対して，トロイの描写に用いられているこの「神慮」は，ハーディの見解により近いものではあるまいか。後年，ハーディが悲劇的小説によって「神なき世界」を描くことになったのを知るわれわれにとっては，ここに立ち現われている「嘲笑する〈神〉」は，「神慮」のゆくえを暗示するものと思えるのである。
　次に，主要人物のうち一番貧乏くじを引かされるウィリアム・ボールドウッドについて簡単に触れておこう。バスシバに想いを寄せていたボールドウッドは，トロイの出現によって失恋する。彼は，同様に失恋したオウクに向かって

こう語る。

「ああ，ゲイブリエル，」と彼は続けていった。「わたしは弱くて愚かだ。どうすればいいのか分からないし，自分の惨めな悲しみを避けることもできないんだ！……わたしは，あの女性(ひと)を失ってしまうまでは，神さま（God）のお慈悲をかすかに信じていた。そう，かの御方は，私を日射しから護るためにトウゴマを備えてくださり，わたしは，あの預言者のように，かの御方に感謝し，喜んでいた。ところが，かの御方は，翌日には，虫を備えて，そのトウゴマを咬ませられたので，それは枯れた。そして，わたしは，生きているよりも死んだほうがましだと感じているんだ。」[22]

上の引用は，『旧約聖書』の「ヨナ書」第4章6節から8節を踏まえている。そして，トウゴマを失って怒り狂う預言者ヨナをさとして，主はこういわれる。

あなたは労せず，育てず，一夜にして生じて，一夜に滅びたこのトウゴマをさえ，惜しんでいる。まして，わたしは十二万あまりの左右をわきまえない人びとと，あまたの家畜のいるこの大きな町ニネベを，惜しまないでいられようか。

しかし，恋に盲いたボールドウッドは，バスシバへの恋心という「トウゴマ」を失った試練に耐えることができない。やがて，二度にわたってトロイに煮え湯を飲まされたボールドウッドは，「彼に対する，神（Heaven）の執拗なアイロニーの体現者」[23]トロイを猟銃で射殺し，みずからも処刑されるという，悲劇的結末をもたらすのである。

以上の短い分析からも明らかなように，闖入者トロイ軍曹も，バスシバへの恋情に溺れたボールドウッドも，自然の働きに無関心であって，村社会とその中核であるキリスト教の信仰の枠外に置かれる点で共通している。二人は，い

わば，牧歌的物語の異分子なのである。

　それに引き換え，羊飼いオウクは，農事の経験を通して自然界の働きに精通していて，その点からして，牧歌的物語の主人公たるにふさわしい。確かに，冒頭のユーモラスなオウクについての描写にも示されているように，彼は，例えばジョウゼフのような熱心な信者ではない。オウクは，お祈りの最中にもそっと欠伸をしたり，「説教に耳を傾けるつもりでも，つい今日のご飯は何だろう」，などと思ってしまうのである。それでも，彼は日曜日にはちゃんと教会へ行くし，毎日床に入る前にはお祈りを欠かさないのである。そして，自我の強い「新しい女」バスシバも，夫トロイの裏切りの可能性に心を乱されたとき，自然にオウクの家の方に足を向けて，彼が床につく前に祈っている姿を垣間見るのである。

　　家のない放浪者のように，彼女は川岸を行きつ戻りつした。あの小さな居所から広がるように思え，彼女自身の住まいにはひどく欠けていた，満足の雰囲気によってなだめられ，かつ魅惑されたかのように。ゲイブリエルが二階の寝所に現われ，窓のベンチにそのあかりを置き，それから祈るためにひざまずいた。そのオウクの姿と，その同じときに，彼女の反抗的で動揺した存在との対比は，あまりにも大きくて，彼女はそれ以上見つめ続けることはできなかった[24]。

　しかし，結局は，トロイの裏切りの確証を前にして，彼女もオウクを見習って，神に祈るのである。

　　バスシバは，この瞬間，自分の心理状態にひどく怯えたので，自分自身から逃れるための何らかの避難所を求めて，あたりを見回した。あの晩のオウクがひざまずいて祈っていた姿が，彼女の心によみがえって，女たちに生気を与える本能的模倣でもって，彼女は，祈るというその考えを捕らえ，ひざまずき，できることなら祈ろう，と決心した。ゲイブリエルは祈っていたの

だから，自分もそうしよう，と思って。

　彼女は，その棺のそばにひざまずき，両手で顔をおおった。そして，ちょっとの間，その部屋は墓所のように静かだった。まったく機械的原因からか，はたまたそれ以外の何らかの原因からか知らないが，バスシバが立ち上がったとき，心静かで，つい最前彼女を捕らえていた敵対的本能を悔いてもいた[25]。

　バスシバは，やがてトロイとファニーの関係の真相をトロイから聞くに及んで，再び惑乱して屋敷を飛び出して，一夜を野宿するのだが，バスシバがオウクに倣って祈ろうとしたことは，「新しい女」バスシバが，オウクを通じて牧歌的世界に辛うじてつなぎ止められることを予示しているといえよう。

7　結び——ハッピー・エンド

　本章の冒頭で述べたように，この小説は，その成りたちからして，牧歌とメロドラマの二大要素から成っている。本論では，まず，第一の要素である牧歌的要素に重点を置いて，ウェザーベリーの村びとたちの特徴がユーモアと信仰心であることをみた。次いで，主要人物たちの神とのかかわりを検討し，恋をもてあそんだトロイも，恋によって盲目となったボールドウッドも，キリスト教信仰の外側に押し出され，ともに身を滅ぼすのをみた。それに反して，村の世界にとけ込んだ素朴な信者オウクは，紆余曲折を経て，最後にはバスシバとめでたく結ばれる。以上のことからして，登場人物たちの神とのかかわりは，今日われわれが予想する以上に，当時は重要な意味を持っていたのではあるまいか。

　もとより，この小説の魅力の多くが，本章にも引用したノークーム・ヒルの風景やその星空の描写や，第37章の嵐の描写といった，見事な自然描写にあることは論をまたない。そうした情景は，それ自体忘れがたい印象を残すものであるとともに，作中人物の性格や心理を表わすものでもある。ここでは，あまり言及されない情景を取り上げておこう。それは，バスシバが，トロイの不実

を知って，真夜中に屋敷を飛び出して戸外で一夜をあかし，翌朝目覚めたときの周囲の景色の描写である。

  この窪地の側面という側面には，ありふれたイグサが束になって生い茂り，また，ここかしこに珍しい種類のショウブが生えていて，その葉身は，差し出ずる陽に，大鎌のように光り輝いていた。しかし，その湿地の全般的な様相は悪意に満ちていた。その湿った，悪臭を放つ表面から，地に在り，また地下水に在る，まがまがしい物の精(エキス)が吐き出されているかにみえた。もろもろのキノコが，朽ち葉や木の切株から，あらゆる類いの姿勢で生えていた。そのあるものは，彼女のものうげな視線に対して，そのねばねばするカサを露わにし，またあるものは，そのジクジクするカサの裏側のひだを露わにした。あるキノコは，動脈を流れる血のように赤い斑点がついていて，またあるものは鮮黄色で，さらにあるものは，丈が高く先細りで，マカロニのような茎を有していた。あるキノコは，皮革のようにすべすべして，濃い褐色であった。この窪地は，安楽と健康のすぐ隣に在りながら，大小とりどりの悪疾の温床であるかにみえた。そして，バスシバは，そのようにゾッとする場所の縁で一夜を過ごしたのだと思いつつ，身震いして立ち上がった[26]。

この毒々しいキノコの描写は，直接的には，バスシバの陥っていた危うい情況を表わすものであるが，そればかりでなく，バスシバが悟ったように，この世の中の安全と危難とは背中あわせに存在していることを開示してもいるのである。このような見事なハーディの自然描写は，『帰郷』(1878)以後の主要な作品にも受け継がれてゆくのだが，とりわけ，『はるか群衆を離れて』において際だっているように思われる。その原因の一つは，先述のように，この出世作が「牧歌的物語」を目指したことにあったといえよう。ユーモアと方言とが多用されているのも，そのことと無縁ではない。そして，あら筋を書こうとすれば抜け落ちてしまう脇役たちの存在が，この作品に独特な味わいを与えていることを見落としてはなるまい。この小説が，次のようなジョウゼフ・プアグ

ラスの言葉によって結ばれているのもゆえなしとはしないのである。

　「……わしは彼［オウク］が彼女［バスシバ］と結ばれて仕合わせになるのを願うわい。もっとも，わしの第二の天性ともいうべき，聖書を重んじる仕方で，聖人ホセアと同様に，きょう，一，二度，こう言いかけはしたがな。『エフライムは偶像に結び連らなった。そのなすにまかせよ』[27]，とな。だが，事情が事情だっちゅうわけだから，なあに，もっとひどいごとになっていだがもしれんて。だから，わしは感謝の念を覚えでるんだ。」[28]

　そして，わたくしとしても，ジョウゼフ・プアグラスならずとも，まかりまちがえば悲劇ともなりかねなかったこの小説がハッピー・エンドに終わっていることに，いささかも不満を覚えはしないのである。

1) Florence Emily Hardy : *The Early Life of Thomas Hardy* (Macmillan, 1928), p. 125.
2) See Paul Turner : *The Life of Thomas Hardy* (Blackwell, 1998), pp. 41-2.
3) 深澤俊編『ハーディ小事典』（研究社，1993），86ページ参照。
4) F. E. Hardy : *op. cit.*, p. 125.
5) Thomas Hardy : *Far from the Madding Crowd* (Macmillan, The New Wessex Edition, Paperback, 1974), p. 30. 以下のこの小説からの引用は，すべてこの版に拠っている。
6) Thomas Hardy : *op. cit.*, pp. 31-2.
7) *Ibid.*, p. 32.
8) *Ibid.*, p. 35.
9) 雑誌の連載物として書かれたことが，センセイショナルなストーリーにつながったのはいうまでもないが，この点で，ハーディの処女出版となった『非常手段』（1871）と通うところがある。
10) 芸術的小説を目指したヘンリー・ジェイムズは，『はるか群衆を離れて』の書評で，この小説が「非常に散漫で，一篇の物語としていちじるしく非芸術的だ」と評した。See Michael Millgate : *Thomas Hardy : His Career as a Novelist* (Bodley Head, 1971), p. 86.
11) Thomas Hardy : *op. cit.*, p. 30.
12) Michael Millgate : *op. cit.*, p. 80.

13) *Ibid.*, p. 90.
14) Thomas Hardy : *op. cit.*, p. 223.
15) *Ibid.*, pp. 70-1.
16) そのうちの2回が，この第8章で用いられており，あとの2回は，第15章と第42章で用いられている。神の意味では，普通大文字で始まる。
17) Thomas Hardy : *op. cit.*, p. 251.
18) *Ibid.*, p. 251.
19) *Ibid.*, p. 251.
20) *Ibid.*, pp. 250-1.
21) *Ibid.*, p. 276.
22) *Ibid.*, pp. 228-9.
23) *Ibid.*, p. 324.
24) *Ibid.*, p. 259.
25) *Ibid.*, p. 261.
26) *Ibid.*, p. 265.
27) 『旧約聖書』の「ホセア書」4章17節。
28) Thomas Hardy : *op. cit.*, p. 344.

第13章　トマス・ハーディの知的背景
――『熱のない人』をめぐって――

1　対立のテーマの重層性

　この小説においてハーディが設定した中心テーマは，カーライル風にいえば，『過去と現在』[1)]の対立である。その対立の主題は，第1部2章で，道に迷った主人公ジョージ・サマセット[2)]が，電信柱沿いに道をとって行くと，自分の宿にではなくドゥ・スタンシ城に行き着いたときの次の描写に示されている。

　　思想の交流への鈍感な敵対の古さびた記念物，および血統と家柄における厳しい差別や，教会の教えを無視した隣人へのまったくの不信や，非情な力以外のすべての力への途方もない無意識などへの記念碑が，何にもまして，国際的な見解とすべての人類の知的かつ道徳的類縁性とを象徴しているといってよい，無線機というこの機械の行き先であるというこの事実には，ある意外さがあった。その見地からは，ブンブン音を立てる小さな無線機は，それに隣接している広大な城壁よりも，古建築物研究家のサマセットにとって，はるかに重要な意味を持っていた。しかし，大人になる前に人びとを消耗させる現代の熱狂と焦燥とが，この無線機によって意味されてもいた。そして，今日というものが持つこの相は，封建制のよりすぐれた面――閑暇，屈託のない寛大さ，強い友情，鷹，猟犬，饗宴，健康な血色，わずらいの無さ，そして世界が決して再び目にしえないであろう建築技術における生き生きした力(アート)――と比べれば，分の悪いものであった[3)]。

　上の引用は，主人公ジョージ・サマセットが（そして作者ハーディも），無線

が象徴する近代科学の進歩と，ドゥ・スタンシ城に象徴される封建時代の美点との間を揺れ動いていることを端的に示している。

この「現在」と「過去」との対立は，まず社会的対立として示されている。すなわち，女主人公ポーラ・パワーの亡父の「大鉄道請負人ジョン・パワー氏」(60)[4]に代表される産業主義の担い手の新勢力と，ジョンが獲得したドゥ・スタンシ城の旧主たるドゥ・スタンシ家の人びとに代表される「旧貴族」(406)との，「新旧の衝突」(60)である[5]。さらに，新旧の対立は，宗教的な形をとっている。ジョン・パワーが信じていた非国教主義（この場合はバプティズム）は，産業主義の精神的支柱であったが，表題の *A Laodicean*[6]（熱のない人）が端的に示しているように，娘のポーラは非国教主義になじめない近代人であり，バプティズムの洗礼の儀式を通過することを拒み，「強固なバプティスト」(60)だった父の遺志に背く。バプティストの牧師ウッドウェル[7]にいわせれば，新世代の宗教的懐疑に傾いているポーラは，「カルヴィン主義の真理という，彼女の一族が代々受け継いできた信条から，ドゥ・スタンシ家の伝統へと向かう心の揺れ」(260)を示すのである。また，ポーラをめぐる二人の男性のライヴァル関係がある。それは，芸術家肌の青年建築家ジョージ・サマセットと，没落貴族スタンシ家の嗣子の中年男ドゥ・スタンシ大尉との恋のさや当てである。これはまた，新時代の価値の創出にかかわる芸術家の一族[8]と，かつては門地を誇ったが今やおちぶれた準男爵一家との新旧の対立でもある。以上みたような新旧の対立のテーマは，「中世の鉢に植えられた現代の花」(64)と形容される女主人公ポーラを軸に展開される。このように，新旧の対立のテーマが重層的になっているのは，世紀末を生きたハーディが否応なしに抱え込んでいた近代人としての尖鋭な意識と，美的感覚に裏づけられた過去への憧憬とが，複雑な形でないまぜになっていたためであろう。

2 主要人物たちの人間像

まず初めに女主人公ポーラ・パワーを取り上げよう。
「断然現代風の娘」(45)ポーラが，いったんは父の遺志に従ってバプティス

トとして洗礼を受けようとする折に，たまたまその教会堂のそばを通りかかったジョージ・サマセットがその場面を覗き見るという，はなはだドラマチックな仕方で，女主人公ポーラは登場する。

　彼女は洗礼のための水槽のふちに近寄り，その水を覗き見，それから頭を振って顔をそむけた。サマセットは初めて彼女の顔を見た。われわれの目にするすべての顔がそうであるように，人間の顔の常として不完全な（傍点引用者）ものではあったけれども，その顔は，賛美歌のうち最良のものばかりでなく，女性のうち最もすぐれた者もまた，非国教主義者たちに帰属していると彼に思わせるものだった。これまでの旅では，彼は確かにこれほど興味をそそられる人に出会った例しはなかった。彼女は年のころ20歳か21歳――おそらく23歳であったろう。というのも，歳月というものは，美によって聖別された者にも忍び寄る術を心得ているからだ。彼女の面差しと，彼女をとり囲んでいる者たちの顔立ちとの完全な不一致は，少なからず驚くべきものであり，いかにして彼女がその場に在り合わせたのかに関して，際限なくさまざまな仮定を生み出しもしたのであった[9]。

　その居城の本丸に無線機を備えつけている，大鉄道王の娘ということで，ポーラは，当初，サマセットの目には「精神の前進――蒸気船，鉄道，それに人類をゆさぶる思想」(112) といった科学と産業主義の代表者と映じる。しかし，ポーラは「純朴な」(45) 非国教徒たちとは異なっていて，科学と近代産業主義との精神的支柱であった非国教主義の信仰に溶け込むことのできない懐疑論者である。そしてポーラは，大鉄道王だった「父親の偉大さを次第に忘れつつある」(112)「熱のない人」なのである。そこで，新時代の人ポーラは，アイデンティティーを確立しようと模索する。現に父親の残した中世以来のスタンシ城に住むポーラは，半ば廃墟と化しているこの城の改修を通して，城（過去）と折り合いをつけようとする。城の修復に際して，ギリシア風の中庭を付け加えようという「折衷主義者」(111) ポーラの発案も，そうした試みの

一つである。しかし，地方新聞に「中世芸術(アート)のすべての愛好家たちの名のもとに」(127)，城の改修計画を「無責任な所有者の気まぐれ」(127) と決めつける中傷記事が載り，それがポーラの心を深く傷つける。彼女が「ドゥ・スタンシ一族に対してロマンチックな関心」(131) を寄せるに至り，「ロマンチックであるとともに歴史的でもありたい」(129) と願うようになるのは，この記事が一つのきっかけであることに注目すべきである。やがて，ドゥ・スタンシ大尉の誘惑にさらされたポーラは，「ドゥ・スタンシ家の人びとが触手を伸ばしてきたという，新しいロマンチックな感じ」(197) を覚える。城の修復計画といい，ドゥ・スタンシ家の歴史に対する関心といい，いずれも時代の変化によって新たな境遇に置かれた「新貴族」(406) ポーラが，みずからの環境に溶け込もうとする努力の現われなのである。

恋の面でもまた，ジョージ・サマセットとドゥ・スタンシ大尉との求愛に挟まれて，ポーラはためらいをみせる。ポーラが，バプティスト牧師ウッドウェルに信仰のことで説き伏せられかかっていた所に来合わせたサマセットが，彼女に代わって牧師に反駁してくれたことで，彼女はサマセットに感謝する。そして，ポーラに城の改修を依頼されたサマセットが，先代からのパワー家出入りの地方建築家ハヴィルにも機会を与えて欲しいと申し出たことで，ポーラはますますサマセットに好意を抱く。しかし，サマセットの求愛にもかかわらず，ポーラは容易に明確な返事を与えようとはしない。このポーラの逡巡は，確かに，今日の読者にとってはじれったい感じを与える。例えば，ポーラの態度を曖昧だとするマイケル・ミルゲイトは，現代の観点から，他の作品との関連においてハーディの性の問題の取り扱い方を分析している[10]。だが，ミルゲイト自身も触れているように，ヴィクトリア朝の女性の愛と性の意識を現代のものさしで測ろうとするのは危険だとするG. S. ハイトの指摘[11]のほうが説得性を持っているのではあるまいか。ドゥ・スタンシ大尉に口説かれたポーラが，父を失い妹が重病に陥ったスタンシ大尉の非運に同情して，いったんは結婚の承諾を与えることからすれば，確かにポーラは恋愛の上でも「熱のない人」であるかにみえる。しかし，その承諾は，大尉の庶子「メフィストフェレス」

(176)のウィリアム・デアが企んだ,サマセットの人格を歪曲するための悪計[12]があったればこそのものであり,恋の物語としては,事実上,第1部15章のガーデン・パーティーの場面で山を越しているといってよい。「ほら,あなたは女性の口にすべきではないことまでわたしにいわせようとするのですね」(257)というポーラのサマセットへの返答は,当時の女性としてはごく一般的な発言だったと思われる。そして,デアの悪巧みが露見してサマセットへの誤解が解けたのちには,ポーラは外国にまでサマセットを追って行って,みずから愛の告白をする点で,恋においてはむしろ積極的態度を示す近代女性であるといえるのではあるまいか。女主人公ポーラに焦点を合わせれば,この小説は,ポーラが自我を確立するに至る経緯を語ったものと読めよう(ちなみに,バーバラ・ハーディは,この小説は「フェミニズムの小説である」[13]といっている)。

次に,主人公ジョージ・サマセットをみてみよう。

彼は「同姓同名の芸術院会員の息子」(38)であり,「都会人でよそ者」(37)である。そして,「あらゆる類いの美に敏感な心」(37)を持ち合わせた眉目秀麗な若者である。

　　表情の変化に富んだ顔だちにうかがわれる若々しさ,成熟した額は——それらは,厳密には,過去においては世の人びとの慣れ親しんできたものではなかったが——今や普通のものになりつつある。そして,若者たちの内省癖が強まるにつれて,おそらくは,さらに一層普通のものになるに相違ない。手短にいえば,彼は美を——もしそれが美と呼ばれるべきだとすればだが——過去の人間のタイプの美というよりは未来の人間のタイプの美を,より多く持ち合わせていた。とはいえ,その美は,彼を素敵な若者以上の者にするほど目ざましいものではなかった[14]。

建築家を志した彼は,「万華鏡のように千変万化する多様な芸術様式」(40)に接して戸惑い,「無制限の鑑賞力という現代の病」(40)に冒され,一時建築を捨て,若いころからの趣味の詩作にふけりもした。だが,父の勧告により,

彼は再び建築の道に戻る。しかし，「独立した趣味と放浪の本能とを持ち合わせた男」(38) サマセットは，「世論の潮流に棹さすよりも，孤立した思想の流れに身を委ねることを好み」(38)，そのため，建築家として仕事を本格的に始める前に，時流に取り残された「イギリスのゴシック建築」(38) を目下調査中である。この小説の表題 *A Laodicean* とは，直接には女主人公ポーラを指していようが，「すべての建築様式は絶滅し，それと同時に生きた芸術(アート)としての建築も死に絶えた」(38) と結論したジョージ・サマセットもまた「熱のない」近代人にほかならない。ポーラ同様に，サマセットもまた「折衷主義者」であり，そのことは，「古い建物を新しい文明の必要に適応させようとする」(154) のではなく，古い建物の脇に新しい建物をつけ足すことで両者を調和させようとする，彼のスタンシ城改築プランに示されている。

そして，サマセットもまた，宗教の面において，ポーラと同種の悩みを抱えている。というのも，両親が一時彼を聖職者にしようと思ったほど，「いわば高教会的幼児として生まれた」(81) サマセットは，早くから宗教の問題に強い関心を持っていたからである。しかし，サマセットは，次から次へと出現する新教義の攻撃にさらされたため，宗教的懐疑に陥ってしまった。したがって，バプティストとしての洗礼を拒んだポーラと同じく，サマセットもまた「冷たくも，熱くもない，なまぬるい」(47) 人なのである。こうした大きな共通項を持っている以上，ポーラとサマセットとが引かれ合うのは不思議ではない。両者が異なるのは社会的側面においてである。ポーラは新興産業家の娘で大財産家であるのに対して，サマセットは「金持ちでこそないが，十分に古い家柄」(118) の出で，近親者たちは芸術や学問の分野で活躍していた。しかし，いまだ自活能力のない内気な若者サマセットは，ポーラを恋しながら，ときとして，「新貴族」のポーラに劣等感を覚え，果たして彼女が自分を受け入れてくれるか否か思い悩む。ハーディの初期の小説においては，ほかにも，金持ちの娘を恋する貧しい芸術家的資質の若者が登場するが[15]，これは，作者ハーディの若いころのコンプレックスを反映したものであるだろう。主人公ジョージ・サマセットに焦点を合わせれば，この小説は，「若き日の芸術家」ハーディの間

接的な自己表現と読める。

　もう一人，サマセットの恋敵ドゥ・スタンシ大尉を取り上げなければならないだろう。

　　彼〔サマセット〕は，実は，ドゥ・スタンシにいく分か好感を持った。というのは，この大尉は戦争，商業，科学，もしくは芸術に関して，何か価値のあることはまったくいわなかったけれども，大尉はこの若者にとって魅力的にみえた。普通の仕事に携わっている想像力豊かな精神の持ち主たちにとって，兵士というものが持っている当然の魅力のほかに，ドゥ・スタンシが時折みせる生の倦怠はあまりにも詩的な形をとっていたので，それは嫌悪を催させることはなかった。勇敢さは，興味をそそる仕方で，一種の禁欲的自己抑制と結びついていた[16]。

　零落した貴族の大尉は，「満たされることのない先祖伝来の本能を消し去ろうとして，無意識のうちに急進派の思想を受け入れてきた」(190)。こうして，貴族としての実質を失った大尉は「生の倦怠」を示すが，それは単なる無気力の現われなのではなくて，私生児ウィリアム・デアを生ませた女への償いとして，女性には一切近づくまいという決意からくる「禁欲的抑制」に起因するものである。しかし，大尉が「城とそれが含むもの」(190)に強い関心を寄せていることを知っているデアは，ポーラに近づいて城を再びわが物にせよと大尉を唆す。デアの計略に乗せられて，ポーラが機械体操をしているところを覗き見た「ドゥ・スタンシ大尉は，一変」(188)する。ポーラの親友である自分の妹シャーロットから，ポーラがドゥ・スタンシ城とドゥ・スタンシ家の歴史とに「大きな，ロマンチックな関心」(191)を抱いていることを聞き及んだ大尉は，その晩自分の家系についてにわか勉強をする。そして，「不幸な家系の亡霊たち」(408)の助けを借りて，大尉はポーラを誘惑する。彼は，自分とよく似た先祖の一人の肖像の片脇に立ったり，失恋して自殺したというその先祖の甲冑を着たり，はてはその刀で自分の胸を刺す真似をして，ポーラの「ロマ

ンチックな関心」に訴えようとする。さらには，慈善にことよせて，素人芝居の上演を企画し，大尉はシェイクスピアの『恋の骨折り損』のナヴァール王の役をみずから演じ，しかも劇の途中から『ロミオとジュリエット』の台詞を取り入れつつ，フランス王女に扮したポーラに迫り，接吻したかにみえた。しかし，先述のように，大尉の父の代にドゥ・スタンシ城を手放したドゥ・スタンシ家は，そのアイデンティティーを喪失してしまっている。そこで，ドゥ・スタンシ大尉は，演技する誘惑者たらざるをえない。「みずからの先祖である死者たち」(177) に目を向けている大尉の誘惑は，決してポーラの心を真に惑わすには至らない。したがって，大尉の誘惑の努力は，まさしく「恋の骨折り損」に終わらざるをえないのである。ドゥ・スタンシ大尉に焦点を合わせれば，この小説は，「地方の大邸宅にみられる旧秩序の変化」(33) を例示するものであり，実質を失った没落貴族の演技者の物語と読めるのである。

3 この作品の解釈をめぐって

上において，三人の主要人物に焦点を当てながら，この小説の骨格を示したが，次に，この作品全体をどう読むべきかを考えてみることにしたい。

副題に従えば，この小説は「今日の物語」(A Story of Today) である。結びに照らしていえば，サマセットとポーラの結婚は，過去に対する現在の勝利宣言である。二人は，デアの放火によって焼け落ちたドゥ・スタンシ城の間近に新邸宅を築こうとし，「『近代的精神』の完全な代表者」(408) として生きる決意を示す。この小説についてのこうした近代性に照準を合わせた読みは，確かに作者自身の意図を体したものであり，標準的な読みといえよう。一例を挙げれば，マイケル・ミルゲイトの解釈は，この線に沿ったものである[17]。さらには，作者ハーディ自身が「はしがき」で示唆しているように[18]，この小説をメロドラマがかったラヴ・ロマンスとして楽しんで読むことも可能ではあるだろう。旧貴族の末裔の私生児ウィリアム・デアの悪巧みが露見し，ポーラがついにドゥ・スタンシ家の「不幸な家系の亡霊たち」の呪縛から逃れる。彼女は，今やサー・ウィリアムとなった大尉との婚約を解消する。そして，曲折を経て

ポーラとサマセットとはめでたく結ばれるという筋立ては，まさにラヴ・ロマンスのそれにほかならない。バーバラ・ハーディは，この小説のラヴ・ストーリーとしての描写のすぐれた点を指摘している[19]。

しかし，例によって，この小説もまた，きわめてアイロニカルな結びの言葉で終わっていることを考慮に入れるとき，過去に対する近代の勝利という解釈は，少々割り切りすぎているのではあるまいかと思うのは，わたくしのみであろうか。

「……わたしたちは，この廃墟の片脇に新しい家を建てましょう。そして永久に近代精神を示しましょう。……でも，ジョージ，私の望みは——」，そしてポーラは溜息を抑えた。
「えっ」
「私の望みは，私の城が焼けなければよかったということであり，あなたがドゥ・スタンシ家の一員であったらよいのに，ということなのですわよ。」[20]

先に引用した「『近代的精神』の完全な代表者」という一句にも，実は但し書きがついていて，「感覚や悟性を代表するのではなく，心情と想像力を代表するのでもなくて，あるすぐれた作家が『想像的理性』（'imaginative reason'）と呼んでいるものを代表しているところの」(408) という限定が付されているのである。結びの言葉のアイロニカルな響きといい，上の但し書きといい，ハーディが相反する二つのものの間を揺れ動いていたことを示しているのではあるまいか。そこで，あえて深読みの危険を冒して，この作品に瞥見される，ハーディのロマンチシズムへの傾斜を視野に入れながら，初期のハーディの知的背景を探ってみることにしたい。

4　ハーディの知的背景

彼〔サマセット〕の当初の仮定——彼女〔ポーラ〕が，鳥のくちばしから落

とされた種子のように，中世主義の割れ目に落とし込まれた，近代精神の化身であるという仮定——は，いくぶん修正を必要とした。人間性そのものが存在する限り存在するであろうロマンチシズムが，彼女においてみずからを主張していた。何か価値があるからではなく，それらが昔から永く存在していたがために，古いものに対する畏敬の念が彼女の心の中に発達していた。そして，彼女の近代精神は，飛び立ち飛び去ろうとしていた[21]。(傍点引用者)

この引用文は，サマセットのポーラ観の変化を述べている一文であるが，そこにうかがわれる「ロマンチシズム」についての考えは，F. E. ハーディの『初期のトマス・ハーディ』(*The Early Life of Thomas Hardy,* 1928) の中でも，ほとんど同じ語句で表明されている[22]。上の引用から察する限り，ハーディの意識の裏側には，「過去」(ドゥ・スタンシ城に象徴される mediaevalism) への憧憬が屈折した形で秘められていたと思われる。そのことは，フランスの町リジュの街についての以下の描写によっても，裏づけられよう。

彼女〔ポーラ〕は中世へ運び去られた。……それは，中世主義者が堪能し，自分の帽子を放り投げ，万歳と叫び，自分の荷物を取りよせ，そこに住みつき，その地で死して埋められてしかるべき街であった。彼女は，そのような街が，古物愛好家たちの想像の外側に現に存在していようとは予想だにしていなかった。16世紀から直接伝わっている臭いが，当初のままそっくり，何の近代的汚れに染みもせずに空中に漂っていた[23]。

また，先に触れたように，サマセットは古い，イギリス固有のゴシック様式の建築物を調べているという設定も，暗示的であるまいか。といったからといって，もちろん，ハーディは「中世主義者」(111) などであろうはずはない。しかし，ハーディが，この小説において 'romantic' ないしは 'romance' という語を多用している[24]という事実は，無視することはできまい。

ところで、先に言及した 'imaginative reason'(「想像的理性」)という句は、マイケル・ミルゲイトによれば[25]、マシュー・アーノルドに由来するものとされているので、まずは、ヴィクトリア朝の先輩詩人・批評家アーノルドとハーディとの関連について考察してみることにしたい。というのも、この小説において、ハーディは、'culture'(「教養」)に関するアーノルドの提言に対して屈折した反応を示しているかに見受けられるからである。もちろん、これら両者の個人的関係は、ミルゲイトも指摘しているように[26]、なかなか微妙なものがあったであろうことは、'a finished writer'(「完全な作家」と「終わった作家」)なる句の両義性からも察せられる。また、アーノルドがハーディのこの小説に直接的影響を与えているとも考えにくい。にもかかわらず、ハーディが 'imaginative reason' という句をこの小説の結末に用いたことは、ハーディがアーノルドを強く意識していたことの証左であろう。そこで、'imaginative reason' という句の検討はあと回しにして、まずアーノルドの有名な文化論 Culture and Anarchy (1869) に即してアーノルドの主張をかいつまんで要約し、ハーディの態度との異同をみてみることにしたい。

周知のように、アーノルドは内面的完全性への到達を重視し、これを 'culture'(「教養」)と呼んでその意義を力説した。しかし、次の引用からも分かるように、'culture' とは知育のみを目指すものではなかった。確かに、アーノルドは 'curiosity'(「好奇心」)という語を弁護し、それが「事物をあるがままに見ようとする欲求そのもの」であるとした上で、それが「まことの科学的情熱に割り当てられるべき真の基盤」[27]であるとしている。

しかし、教養(カルチャー)に関しては、もう一つの見解があり、そこにおいては、単に科学的情熱、事物をあるがままに見ようとする単なる欲求——それは知的存在にとっては自然で本来的なものではあるが——のみがその基盤として現われるのではない。教養についてのもう一つの見解においては、われわれの隣人たちに対するすべての愛、行動、助力、善行に向かわんとする衝動、人間の過ちを排除し、人間の混乱を除去し、人間のみじめさを縮小したいとい

う欲求も……教養の基盤の要素として，また主要で際だった要素として，かかわってくるのである。そこで，教養は，本来的には，その起源を好奇心 (curiosity) に仰ぐのではなく，完全性の愛好に仰ぐのである。すなわち，それは，完全性の研究なのである。それは，単にそして主に，純粋な知識を求める科学的情熱の力によって動くのではなく，美を増そうとする道徳的および社会的力によっても動くのである。教養に関する第一の見解において，「知的存在をさらに知的にすること」というモンテスキューの言葉をその立派なモットーとして掲げたのと同様に，それについての第二の見解においては，ウィルソン主教の「理性と神の意志とを行き渡らせること」という言葉ほど，それにふさわしいモットーはないのである[28]。

このように，教養に倫理的要素を認めながらも，アーノルドの説く「完全性の研究」としての 'culture' は，従来の宗教に基づくのではなく，「人間性の美と価値を成すすべての力の調和的拡大」[29] を指しており，その意味で世間一般のいわゆる宗教を越えたものである，とアーノルドはいう。以上のように，ヴィクトリア朝の人アーノルドが「完全性」への到達の意義を説いたのに対して，世紀末を生き抜いたハーディは，芸術様式に関して「理想的完全性」(38) は決して到達された例しがない，という。もちろん，アーノルドにしても，「ギリシア人たちの最上の美術にしても最良の詩歌にしても」[30]，「未熟な試み」[31]だったと述べてはいるが，アーノルドが，いわば「完全性」を努力目標としたのに反して，ハーディは，完全性への到達の不可能性に力点を置いたのである。

しかしながら，このような差異がありながら，次の二つの引用文から明らかなように，宗教，とりわけ非国教主義，への態度に関しては，両者には相通じる面があることは注目に値する。

あなたがた自身がそれを反映しているものとしてのあなたがたの宗教組織の生活ほどに，そのように見苦しく，そのように魅力に欠け，そのように不

完全で，そのように偏狭で，人間の完全性についての真にして満足のいく理想からそのように遠ざかっている生活につきものの理想が，一体どうすればすべてのこうした悪徳と醜悪さとを克服し，変容させうるというのか。実際，教養によって追求されるものとしての完全性の研究を推奨する最大の理由と，宗教的組織によって掲げられた完全性の理念——その理念は，すでに述べたように，人類がこれまで完全性を求めて成してきた最も広汎な努力を表わす完全性の理念ではあったが——の不十分さとは，これらの組織がわれわれの生活と社会とを掌握してきたこと，しかも何百年とも知れぬ長い間掌握し続けてきたことのうちに見出されうるのである。われわれは，いずれもが，何らかの宗教組織のうちに含まれている。われわれは，いずれもが，これまでわたしが目にした崇高で，野心的な用語，すなわち神の子らとみずからを呼んでいる。神の子らだと？──何たる不遜であろうか[32]。

　その非国教の教会堂は，取り柄となるような美しさも，風変わりな趣も，快適さも持っていなかった。その教会堂の新しい功利主義と，彼サマセットの日中の仕事の対象である，神さびたゴシック芸術(アート)の情景との不釣り合いは，この上なかった。しかし，すでに述べたように，サマセットは偏狭な音域の楽器ではなかった。彼は，このような散策においてさえ，純粋に美的なもの以外のものに対する共鳴力を持っていた。彼の心は，その宗教儀式を執り行うのにそれほどの眩光を必要とする集合体に属しているに相違ない強く活発なエネルギーによって，捕らえられた。あの賛美歌の高まりのうちには，彼を思いにふけらせた生真面目さがあった。そして，彼が醜いと観じた窓々の輝きは，彼に悪しき世界における善行の輝きを想い起こさせた[33]。

　上の二つの引用からも分かるように，力点の置き方に違いはあるが，アーノルドもハーディも，美というものに敏感であり，非国教主義に伴う醜悪さを指摘している。そして，特定の宗教団体に所属することを不可としながらも，倫理としての宗教そのものは否定し切れていない点で，共通点を持っている。両

人とも，美と善との間を揺れ動いているといえよう。もとより，アーノルドとハーディとは，その時代と出生とに差異があることからして，当然，重なり合わない部分があるが，その発想の点で，とりわけその折衷主義的傾向において，似通ったところがあるのは興味深い。さらに，ハーディが「理想的完全性」を否定するのも，アーノルドの完全性への到達の重要性の力説を裏返しにしたもののようにも思われる。

ところで，肝心の 'imaginative reason' (「想像的理性」) という句は，一体何を意味するのであろうか。*Culture and Anarchy* からの最初の引用文にみられるように，アーノルドは，科学的情熱の基盤である 'curiosity' (すなわち，知的な働きとしての「理性」) と，道徳的向上心の現われである 'love of perfection' (「完全性の愛好」) との止揚を目指している。そして前者の意味での 'culture' のモットーとしてはモンテスキューの「知的存在をさらに知的にすること」を挙げ，後者の意味での 'culture' のモットーとしてはウィルソン主教[34]の「理性と神の意志とを行き渡らせること」という言葉を引いている。ウィルソン主教のいうこの「理性」とは，おそらくは，近代的な意味での理知の働きを意味しているのではなくて，「正しい理性」('right reason')，すなわち「罪ある人間が神の意志を認識するものとしての理性」を指すものと考えられる。したがって，「理性」と「神の意志」とは，ウィルソン主教の場合には，対立物ではないのであろう。他方，アーノルドも，*Culture and Anarchy* において，「正しい理性」('right reason') という句をしきりに用いてはいるが，アーノルドにおいては，それは近代的な理知の働きを指している。すなわち，'right reason' という句は，'culture' の二大要素の一つであるところの 'light' (「光明」)，すなわち 'intelligence' の意味に用いられており，もう一つの要素の 'sweetness' (「甘美」)，すなわち 'beauty' と相補的関係にあるものとされている[35]。知と美とを止揚させようとするこうした折衷的発想は，ロマン派以後の近代詩人特有のものといえよう。そして，問題の 'imaginative reason' なる句は，*Culture and Anarchy* の 5 年以前の1864年に *Cornhill Magazine* 誌に掲載された Pagan and Mediaeval Religious Sentiment と題する文学評論に用いられている。この句の場合にも折

衷的発想がみられるのは次の引用から明らかである。

　後期異教主義の詩歌は，感覚および悟性によって生きたものになった。中世キリスト教の詩歌は，心情および想像力によって生きたものとなった。しかし，近代精神生活の主たる要素は，感覚と悟性でもなければ，心情と想像力でもない。それは想像的理性なのである[36]。

　上の引用から推測する限りでは，近代人アーノルドは，「想像的理性」という句でもって，「感覚および悟性」と「心情および想像力」との止揚を目指していると思われる。すなわち，「知」('head')と「情」('heart')との融和を標榜したといってもよいだろう。
　ところで，'reason'と'imagination'との関連性ということになれば，ヴィクトリア朝人のマシュー・アーノルドばかりでなく，さらに遡って，イギリスにおけるこの問題の最初の提起者であった，ロマン派詩人・批評家S. T. コウルリッジの提言をも一瞥しておく必要があるだろう。思想史家バジル・ウィリは，コウルリッジの'reason'と'understanding'の区別について，次のように述べている。

　もし，コウルリッジが信じるに至ったように，当時の趣味，道徳，および宗教の諸原理が「偽りの，有害な，堕落を招く」ものだとすれば，このことは，部分的に，以後彼にとってますます重要なものとなった区別を用いることで説明できたであろう。すなわち，その区別とは，〈理性〉('Reason')と〈悟性〉('Understanding')との区別である。この区別は，彼の道徳哲学においては，彼の文学論における〈想像力〉対〈空想力〉の対比（'Imagination-Fancy antithesis'）と対応するものであった。彼がすでに知っていて感じてもいたものを表わすためのこうした用語をカントから借用したことによって，彼はただちにこの区別，〈理性〉('Reason'すなわち'Vernunft')と〈悟性〉('Understanding'すなわち'Verstand')との区別が，宗教的真理の彼の擁護にと

って，重要な意味を持つものであることを悟ったのである[37]。

そして，ウィリは，コウルリッジの〈理性〉と〈悟性〉との区別について，次のように述べている。

〈理性〉が究極的目的を追求するのに対して，〈悟性〉は手段を考究する。〈理性〉が「感覚を超えた真理の源泉および実体」であるのに対して，〈悟性〉は「感覚に準拠して」判断を行う機能である。〈理性〉は精神(スピリット)の目であり，精神(スピリチュアル)の実体を精神を通して(スピリチュアリー)認知する力であるのに対して，〈悟性〉は肉体に属する知力(マインド)である[38]。

コウルリッジのいう'reason'とは，知力の働きである'understanding'とは異なるものを指していて，知力を超える力，すなわち事物の本質を直観的に捉える洞察力を意味している。つまり，〈理性〉は，コウルリッジにあっては，彼が文学批評において'imagination'と呼んだものと同一であったことが分かる。

これに対して，アーノルドの場合には，そしてアーノルドに追随したハーディの場合にも，どうやら'reason'と'imagination'とは対立するものとして捉えられているようにみえる。例えば，『熱のない人』中のモンテ・カルロの賭場の人びとを描いた場面からの次の引用は，そのことを裏づけている。

そこにいる人びとは，彼〔サマセット〕自身をも含めて，完全な理性(reason)の目にとってはいくぶん単調なもの——数を内部に含んでいる一つの機械において，数がある長い間隔で現われるのか，それともある短い間隔で現われるのかといったこと——換言すれば，その結果の全体はよく知られている物の一断片を盲目的に追い求めること——に関心を持ちうるということは，想像力(imagination)と対置された際には，論理の力がいかに無力であるかについての，数ある中の一つの証明であった[39]。（傍点引用者）

第13章 トマス・ハーディの知的背景 263

　上の引用文の中では，ハーディは 'reason' という語を普通の意味の「理性」，すなわち「論理の力」，を表わすものとして用い，また 'imagination' をごく一般的な「想像力」ないしは「空想力」の意味に用いているのは明らかである。先にみたように，アーノルドは，その文化論において 'light'（「光明」）という知的な要素と，'sweetness'（「甘美」）という美的な要素との止揚を目指している。これら二語は，アーノルドの場合には，それぞれ 'reason' と 'imagination' という語で置き換えることもできよう。したがって，アーノルドが 'imaginative reason' というとき，彼は相対立するものの止揚を求めていたのではあるまいか。ロマン主義の時代の観念論者コウルリッジとは異なり，科学的合理主義が進展したヴィクトリア朝の人アーノルドは，もはやコウルリッジ流に，'reason' を悟性を超えた洞察力とすることはできず，'reason' と 'imagination' とを二つの相異なるものと認識した上で，なおもそれら二つを止揚させようと努めたのではあるまいか。

　ところで，ハーディも，先の引用では 'reason' と 'imagination' とを相対立する能力として扱ってはいるが，その一方で，ワーズワスの金言――「自然の対象物がより完璧に再生されればされるほど，それだけ一層その描写は真に詩的なものになる」――に触れつつ，「この再生は，（例えば，雨，風などの）事物の核心を見通すことによって達成される」とし，これこそは真のリアリズムであり，「要するに，それはマシュー・アーノルドが想像的理性（imaginative reason）と呼んでいるものによって達成される」[40] と述べている。ハーディは，ここでもマシュー・アーノルドを引き合いに出しているのだが，ハーディはアーノルドを仲立ちにして，ロマン派につながっているのではあるまいか。というのも，ハーディの「事物の核心を見通すこと」という表現は，コウルリッジの言う意味の 'reason'，すなわち，本質的な洞察力，に通うところがあるからである。とすれば 'imaginative reason' という句の 'reason' は，単なる知力を超えたものを指しているようにも思われる。

　以上のように俯瞰してみるとき，19世紀末の小説家・詩人ハーディと，ロマン派以降の近代文学の伝統との類縁性が浮かび上がってくるのではあるまい

か。もとより，以上の大まかな分析は，ロマン派とハーディの直接的影響関係を立証しようとするものでは決してない。また，ハーディと近代文学とのかかわりを問おうとすれば，'romantic' ないしは 'romance' という語ばかりでなく，'art' もしくは 'artist' という語をも取り上げなければならないだろう。というのも，レイモンド・ウィリアムズは，'culture' という語の近代的意味の一つとして 'the general body of arts' を挙げているからである[41]。いずれにしても，世紀末の薄明の中で，過去と現在との狭間に身を置いていたハーディの場合には，「もう少しはっきり見えるようになるまで」(406)，少なくともこの時点では，「熱のない」態度をとらざるをえなかったのであろう。T. S. エリオットが指摘しているように，19世紀後半のイギリス小説家たちは，「〈信仰〉を疑い，それについて悩み，それと争わ」[42]ざるをえなかったのだからである。

5 この作品の評価をめぐって

　終わりに，この小説の評価の問題について簡単に触れておこう。この作品は，諸家が指摘しているように[43]，決して傑作とは言いがたい。むしろ，野心的失敗作と呼ぶべきであろう。今日の時点では，この小説の最も注目に値する点は，主人公ジョージ・サマセットのうちに，「若き日の芸術家」ハーディが色濃く投影されていることであろう。この小説の執筆当時病を得ていたハーディは，それが死病ではあるまいかと思い，「彼の人生の事実をそれまで以上に」[44]この作品に投入したといわれている。例えば，主人公サマセットが若い建築家であること，建築に興味を失い詩作にふけったこと，内気な芸術家肌の青年であり美に敏感なこと，牧師を志したこともあるが〈信仰〉に懐疑を抱くに至りその志を棄てたこと，作品中で建築について蘊蓄を傾けていること，またのちに触れるように，妻を同伴しての外国旅行の体験を利用していること，などが目につく要素である。そしてまた，主人公サマセットが，紆余曲折を経て「知性と富の二つながら」(306) を有するポーラと結ばれるのは，芸術と産業との合体ともいえようが，むしろ若かりし日のハーディの個人的願望の表出だったのではあるまいか。

他方，この小説の大きな弱点は，女主人公ポーラも主人公サマセットも「よそ者」(37)であり，後期のハーディの傑作とは異なり，土地に根ざした者たちが欠落していることである。いきおい，ストーリーは，大人とも子供ともつかぬ得体の知れない「世界市民」(155)ウィリアム・デアと，ポーラの叔父で大陸のテロリストたちの一味だったアブナー・パワーといった，メロドラマがかった狂言回しの活動によって進展させられることになる。また，この小説は，一般人にとっては，当時なお物珍しかったと思われる大陸旅行の描写に寄りかかっているが，それはハーディ夫妻の外国旅行の経験を取り入れたものであった[45]。以上の二点がこの小説の底を浅くしていることは否めない。『熱のない人』は，*Harper's New Monthly Magazine* 誌の英国版の創刊号（1880年12月号）から連載され始めたのだが，当時ようやく売れ始めた新進作家ハーディは，1896年版への「はしがき」で示唆しているように，幅広い読者層，特に若い読者たち，を視野に入れて，ストーリー性に富んだ，面白く読める小説を書こうとしたのであろう。しかし，以上のような難点にもかかわらず，さすがにハーディの作だけあって，『熱のない人』も近代小説特有のアンビヴァレンスを蔵していて，それなりに結構面白く読める。とりわけ，主人公ジョージ・サマセットが当時のハーディを反映していると思われるので，「芸術家」ハーディの姿勢を論じる上では，この小説は無視できないものであるといえるのではあるまいか。

1) 『過去と現在』(*Past aud Present*, 1843) は，トマス・カーライル (1795-1881) の社会批評の一つの表題で，カーライルは，当時の民主主義的傾向や自由放任経済論などを痛罵し，12世紀のイングランドの神政一致の政体を賛美している。
2) 主人公ジョージ・サマセットのクリスチャン・ネイムのジョージは，イングランドの守護聖人の聖ジョージ (St. George) を連想させる。また姓のサマセットは，イングランド南西部の州の名であると同時に，歴史上有名なサマセット公爵 (*circa*. 1506-52) を連想させる。ほかにも，女主人公ポーラ・パワーのクリスチャン・ネイムのポーラは，キリスト教初期の伝導者パウロ (Paul) の女性形であるし，姓のパワーは，権力という一般的意味のほかにも，産業革命の推進力としての「動力」の意を含んでいよう。さらに，ドゥ・スタンシ大尉の私生児ウィリ

アム・デアにしても，そのクリスチャン・ネイムのウィリアムは征服王ウィリアム（1027-87）を想起させるし，姓のデアは 'dare' に通じ，大胆な悪巧みをめぐらす者を表象する命名である。

3) Thomas Hardy: *A Laodicean* (Macmillan, New Wessex Edition), p. 50. この小説からの引用は，すべてこの版に拠った。

4) 本文中のこの小説からの引用の訳語には，引用符の直後のカッコ内の数字によって，New Wessex Edition におけるページ数を示しておいた。

5) ただし，ジョン・パワー氏はすでに故人であり，他方サー・ウイリアム・ドゥ・スタンシは先祖代々の居城を手放してしまっていて，「キノコのような現代風の」(69) 家に住み，貴族としての実質を喪失している。したがって，この小説は，新旧の社会的対立を正面から扱っているのではなく，もっぱらその結果を描いているともいえよう。

6) この小説の表題 *A Laodicean*（熱のない人）とは，新約聖書の「黙示録」第3章14節以下において，Laodicea（ラオデキヤ）の教会が，「熱くもなく，冷たくもなく，なまぬるい（lukewarm, and neither cold nor hot）」と非難されていることにちなんでいる。

7) Woodwell という名は 'would well' に通じる。この牧師は好人物ではあるが，端役にとどまっている。というのも，この小説が進展するにつれて，メロドラマ的になり，筋立ての面白さに引きずられて行くために，冒頭部分に提示されている宗教的対立のテーマが尻つぼみになってしまうためであると思われる。

8) のちに触れるように，サマセットは「金持ちでこそないが，十分に古い家柄」(118) の出で，近親者たちは芸術や学問の分野で活躍していた。

9) T. Hardy: *op. cit.*, p. 45.

10) See Michael Millgate: *Thomas Hardy: His Career as a Novelist* (Bodley Head, 1971), pp. 172-3.

11) Gordon S. Haight: *George Eliot: A Biography* (Oxford, 1968); referred to in M. Millgate, *op. cit.*, p. 172.

12) デアはモンテ・カルロの賭場ですって，居合わせたサマセットに200フランの借用を申し込んだが，デアのためを思ったサマセットは断る。それをうらみに思ったデアは，サマセットの名をかたってポーラに百ポンドの借用を電信で申し入れる。むろん，このことがポーラのサマセットについてのイメージを悪くすることをも狙った一石二鳥の悪巧みである（第4部4章）。さらに，写真師のデアは，サマセットが酔い痴れている写真を偽造して，わざとポーラの目の前でこの偽造写真をポケットから落とす。この写真がサマセットの人格を傷つけることを目論んでのことである（第5部4章）。

13) Barbara Hardy: "Introduction" to *A Laodicean* (New Wessex Edition), p. 13.

14) T. Hardy: *op. cit.*, p. 37.
15) ちなみに，ハーディの廃棄された処女作の表題は *The Poor Man and the Lady*（『貧乏人と淑女』）であった。拙論「ハーディの初期の小説」（大沢・吉川・藤田共編『二十世紀小説の先駆者トマス・ハーディ』所収，篠崎書林，1975）参照。
16) T. Hardy: *op. cit.*, p. 166.
17) See M. Millgate: *op. cit.*, pp. 165-173. また，藤田繁氏の解釈は，ミルゲイトのそれをさらに推し進めたものといえよう。藤田繁「『エセルバータの手』，『熱のない人』——ハーディにおける今日の問題」（『二十世紀小説の先駆者トマス・ハーディ』所収）参照。
18) ハーディは，1896年版への「はしがき」で次のように述べている。
　……'A Laodicean' may perhaps help to while away an idle afternoon of the comfortable ones [= readers] whose lines have fallen to them in pleasant places; above all, of that large and happy section of the reading public which has not yet reached ripeness of years; those to whom marriage is the pilgrim's Eternal City, and not a milestone on the way. (T. Hardy, *op. cit.*, p. 33.)
19) See Barbara Hardy, *op. cit.*, pp. 25-6.
20) T. Hardy: *op. cit.*, p. 408.
21) *Ibid.*, p. 272.
22) ハーディ自身こう記している。「人間性そのものが存在する限り，ロマンチシズムは人間性のうちに存在するだろう。」Florence Emily Hardy (ed.): *The Early LIfe of Thomas Hardy* (Macmillan, 1928), p. 189.
23) T. Hardy: *op. cit.*, p. 379.
24) ハーディは，この小説の中で 'romantic' という語を15回，'romance' という語を6回用いている。これらの語が使用されているニュアンスないしはコンテキストは，紙幅の関係でここではいちいち取り上げることができない。
25) M. Millgate: *op. cit.*, p. 174.
26) *Ibid.*, pp. 174-7.
27) Matthew Arnold: *Culture and Anarchy*, Kōchi Doi ed. (Kenkyusha English Classics, 1949), p. 44. M. アーノルドは，その文学評論集 *Essays in Criticism* (1865) の巻頭論文 "The Function of Criticism" においても，'curiosity' という語は，他の国々では disinterested love of free play of the mind on all subjects for its own sake という良い意味で用いられていることを指摘しており，'curiosity' という語を「対象をあるがままに見る」という批評の主要な要素であるとしている。Cf. M. Arnold: The Function of Criticism in *Essays in Criticism*, Kōchi Doi ed. (Kenkyusha English Classics, 1947), p. 14.
28) *Culture and Anarchy*, pp. 44-5.

29) *Ibid.*, p. 48. この句は，S. T. コウルリッジの「われわれの人間性を特徴づけるあの素質と能力との調和ある発達」という表現を想起させる。See S. T. Coleridge: *On the Constitutian of the Church and State* [1829]; The Collected Works of Samuel Taylor Coleridge No. 10 (Princeton Univ. Press),. John Colmer ed. (Routledge & Kegan Paul, 1976), pp. 42-3.
30) *Culture and Anarchy*: p. 54.
31) *Ibid.*, p. 55.
32) *Ibid.*, p. 59.
33) T. Hardy: *op. cit.*, p. 43.
34) ウィルソン主教（Thomas Wilson, 1663-1755）は，アイルランドの聖職者。Isle of Man の主教。M. アーノルドは Wilson の著書『格言集』(*Maxims*) の影響を受けた。
35) Cf. M. Arnold: *op. cit.*, pp. 72-82.
36) M. Arnold: "Pagan and Mediaeval Religious Sentiment" in *Lectures and Essays in Criticism*, R. H. Super ed. (Ann Arbor, 1962), p. 230; cited in M. Millgate, *op. cit.*, p. 174. M. アーノルドは，この引用箇所に続けて，この 'imaginative reason' は一時期のギリシアの詩において達成されているといっている。Cf. "Pagan and Mediaeval Religious Sentiment" in *Essays in Criticism*. Kōchi Doi, ed. *op. cit.*, p. 91. なお，アーノルドのこの文学評論集の編注者土居光知氏は，この 'imaginative reason' なる句は「Coleridge や Pater 等によってよく用いられた語」と注記している。(Cf. *ibid.*, p. 318.) Pater はいざ知らず，コウルリッジがこの句を用いているとすれば，のちに触れるように，コウルリッジの場合には，'imagination' と 'reason' とは対立物として捉えられていたのではなく，本来的に同一の機能と考えられていたと思われる。
37) Basil Willey: *Samuel Taylor Coleridge* (Chatto & Windus, 1972), p. 128.
38) Basil Willey: *Nineteenth Century Studies* (Chatto & Windus, 1949), p. 29.
39) T. Hardy: *op. cit.*, pp. 280-1.
40) F. E. Hardy (ed.): *op. cit.*, p. 190.
41) Raymond Williams: *Culture and Society 1780-1950* (Chatto & Windus, 1958; Pelican Books A 520, 1961), Pelican Books Edition, p. 16.
42) T. S. Eliot: "Religion and Literature" in *T. S. Eliot; Selected Essays* (Faber and Faber, 1951), p. 392.
43) Cf. M. Millgate: *op. cit.*, pp. 166-7; Barbara Hardy: "Introduction" to *A Laodicean* (New Wessex Edition), p. 13.
44) William Lyon Phelps: *Autobiography with Letters* (New York, 1939), p. 391; referrd to in M. Millgate: *op. cit.*, p. 165.

45) 1874年の9月に，最初の妻エマと結婚したハーディは，フランスへ新婚旅行に出かけた（Cf. F. E. Hardy ed., *The Early Life of Thomas Hardy*, pp. 132-3.）。また，1876年5月には，ハーディ夫妻はオランダとライン地方を訪れた（Cf. *ibid.*, pp. 145-6）。さらに，1880年7月27日にフランス旅行に出かけ，8月半ばまでフランスに滞在した（Cf. *ibid.*, p. 181.）。

第14章 "To Please his Wife" と慈悲深き神[1]

1 はじめに

　トマス・ハーディ（1840-1928）は，その代表作『ダーバヴィル家のテス』が刊行された1891年に，数篇の短篇小説をも発表している。それらの短篇は，1894年に刊行された短篇集『人生の小さな皮肉』に収められている[2]。この論文で取り上げる "To Please his Wife" もそのうちの一篇である。これらの短篇に共通するテーマといえば，運命のいたずらに翻弄されて真の愛情を貫くことができなかった男女の悲劇ということになるであろう。"To Please his Wife" もその一例である。そこで，まずは，人生の皮肉なめぐり合わせという角度からこの作品を眺めることから始めよう。

2 「人生の小さな皮肉」

　見栄っぱりで競争心の強い女主人公ジョウアナ・フィパードは，船乗りシェイドラック・ジョリフが彼女の親友エミリー・ハニングに想いを寄せているのを承知の上で，結婚という二字に引かされて，シェイドラックと婚約する。彼を深く愛しているわけでもないジョウアナは，エミリーがシェイドラックを失って悲しんでいると聞いて，場合によってはエミリーのために自分の婚約を解消してもよいと思い，エミリーの店を訪ねる。エミリーは不在だったため，ジョウアナはエミリーの帰りを待っていた。ところが，折も折とて，シェイドラックがエミリーの店の前に姿を現わす。エミリーの匂いのする場所でシェイドラックと顔を合わせるのを嫌ったジョウアナは，とっさに店に接する居間に身を隠す。それとは知らぬシェイドラックは，戻ってきたエミリーに，自分が本当に愛していたのはあんただった。ジョウアナは虚栄心から自分の申し出を受

け入れただけで，事情を明かせば，きっと自分を解放してくれるはずだ。そういってシェイドラックは，小柄だがしなやかなエミリーの体を抱きしめる。店との仕切りのカーテン越しにこの場面を覗き見る羽目になったジョウアナは，嫉妬のほむらを燃やし，当初の親切心はどこへやら，婚約を楯にシェイドラックにあくまで結婚を迫る。

その一方，失恋したエミリーは，町の裕福な商人レスター氏に見染められ，求婚される。エミリーは誰とも自分は決して結婚しないと断言するのだが，ついには彼の妻となる。こうして，商売に携わっていたエミリーが豊かな生活を送る淑女になり，エミリーよりも社会的地位が高かったジョウアナが小売商の妻の地位に甘んじなければならないというのは，まさしく「人生の小さな皮肉」である。

ところで，この二組みの夫婦には，それぞれ二人の息子が生まれるが，それが悲劇の原因となるのである。ジョウアナは，エミリーの息子たちが立派な紳士教育を受けているのに自分の息子たちは貧しさゆえにちゃんとした教育を受けることができないと，しきりに愚痴をこぼす。気のいいシェイドラックは，「妻をよろこばせるために」，再び貿易帆船に乗り込み，やがて金貨の詰まった大袋を持ち帰る。しかし，レスター家の繁栄をうらやむジョウアナは，それだけでは満足しえない。二人の息子たちも一緒に行けば三倍は稼げるのだが，という夫の言葉におじけを振るったジョウアナであるが，エミリーを見返したい一心から，彼女はついに三人揃っての船出に同意する。そして，待てど暮らせど，三人は帰港することはないのである。

3　ハーディの主題

以上の要約からも明らかなように，確かにこの悲劇はジョウアナの嫉妬心に由来するところが大きいのは事実である。しかし，そこには，人間の意志を超える力が働き，恋人同士を引き離してしまう。したがって，この短篇は純然たる性格の悲劇とは言い切れない。いかにもハーディ的な偶然の要素が強く働いているからである。従来それは宇宙を盲目的に支配する「内在意志」の作用に

よると説明されてきた。そのことに異を唱えるつもりはないが，その観念の背景というものをもう少し検討する必要があるのではあるまいか。従来慈悲深いものとされてきた〈神〉が無慈悲なものに成り変わるところにハーディの主題の一つが成立すると考えるからである。そこでまず，以下において，この観点から，ハーディがこのテーマをどのように提示しているかを，この作品に即して具体的に跡づけることにしたい。

4　シェイドラックの悲劇

　ジョウアナの悲劇は自業自得ともいえようが，それに捲き込まれる夫のシェイドラックは信仰心が篤く，善良な人間である。この一篇は，冬のある午後，海難を逃れた船乗りシェイドラックが，故郷の町ヘイヴンプールの教会を訪れ，牧師の許しを得て神に感謝して一心に祈る場面に始まる。

　教会書記は，そこで，そこと思われる感謝の短禱の載っている祈禱書のページを船乗りに指し示した。そして，牧師がそれを読み始めると，船乗りはその場にひざまずき，牧師のあとについて，一語一語，はっきりした声でそれを繰り返した。この成り行きに，あっ気にとられて，身じろぎもせず突っ立っていた人びともわれ知らず同じようにひざまずいたが，一人ぽつんと離れている船乗りの姿を，なおもじっと見つめていた。彼は，内陣の階段のちょうど真ん中に身じろぎもせずひざまずいたまま，顔を東のほうに向け，帽子を片脇に置いて，両手を組み合わせ，自分の姿が人びとの視線にどう映っているかなどはまったく意に介していなかった[3]。

　助かったのは神様のお陰と固く信じているシェイドラックは，祈りのあとで，久し振りに訪れた故郷の町の住民たちに神の加護のありがたさについて語るのである。

　歩きながら，彼は町のだれかれとなく言葉をかわし，数年前にこの故郷を

出て以来，近海航路の小さな二檣帆船の船長兼船主になっていたが，このた
びの強風から，神の加護によって，わが身ばかりか船も助かったと語り聞か
せた[4]。(傍点引用者)

　傍点部分の原語は providentially である。OED 2. b. は By special intervention
of Providence ; by special chance ; opportunely, fortunately. (Now the most com-
mon use.) と定義している。今日では単に「幸運にも」の意で用いられること
の多いこの語は，もともと「『神』(Providence) の助けによって」という宗教
色の強い語であったことが分かる。
　彼が息子たちを同伴したいと思うのも，神の加護を信じて疑わないからであ
る。

　今や万事は母親の承諾一つにかかっていた。彼女は長い間それを与えずに
いたが，とうとう許しを与えた，若者たちは父親と同行してもよい，と。シ
ェイドラックは許しが出たことで常になく上機嫌であった。神 (Heaven) は，
これまで自分を護って下さった。また，自分も神の加護に感謝の祈りを捧げ
てきたのだ。神 (God) はかの御方を信じる者たちをよもやお見捨てにはな
るまい[5]。

　シェイドラックのこうした確信にもかかわらず，「神」は忠実なしもベシェ
イドラックを「見捨て」給うのである。シェイドラックのように神の摂理を信
じる善良な人間が海の藻くずと消える不条理こそ，神の不在の何よりの証拠だ，
とハーディは言いたかったのではあるまいか[6]。

5　「慈悲深き神」の系譜

　ところで，一人取り残されたジョウアナは夫と最愛の息子二人の帰港をひた
すら待ちわびるのである。

第14章 "To Please his Wife" と慈悲深き神　275

　シェイドラックが，出発前に，もし今回の冒険が見事に成功し，無事につつがなく帰ってこられたら，この前の難破のあとと同じように教会へ行き，息子たちとともにひざまずいて，自分らが無事救われたことを神に感謝しよう，といっていたことを，彼女は思い起こした。彼女は朝も夕べもきちんと教会へ通い，内陣の階段に最も近い一番前列の座席に坐った。彼女の目は，シェイドラックが，かつて若い盛りのときひざまずいたその階段に，大抵じっとそそがれた。20年前の冬，彼の膝がついていた一点を寸分たがわず彼女は知っていた。帽子を階段の片脇に置いてひざまずいたときの彼の輪郭もよくおぼえていた。神様（God）はご親切だ。きっと夫はあそこに再びひざまずくに違いない。彼がいっていたように，両側に息子を一人ずつ坐らせて，ジョージはこちらに，ジムはあちらに。礼拝しながら，彼女が長いことその一点を見詰めていると，まるで帰ってきた三人がそこにひざまずいているのが見えるような気がしてくるのであった。息子たちの二つの細い輪郭とその間に挟まれたがっしりと大きな姿とが，それぞれ合掌したまま，その頭を東の壁を背景にくっきりと浮かび上がらせていた。この空想は次第に嵩じて，ほとんど幻覚にまでなり，彼女が疲れた目を階段のほうに向けると，きまったように，いつもそこに彼らの姿が見えるのであった。
　それでも，彼らは帰ってこなかった。神（Heaven）は慈悲深いが，まだ彼女の魂を救い給うまでには至らなかった。これは，まさしく，彼ら三人を自分の野心の奴隷たらしめた罪によって彼女の受ける罪ほろぼしなのであった。しかしほどなく，それは罪ほろぼしどころではなくなり，彼女の気持は絶望に近いものとなったのである[7)]。

　上の引用中の一文 Heaven was merciful, but it was not yet pleased to relieve her soul. は特に示唆に富むものである。「妻をよろこばせる」ことは「神をよろこばせること」につながらないという点にハーディのアイロニーがこめられている。こうして，神が絡むことによって，「妻をよろこばせるために」という表題は，単に人間的次元を超えた意味を持つに至り，一層アイロニカルな響

きを帯びるのである。

　また，ここで用いられている Heaven という語は，注6)にあるように，大文字で始まる場合には Providence もしくは God の同意語である。そこで，少々煩雑であるが，Providence について *OED* の定義をみておこう。Providence 3. In full, *providence of God* (etc.), *divine providence* : The foreknowing and beneficent care and government of God (or of nature, etc.) ; divine direction, control, or guidance. 4. Hence applied to the Deity as exercising prescient and beneficent power and direction. そして，Heaven または Providence という語が God の同意語として，とりわけピューリタン系の作家たちによって多用されるようになるのは，どうやらジョン・ミルトン（1608-74）以後のことであるらしい[8]。

　また，小説の分野に限ってみれば，God の同意語として Heaven や Providence を用いることは，早くもダニエル・デフォー（1660 ? -1731）に始まる。現に，デフォーは，その代表作の一つ『モル・フランダーズ』（1722）で「慈悲深い神」（'the merciful Providence'）という表現を用いている[9]。ハーディがデフォーのこの語句をどれほど意識していたかは定かでないが，『はるか群衆を離れて』（1874）の主人公の農夫ゲイブリエル・オウクの蔵書は，実用書の類いを除けば，*Paradise Lost, The Pilgrim's Progress, Robinson Crusoe* から成っていたとされているのは示唆的で，ハーディがキリスト教の伝統というものが，19世紀後半のイギリスの田舎ではなおも生き続けていると考えていたのは確かであろう[10]。

　周知のように，『モル・フランダーズ』は，女盗賊を母としてニューゲイト監獄で生まれ落ちたモルの数奇な半生を活写した小説である。詳しい経緯は省略に従うとして，この小説は，大別すれば，若主人の誘惑によって転落したモルが容色を武器に金持ちの夫を捕まえる方法に浮き身をやつす前半と，女盛りを過ぎてスリ，万引きに転向して稼ぎまくる後半とに分かれよう。孤児に生まれたモルは，命をつなぐために次つぎと悪事を重ねるが，「神」は決してモルを見捨てることはないのである。モルが死刑を免れるのも，植民地に送られ，そ

こに捨ててきた息子に再会して農園を贈られるのも，ひとえに「慈悲深き神」のなせる業(わざ)なのである。息子に農園を贈られたときのモルの感謝の気持ちを述べているくだりを引用してみよう。

　これはわたしにとってはまったく驚くべき知らせで，これまでにないような幸運でした。本当にわたしの心はかつてないほど真剣に，また大いなる感謝をこめて，この世に長らえることを許された者のうち最大の悪人であったこのわたしにこのようなお恵みを下された「神の御手」を仰ぎ見るようになりました。また，この場合に限らず，感謝の気持ちのときはいつでも，自分自身はひどいお返しをしているのに，「神」(Providence)はわたしにお恵みを下されると感じられて，そうなると一層自分の過去の邪悪で忌まわしい生活がひどいものに思われ，そのような生活をまったく嫌悪し，自責の念にかられるのです[11]。

もちろん，こうした「神」への信頼は，モル一人のものではない。もう一つ，今度は Heaven の用例を含む一節を引いておこう。死刑を免れたモルが，追いはぎの夫とヴァージニアに渡り，かつて彼女が自分の half-brother との間に生み，その地に置き去りにした息子と再会したことを，夫に報告するくだりである。

　わたしはこの旅行の一部始終を夫に話しました。ただ，夫の手前，息子と明かさず「いとこ」と呼んでおきました。まず第一に，わたしが時計を無くした話をすると，夫は惜しいことをしたというような顔をしました。しかし，いとこがどんなに親切にしてくれたか，いとこは，わたしのおっかさんがしかじかの農園をわたしに残していったのを，いつかきっとわたしから便りがあるに違いないからと，その農園をわたしのためにとっておいてくれた話をし，それから，その農園の管理をいとこに任せたこと，いとこはその収益を忠実に報告してくれることになっていること，などを話して聞かせ，それか

ら，最初の年のあがりとして銀貨百ポンドを彼の目の前に取り出しました。次いで，ピストル金貨の入った鹿皮の財布をふところから引き出して，「ほら，あんた，これが金時計のかわりというわけよ。」と言いました。夫は——神（Heaven）のお情けのあらたかさというものは，神のお慈悲（goodness）に心を動かされるすべての分別ある者に等しく感得されるものですから——両手を挙げて感極まって，「わしのような恩知らずの犬畜生に，神（God）は何というお恵みを下されるのだろう！」と言いました[12]。

犯罪者たちを描きながらも，この小説が明るさを保っている理由の一半は，彼らが「神」への信頼と感謝を忘れずに罪を悔いるからである。もちろん，銀貨や金貨による改心は，今日のわれわれの目からすれば，はなはだアイロニカルに映るのは確かである。マーク・ショアラーが指摘しているように[13]，「最後になって，悪の生活の結果，真人間になっても生活の心配がなくなったのちに，モルはやっと真人間に立ち返ったことをわれわれは知る」にすぎないからである。モルの世界では，本来絶対者であるべき〈神〉が，モルのモラルへの復帰のおぜん立てをすることによって，彼女の罪の尻ぬぐいをさせられている[14]。

ところで，〈神〉への信頼はピューリタン系の作家たちの独占物ではない。デフォーから約1世紀のちの国教徒の小説家ジェイン・オースティンも，この語を用いている[15]。ここでは，『説得』における一例を検討することにしたい。『説得』の女主人公アン・エリオットは，亡き母親に似て，心やさしく，聡明で，思いやり豊かな女性である。物語の始まる8年前に，アンは近隣の副牧師の弟で海軍軍人のウェントワスと知り合い，互いに深く愛し合うようになり，婚約した。しかし，アンにとって不幸なことに，亡き母の親友でアンの唯一の理解者ラッセル令夫人までが，この婚約に強く反対した。無財産で不確実な職業に加えて，みずからの才能と将来の幸運を確信する楽天的な気質と無鉄砲とも思える勇気との持ち主ウェントワスは準男爵の娘アンにはふさわしからぬ人物として，あらゆる点でこの婚約を非難し，それが無分別で，成功の覚束ない

ものだと信ずるようにアンを説き伏せてしまったのだった。

　しかし，アンは27歳にもなって，19歳の折に説得されたときとは，だいぶ違った考えを持つようになった。ラッセル令夫人を責めはしなかった。また夫人の指導に従ったことで自分を責めはしなかった。しかし，もし誰か自分と同じ境遇にいる若い人から意見を求められるようなことがあれば，あのような不確かな未来の利益を良しとして，あのような目前の惨めさをもたらす助言を与えるようなことは決してしないであろうと思った。家族の者の不賛成からくる不利益のすべてと，彼の職業につきものの懸念のすべてと，彼ら二人がおそらく味わうことになっただろう不安，遅滞，失望のすべてのもとにあっても，あの婚約を保持したほうが，それを犠牲にするよりも幸福であったろう，と彼女は確信した。また，すべてそのような心配や不安の当然の割り前を，いや当然以上の割り前を，分かち持たねばならなかったとしても，――彼らの場合，実際に起こったことは，無理ない範囲で当てにしていたよりも早く，繁栄が得られていたであろうが，そのこととはかかわりなく――彼女はこのことを十分信じたのであった。彼の元気一杯の期待，自信のすべては正当化されたのだ。彼の才能と熱意は，その目ざましい経歴を予知し，わが物としているかにみえていた。二人の婚約が破棄されてまもなく，彼は任務を得た。そして，彼が彼女にそうなるだろうと語ったことは，すべて実現されていた。彼は戦功をたて，たちまち一階級昇進していた。――そして，次つぎの敵艦捕獲によって，今では相当な財産を作ったに相違なかった。アンの知識の拠りどころとしては海軍録と新聞しかなかったが，彼が富裕になったことを疑うことはできなかった。――そして，彼が愛し続けてくれているという考えを裏づけるものとして，彼が結婚したと信ずべき理由はないのだった。

　アン・エリオットは，いかに雄弁になりえたことだったろうか！　少なくとも，あの取り越し苦労，人間の努力を低くみ，神慮（Providence）を信じない，あまりにも用心深い取り越し苦労に反抗して，若き日の熱烈な愛と，

未来に対する明るい自信とに組みしたいという彼女の願望は,いかに雄弁なものだったことか！　若き日に,アンは周囲から強いられて慎重な進路をとったが,年をとるにつれ,ロマンスを学んだのだ。これは不自然な始まりが行き着いた自然な成り行きであった[16]。

確かに,アンは Providence をもっと信頼して運を天に任せるべきだったと悔やんでいるのである。Providence への信頼という観点からすると,この一節だけを取り出すと,オースティンもまた,デフォーらの立場に近いようにみえる。しかし,ここにみられるアンのロマンス肯定は,ヴァージニア・ウルフの鋭い指摘にもかかわらず[17],そのまま作者自身のロマンス肯定につながるものかどうかについては疑問の余地があろう。アンが,ここで表明している確信は,彼女が物語の結末において到達する確信とは逆のものだからである。とすれば,この一節は,何よりもまず,この時点においてアンが置かれていた状況に即応する心理的現実を表わすものである。また,ラッセル令夫人の説得も全的に誤りとも言いがたいものであった。なぜなら,アンとウェントワス大佐との婚約は,経済的自立の欠如という一点において,紳士階層の間では社会的是認を得られるものではなかったからである。以上のようないきさつを背負いながら,アンの恋の物語は展開されることになる。

アンの妹メアリの義妹ルイーザに大佐は関心を抱き始める。しかし,決断力の持ち主とみえたルイーザは,単に元気旺盛で向こうみずな女性にすぎなかった。一同打ちそろって出掛けたライム旅行の折に,ルイーザは絶壁沿いの段々をとび下りねば承知せず,しかも大佐の制止を振り切って二度までもとび下りようとして,下の舗道に落ちて大怪我をする。茫然と成す術を知らない一同にあって,ひとりアンだけが冷静沈着に皆を励まし,ことの処理に当たらせることができた。

アンは,確固たる性格の持つ普遍的な美点と利点についての彼自身の以前の考え方の妥当性に対する疑問が今や彼の心に生じているかどうか,また,

他のすべての資質のようにこれもその釣り合いと限界とを持つべきだと考えついたかどうか，と思った。説得されやすい気質が，ときには非常に断乎たる性格と同じだけ，幸福を享受しうるのだということを，彼が感じないことはおそらくあるまい，とアンは思った[18]。

こうして物語は転回点を迎え，読者はもはやアンとウェントワス大佐との愛の復活について疑うことはないであろう。ウェントワス大佐は改めてアンの真価を認め，いったん破れた愛が，きわどく成立するのである。
ところで，愛の至福のうちにあって，アンは来し方を振り返って，大佐に次のように語る。

「わたしは過去のことを考え，正しいことまちがったこと——わたしに関してのことですが——を公平に判断しようと努めていました。そして，そのことでずい分苦しみましたけれども，あのお友だち——あなたもいずれ現在よりはずっと好きになられるでしょうお友だち——に導かれたという点で，わたしは正しかった，完全に正しかったと信じざるをえません。わたしにとってあの方は親がわりでした。ですけれども，誤解なさらないでください。あの助言がまちがっていなかったといっているのではありません。おそらく，その助言が正しいか誤りかは，結果自体によって定まるといったケースの一つでした。わたしだったら，事情が一応似かよっている場合，あのような助言は確かに決してしはしないでしょう。ですが，わたしのいわんとするところは，おばさまに従ったという点でわたしは正しかったということです。もし従わなかったとしたら，婚約を維持したことに対して，それを破棄した場合より一層苦しんだろうと思います。なぜなら，良心の苛責を受けたに違いありませんから。そのような感情が人間性の中に許される限り，今わたしは良心の呵責は少しも感じずに済みます。また，もしわたしがまちがっていませんのなら，強い義務感は女の持参金として，決して悪いものではありませんのよ。」[19]

アンが認めているように，ラッセル令夫人の助言の当否は結果自体によって定まるというきわどいものではある。しかし，この小説の結末に照らせば，その助言に従ったことは正しかったのであり，アンが Providence に盲従しなかったことをオースティンは良しとしている。というのも，良心がアンによって愛情の側にではなくて義務の側に帰属させられているからである。愛の充足と社会的義務の微妙なバランスが，この小説では追求されている[20]。つまり，変わらざる愛という主題が結婚という社会的枠組みの埒内で扱われている。「真の愛情による結婚」[21]というテーマを追い続けたオースティンの小説世界は，Providence によってよりも，人間の尊厳と個性の確立の観念によって支えられている。このように屈折した形においてではあるが，オースティンには「神離れ」が認められるのである。

　そして，オースティンの死後ほぼ半世紀のちの1870年代に作家として出発したハーディになると，神離れはさらに極端な形をとっている。進化論によって人間の尊厳そのものがゆらぎ始めた時代に生きたハーディにとっては，オースティンが描いたような真の愛情に基づく幸福な結婚はもはや夢物語にすぎず，Providence も人間を教え導くものではなく，人間を嘲笑するものとして立ち現われるのである。ハーディの出世作『はるか群衆を離れて』から一つ例を挙げておくことにしよう。トロイ軍曹は，その官能的魅力によって女農場主であるバスシバをとりこにして，まんまと農場主におさまる。トロイには，バスシバの農場で働く愛人ファニーがいたが，出奔していた彼女はついにはトロイに棄てられ，最後にはカスターブリッジの救貧院に辿り着いてトロイの子を死産しみずからも死んだ。その遺体は，ちょっとした手違いのため，その一夜バスシバの屋敷に置かれることになる。ファニーと赤子との遺体を目にしたトロイはすっかり後悔の念に襲われ，ファニーのために立派な墓を作る。しかし，トロイが墓の周りに植えた数々の草花は，教会の塔の水落としの樋の口からあふれた一夜の雨水で根こそぎ流されてしまい，トロイを茫然とさせる。

　一方向にむかって旅することに主力を費やしてきた者は，その進路を逆転

させるための精力を大して持ち合わせていないのである。トロイは，昨日らい，己の進路をわずかに逆転させようとしてきた。しかし，わずかな反対でさえもが彼の気をくじいてしまったのだった。方向を転換することは，神の最も大なる激励がある場合ですら，まったく困難なことだっただろう。だが，神（Providence）が，彼が新しい進路を辿ることをよみし給うどころか，もしくは，彼が新しい進路をとるのを喜ぶしるしを示すどころか，彼のその種の最初の，おずおずした，いちかばちかの試みを現に嘲笑したのを知ることは，生身の人間にとってとうてい耐えがたいことであった[22]。

6 結論——近代人の魂の喪失

　以上，デフォーからオースティンを経てハーディへと，神の摂理のゆくえを駆け足で追ってみたのだが，そのことによっておぼろけに浮かび上がってくることは，デフォーの「神頼みの世界」がオースティンの「人間中心の世界」へと移行し，やがてそれがハーディの「神なき世界」へと暗転するプロセスである。よくいわれる，宇宙を支配する盲目的「内在意志」というハーディの思想も，上に辿ったHeavenもしくはProvidenceの変転と深いかかわりがあって，上にみた「嘲笑する〈神〉」の観念もその延長線上にあるとみるのは誤りであろうか。そして，歴史的にみれば，デフォーがエネルギッシュに活躍したのは，名誉革命で近代市民社会が確立された，いわば右肩上がりの社会であり，オースティンが生きたのはフランス革命に対抗した「集中の時代」[23]であった。それらがイギリスの上昇期と絶頂期であったことはいうまでもない。そして，ハーディが作家とし出発した1870年代は農業不況をきっかけとする，イギリス凋落の始まりの時代である。まさに小説は時代の鏡といえよう。

　それはさておき，本章の締めくくりとして，再び話を"To Please his Wife"へ戻し，その結びの部分を考察することによって，ハーディの「慈悲深い神」という観念の否定を再確認したい。愛する三人が無事戻ったというジョウアナの幻覚はいよいよ募り，何を見ても何を聞いても，三人が戻った印と思い込む。

ジョウアナは，彼らの帰港の証しをしょっちゅう見たり聞いたりしてばかりいた。港のうしろの丘の上に立って，広々とひらけたイギリス海峡を見渡すと，果てしなく茫洋たる大海原を南の方に進む水平線上の渺々たる一点こそ，まぎれもないジョウアナ号の主檣の檣冠に違いないと思い込むのだった。また，家にいるときには，本町通りが波止場と交叉している所に在る町の貯炭場の角あたりで，何か呼ぶ声や興奮の叫びが聞こえると，彼女はパッと立ち上がり，「あの人たちだわ！」，と叫ぶのだった。
　しかし，彼らが到着したのではなかった。日曜の午後が訪れるたびに，あの幻の姿は内陣の階段にひざまずいたけれども，現し身の姿がひざまずくことはなかった[24]。

　孤独と悲しみのため無感動に陥ったジョウアナは，細ぼそとした商売にも身が入らず，窮地に追い込まれるが，「わたしたちの家に移って一緒に暮らしましょう」という，エミリーの親切な申し出をはねつける。自分がここに頑張っていなければ，三人が帰ったときどうなるのよ，といって。

　しかしながら，月日がたつにつれて，何の収入もなく，店舗付き住宅の家賃を支払うのにもこと欠く始末だった。シェイドラックや息子たちが帰る希望がすっかり空しいことを納得して，ジョウアナは仕方なくレスター家の世話になることを渋しぶ承諾した。そこでは三階に彼女だけの一室が当てがわれ，家族の者と何のかかわり合いもなく気随気ままに出入りしていた。彼女の髪の毛は灰色になり，やがて白くなり，深いしわが額にきざまれ，その体はやせこけ，腰も曲がってきた。しかし，それでもなお，彼女は帰らぬ人たちを待ち続けた[25]。

　そして三人の出航から 6 年のちのある冬の夜，三人の帰港にかすかな望みをつなぐジョウアナが真夜中にはね起きて，半狂乱で彼らを探し求める悲惨な姿の描写で，この一篇は結ばれる。

彼女がガバと飛び起きたのは，確か1時と2時の間のことだった。表の通りに確かに足音がした。シェイドラックと，息子たちが雑貨屋の戸口で呼んでいる声がした。彼女は寝床から飛び出すと，身に何をまとったかもほとんど意に介さず，エミリーの家の絨毯を敷いた広い階段を大急ぎで駆けおり，蠟燭を玄関のテーブルの上に置いて，かんぬきと鎖をはずすと，往来に歩み出た。波止場のほうから通りへと吹き上げてくる霧に視界をさえぎられて，つい目と鼻の先にある店が見えなかった。それでも，すぐさま通りを渡って店に近づいた。ところがどうしたというのだろう？　そこには誰もいなかった。この惨めな女は，はだしのまま，気が狂ったようにあちこち歩き回った――だが，人っ子一人居なかった。彼女は引き返してきて，以前自分のものであった家の戸口を力まかせに叩いた。――朝まで，彼女を起こしたりしないようにと，三人は今夜はここで泊めてもらっているのかもしれない。数分ののち，今はこの店を経営している若い男が，二階の窓から顔を出すと，骸骨のように痩せこけた何か人間らしいものが，あられもない恰好で，下に立っていた。

「誰か来ませんでしたか？」とその人影はたずねた。

「ああ，ジョリフのおかみさん，あなたでしたか」，と若い男はやさしくいった。彼女のはかない空頼みがどんなに彼女の心を動かしているかを承知していたからである。

「いや，誰も来ませんでしたよ。」[26]

上の引用文中の 'Has anybody come?' asked the form. という一文に，この悲劇は凝縮されている。'form' は，「姿，体，人影」などの意味を持っているが，要するに「形式」の意としては「内容」と対立するものである。人間については，「魂」に対して「肉体」を意味していると考えられる。つまり，ジョウアナの「骸骨のように痩せこけた何か人間らしいもの」(the skeleton of something human) とは，魂を失った老いさらばえた肉体，を指していよう。もしもこのような解釈が許されるとすれば，この短篇で7回も用いられている 'form' とい

う語は，同意語の 'figure' や 'outline' をも含めて，近代人の魂を喪失した抜けがらを暗示していると取ることも，あながち牽強付会ともいわれまい。上に取ったこの短篇からの引用文にも，この 'form' という語は繰り返し用いられているが，引用しなかった分も含めて，ハーディは，この物語の節目節目にこの 'form' という語を周到に配置している。順番に列挙すれば，この語は最初は祈禱の「形式」という宗教的色彩の強いコンテキストで用いられ，やがて，シェイドラックの「ひとり離れて祈る姿」，シェイドラックに抱きすくめられる「エミリーのしなやかな体」，二人の息子に挟まれて神に感謝をささげる「よりがっしりした大きな姿形」（実はジョウアナの幻覚），三人の「幻の姿」，ジョウアナの「やつれはて，腰も曲がった姿」，そして最後の，「骸骨のように痩せこけた何か人間らしいもの」と形容される「人影」。このように，最後のクライマックスへと，ハーディはこの語を巧みに用いている。円熟期のハーディの表現技法の冴えが存分に発揮されている。構成も，対照の妙をみせている。一例を挙げれば，最初の場面では祈るのはシェイドラックで，物語の終わりのほうではジョウアナが祈りに祈る，といった具合である，短篇であるがゆえに，物語の組み立てに無理がなく，破綻が少ないといえる。

たびたび指摘されているように，長篇小説の場合には，とかく編集者や読者の好みに投じる必要から，ハーディは自己本来の主題を存分に展開できない憾みが無きにしもあらずであった。「神の不在」の主題もそのうちの一つであった。だが，"To Please his Wife" では，ハーディはこのテーマに大胆に挑んでいる。やがて，ペシミズムという世の批判に小説の筆を折ったハーディは，詩作に転じる。例えば処女詩集『ウェセックス詩集』（1898）中の詩 "The Impercipient" などにおいては，この「神の不在」のテーマは正面から取り上げられることになる。"To Please his Wife" は，この点からしても注目に値する作品であり，ハーディの小さな傑作と言えよう。

    1) この論文は，1999年10月30日の第42回日本ハーディ協会大会における口頭発表の草稿に加筆したものである。

第14章 "To Please his Wife" と慈悲深き神　287

2) 掲載順に従えば, "The Son's Veto" (December 1891), "For Conscience' Sake" (March 1891), "On the Western Curcuit" (Autumn 1891), "To Please his Wife" (June 1891) の4篇である。
3) "To Please his Wife" in *Life's Little Ironies* (Macmillan, Pocket Edition), p. 148. 以下のこの短篇からの引用は，すべてこの版に拠っている。
4) *Ibid.*, pp. 148-9.
5) *Ibid.*, p. 162.
6) 上の引用5)で Heaven と God が同意語として用いられていることは，注目に値しよう。*OED* は Heaven 6. The power and majesty of heaven ; He who dwells above ; Providence, God. (With capital H.) と定義している。
7) *Life's Little Ironies,* pp. 165-6.
8) *OED* は Heaven についての用例としてミルトンの『失楽園』(1667) 第1巻211-2行の the will / And high permission of all ruling Heaven を挙げ，また Providence については，同じく第1巻25行の eternal Providence を挙げている。
9) See *Moll Flanders* (The World's Classics), p. 336.
10) See *Far from the Madding Crowd*, chap. 8.
11) Defoe : *op. cit.*, p. 387.
12) *Ibid.*, p. 390.
13) See Mark Schorer : "Introduction" to the Modern Library College Edition, pp. xii-xiii.
14) この小説の分析については，本書第1章「『慈悲深き神慮』―モルの場合」(Kobe Miscellany, No 4, 1966, 初出) 参照。
15) 私の記憶に誤りがなければ，オースティンは，その完成作六篇のうち，いわゆる後期の作品『マンスフィールド荘園』(1814) と『説得』(1817) の二作においてのみ，Providence という語を用いている。
16) See *Persuasion*, chap. 4.
17) See Virginia Woolf : "Jane Austen" in *The Common Reader : First Series* (Hogarth Press, 1925), p. 181.
18) See *Persuasion*, chap. 12.
19) *Ibid.*, chap. 23.
20) 拙論「ロマンスと現実―『説得』の場合」,『イギリス小説とその周辺―米田一彦教授退官記念』(英宝社, 昭和52年) 参照。
21) 'a marriage of true affection' in *Pride and Prejudice*, chap. 18.
22) 『はるか群衆を離れて』, 46章。
23) See Matthew Arnold : "The Function of Criticism" in *Essays in Criticism* (1865).
24) "To Please his Wife" in *Life's Little Ironies* (Macmillan, Pocket Edition), p. 166.

25) *Ibid.*, p. 167.
26) *Ibid.*, pp. 167-8.

初　出　一　覧

第1章　「慈悲深き神慮」——モルの場合　　*Kobe Miscellany* No. 4. 神戸大学英米文学会（1966）

第2章　「慈悲深き神慮」——パミラの場合　　『英国小説研究』第8冊，篠崎書林（1967）

第3章　ヘンリー・フィールディングの背景——『ジョウゼフ・アンドルーズ』を中心にして　　「英語英米文学」第43集，中央大学英米文学会（2003）

第4章　『トリストラム・シャンディ』について　　「パスート」第3号，パスート同人会（1963）

第5章　スターンの「センチメンタリズム」について　　「研究」第32号，神戸大学文学会（1964）

第6章　ロマンスと諷刺——『ノーサンガー僧院』の場合　　「人文研紀要」第9号，中央大学人文科学研究所（1989）

第7章　ジェイン・オースティンと感情教育——『分別と多感』の場合　　「英語英米文学」第39集，中央大学英米文学会（1999）

第8章　ジェイン・オースティンと「神慮」——『マンスフィールド荘園』と『説得』をめぐって　　「英語英米文学」第42集，中央大学英米文学会（2002）

第9章　慈悲深き神——薄幸の少女ネルの場合　　「英語英米文学」第44集，中央大学英米文学会（2004）

第10章　理想と現実の狭間——『ミドルマーチ』をめぐって　　『埋もれた風景たちの発見——ヴィクトリア朝の文芸と文化』，中央大学人文科学研究所研究叢書30，中央大学出版部（2002）

第11章　ハーディの初期の小説　　『二十世紀小説の先駆者トマス・ハーディ——日本ハーディ協会二十周年記念論文集』，篠崎書林（1975）

第12章　トマス・ハーディと「神慮」——『はるか群衆を離れて』をめぐって　　「人文研紀要」第38号，中央大学人文科学研究所（2000）

第13章　トマス・ハーディの知的背景——『熱のない人』をめぐって　　「人文研紀要」第27号，中央大学人文科学研究所（1997）

第14章　"To Please his Wife"と慈悲深き神　　「英語英米文学」第40集，中央大学英米文学会（2000）

人名索引

ア 行

アーノルド，マシュー
　Matthew Arnold　115, 178, 208, 257, 258, 259, 260, 261, 262, 263
出淵敬子　131
ウィックロー卿
　Wicklow, Earl of　172
ウィリ，バジル
　Basil Willey　93, 95, 96, 131, 172, 173, 187, 189, 190, 261, 262
ウィリアムズ，レイモンド
　Raymond Williams　264
ウィルソン，トマス
　Thomas Wilson　260
ウェーバー，カール J.
　Carl J. Weber　217
ウェーバー，マックス
　Max Weber　11
ウェズリー，ジョン
　John Wesley　66, 156
ウォールポウル，ロバート
　Robert Walpole　55
ウォリントン夫人
　Mrs. Wallington　188
ウルフ，ヴァージニア
　Virginia Woolf　165
エヴァンズ，ロバート
　Robert Evans　188
エッジワス，マライア
　Maria Edgeworth　118
海老池俊治　29
海老根　宏　143
エムデン，Cecil S.
　Cecil S. Emden　108

エリオット，ジョージ
　George Eliot　66, 166, 172, 183, 187, 223
エリオット，T. S.
　T. S. Eliot　264
オースティン，エドワード
　Edward Austen　152
オースティン，カサンドラ
　Cassandra Austen　107, 129, 130, 134, 135, 153
オースティン，ジェイン
　Jane Austen　41, 66, 67, 107, 223, 278, 282, 283
オースティン，ヘンリー
　Henry Austen　107
オースティン゠リー，J. E.
　J. E. Austen゠Leigh　129, 130, 134, 135, 141, 146

カ 行

カーライル，トマス
　Thomas Carlyle　78, 247
カザミアン，ルイ
　Louis Cazamian　88
カント
　Kant　261
ギャリック，デイヴィッド
　David Garrick　91
グールド，ダヴィッジ
　Davidge Gould　55
グールド，ヘンリー
　Henry Gould　54
クェネル，ピーター
　Peter Quennell　92
クラーク，サミュエル

Samuel Clarke　　64
ゲント，ヴァン
　　Van Ghent　　3, 4, 5, 21
コウルリッジ，S. T.
　　S. T. Coleridge　　144, 261, 262
ゴールドスミス，オリヴァー
　　Oliver Goldsmith　　88
小松原茂雄　　170, 172

サ 行

シェイクスピア，ウィリアム
　　William Shakespeare　　125, 155
シェリダン，R. B.
　　R. B. Sheridan　　63
シバー，コリー
　　Colley Cibber　　57
シャーフツベリ
　　Shaftesbury, 3rd Earl of　　95, 96, 98
シュトラウス，D. F.
　　D. F. Strauss　　187, 189
ショアラー，マーク
　　Mark Schorer　　16, 17, 18, 278
スウィフト，ジョナサン
　　Jonathan Swift　　53
スターン，ジェイクス
　　Jaques Sterne　　83
スターン，リディア
　　Lydia Sterne　　82
スターン，ロレンス
　　Laurence Sterne　　53, 66, 71
スチール，リチャード
　　Richard Steele　　95
スティーヴズ，H. R.
　　H. R. Steeves　　41
スティーヴン，レズリー
　　Leslie Stephen　　227
スモレット，トバイアス
　　Tobias Smollett　　53
セシル，ディヴィッド
　　David Cecil　　138
セルヴァンテス
　　Cervantes　　60, 61, 72

タ 行

ダーウィン，チャールズ
　　Charles Darwin　　166, 184
チャップマン，R. W.
　　R. W. Chapman　　144
ディケンズ，チャールズ
　　Charles Dickens　　169
デイシャス，D.
　　D. Daiches　　43, 44, 45
ティロトソン，ジョン
　　John Tillotson　　64
デフォー，ダニエル
　　Daniel Defoe　　1, 27, 28, 31, 32, 46,
　　　48, 53, 65, 66, 68, 151, 159, 276, 283
デブリン，D. D.
　　D. D. Devlin　　145
トーニー，R. H.
　　R. H. Tawney　　11
トリリング，ライオネル
　　Lionel Trilling　　155
トローゴット，J.
　　John Traugott　　80

ナ 行

ナイト，エドワード
　　Edward Knight　　129, 152
ナイト，ファニー
　　Fanny Knight　　108
夏目漱石　　71

ハ 行

ハーディ，F. E.
　　F. E. Hardy　　256
ハーディ，トマス
　　Thomas Hardy　　66, 217, 271

人名索引

ハーディ，バーバラ
 Barbara Hardy 255
バーニー，ファニー
 Fanny Burney 118
ハックスリー，オールダス
 Aldous Huxley 172
パットニー，ルーファス
 R. D. F. Putney 92, 97
バテスティン，マーティン
 Martin Battestin 64, 65, 67
バニヤン，ジョン
 John Bunyan 175
ハモンド，L. V. D. H.
 L. V. D. H. Hammond 98
バロー，アイザック
 Isaac Barrow 64
ハンター，J. P.
 J. P. Hunter 31, 48
ピット，ウィリアム
 William Pitt 79
ヒューム，ディヴィッド
 David Hume 96
ヒル，アーロン
 Aaron Hill 30
フィールディング，ヘンリー
 Henry Fielding 2, 28, 32, 53, 118, 153
フィッツジェラルド，エドワード
 Edward Fitzgerald 172
フォイエルバッハ，ルートヴィッヒ
 Ludwig Feuerbach 187, 190, 191
フォースター，ジョン
 John Forster 170, 180
ブッシュ，ダグラス
 Douglas Bush 113, 143
ブラバンド，エリザベス
 Elizabeth Brabant 189
ブラバント，ロバート
 Dr. Brabant 189

フランクリン，フランシス
 Francis Franklin 188
フランクリン，ベンジャミン
 Benjamin Flanklin 21
フランクリン姉妹
 Misses Franklin 188
ブレイ，チャールズ
 Charles Bray 188
フロベール，ギュスターヴ
 Gustave Flaubert 15
ヘーゲル
 Hegel 190
ヘネル，キャロライン
 Caroline Hennell 189
ヘネル，チャールズ
 Charles Hennell 188, 189
ペラギウス
 Pelagius 64
ポイス，J. C.
 J. C. Powys 76
ホウドリー，ベンジャミン
 Benjamin Hoadly 64
ホーマー
 Homer 73
ボールトン，マシュー
 Matthew Boulton 178
ホガース，キャサリン
 Catherine Hogarth 180
ホガース，ジョージ
 George Hogarth 180
ホガース，メアリ
 Mary Hogarth 180
ホッブズ，トマス
 Thomas Hobbes 95
ホラーティウス
 Horace 73
ホワイトフィールド，ジョージ
 George Whitefield 64

マ 行

マキロップ，A. D.
  A. D. McKillop   7, 11
マケイ，R. W.
  R. W. Mackay   187
マックミラン，A.
  A. Macmillan   220
マドリック，マーヴィン
  Marvin Mudrick   155
マルクス
  Marx   190
ミル，J. S.
  J. S. Mill   146
ミルゲイト，マイケル
  Michael Millgate   231, 250, 257
ミルトン，ジョン
  John Milton   125, 151, 276
メレディス，ジョージ
  George Meredith   220
モーリ，ジョン
  John Morley   218, 219, 223
モンタギュー夫人
  Lady Montagu   55
モンテスキュー
  Montesquieu   258

ラ 行

ラドクリフ，アン
  Ann Radcliffe   108, 118, 119, 121
ラブレー
  Rabelais   72, 74
ランドー，W. S.
  W. S. Landor   170
リーヴィス，F. R.
  F. R. Leavis   79
リチャードソン，サミュエル
  Samuel Richardson   2, 4, 7, 21, 22,
    27, 53, 56, 58, 59, 66, 67, 68, 88, 118,
    151
ルイス，M. G.
  Mattew Lewis   118
ルーイス，G. H.
  G. H. Lewis   191
ルーイス，マライア
  Maria Lewis   188, 189
ルグイ，エミール
  Emile Legouis   88
ロック，ジョン
  John Locke   80, 81, 90, 94, 145, 146
ロバーツ，ウォレン
  Warren Roberts   146

ワ 行

ワーズワス，ウィリアム
  William Wordsworth   124, 125, 144,
    263
ワット，イアン
  Ian Watt   1, 2, 10, 11, 20, 67, 83
ワット，ジェイムズ
  James Watt   178

著者略歴

松本　啓（まつもと　けい）

　1935年，岩手県生まれ
　1963年，東京大学大学院修士課程修了
　現在，中央大学法学部教授
　著書『18世紀イギリス文学漫歩』（日本図書刊行会）
　　　『近代イギリス詩人と文化論』（中央大学生協出版局）
　訳書『ヨーロッパの知的伝統』（ブロノフスキー／マズリッシュ共著，
　　　　共訳，みすず書房）
　　　『十八世紀の自然思想』（ウィリー著，共訳，みすず書房）
　　　『ダーウィンとバトラー』（ウィリー著，みすず書房）
　　　『ベンサムとコウルリッジ』（J. S. ミル著，みすず書房）

イギリス小説の知的背景　　　　　　　　中央大学学術図書（60）

2005年9月5日　初版第1刷発行

　　　　　　　　　　　　　　著　者　　松　本　　　啓
　　　　　　　　　　　　　　発行者　　辰　川　弘　敬

　　　　　　　　　　　発行所　中 央 大 学 出 版 部
　　　　　　　　　　　　　東京都八王子市東中野742番地1
　　　　　　　　　　　　　郵便番号　192-0393
　　　　　　　　　　　　　電　話　0426(74)2351　FAX 0426(74)2354

© 2005　Kei MATSUMOTO　　　　　印刷・大森印刷／製本・法令製本
　　　　　　　　　　　ISBN4-8057-5158-4

　　　　　　　　本書の出版は中央大学学術図書出版助成規程による